Scrit

Giuseppina Torregrossa

La miscela segreta
di casa Olivares

ROMANZO

MONDADORI

Dello stesso autore in edizione Mondadori

Il conto delle minne
Manna e miele, ferro e fuoco
Panza e prisenza

 www.librimondadori.it

La miscela segreta di casa Olivares
di Giuseppina Torregrossa
Collezione Scrittori italiani e stranieri

ISBN 978-88-04-62499-8

© 2014 Arnoldo Mondadori Editore S.p.A., Milano
I edizione marzo 2014

La miscela segreta di casa Olivares

A mia madre, che mi vuole bene, però...
A mio padre, che però mi ha voluto bene.

Avvertenza

I termini, le espressioni e i versi di canzone in siciliano e napoletano (in corsivo nel testo solo alla prima occorrenza) sono tradotti in un glossario in fondo al volume.

L'ATTESA

(1940-1943)

Signore dell'anima mia, tu, quando peregrinavi quaggiù sulla terra, non aborristi le donne, ma anzi le favoristi sempre con molta benevolenza e trovasti in loro tanto amore. [...] Ci sembra quindi impossibile che non riusciamo a far alcunché di valido per te in pubblico, che non osiamo dire apertamente alcune verità che piangiamo in segreto, che tu non debba esaudirci quando ti rivolgiamo una richiesta così giusta? Io non lo credo, Signore, perché faccio affidamento sulla tua bontà e giustizia. So che sei un giudice giusto e non fai come i giudici del mondo, i quali, essendo figli di Adamo e in definitiva tutti uomini, non esiste virtù di donna che non ritengano sospetta.

SANTA TERESA D'AVILA, *Cammino di perfezione*

Il drago

Orlando occupava gran parte della piccola *putìa* di via Discesa dei Giudici. Vero è che lo spazio era risicato, ma lui era proprio gigantesco. Per via della stazza e del temperamento fumantino incuteva timore, ma solo a chi non lo conosceva. A saperlo prendere per il verso giusto c'era solo da guadagnarci: Orlando aveva un carattere bonario e un animo generoso.

Due curve sinuose, una morbida a livello della pancia, l'altra simile a un altopiano all'altezza del sedere, gli conferivano un'aria solida e affidabile. La testa, tonda, era sormontata da un tubo stretto che sembrava un cappello a cilindro. La collegava al corpo massiccio un collo corto, strozzato in più punti. Le sue misure erano tanto sbilanciate quanto armoniose le sue funzioni. Bello non era, e a trovarselo di fronte c'era da spaventarsi con quella faccia piatta dall'espressione arcigna. Gli occhi si facevano mobili e cangianti nelle diverse fasi di cottura. Le iridi avevano qualcosa di diavolesco, ma era colpa del passaggio dei chicchi, che per effetto del calore si muovevano in modo vorticoso.

«Brutto, sì, ma pieno di fascino» lo difendeva il vecchio Olivares, che in quel mostro aveva investito tutti i risparmi.

Orlando emanava una forza oscura. Nel profondo del suo ventre gorgogliava un'energia primitiva. La bocca ampia, atteggiata a una smorfia minacciosa, attraversava da parte a parte la mascella squadrata. Il labbro, un'enorme lamina concava, sporgeva in avanti e in fuori, pronto ad azzannare.

Ma non era carnivoro, moderno titanosauro, adorava la legna, masticava volentieri il carbone e succhiava voluttuosamente la carta. D'indole indipendente, pativa lo stato di asservimento ma non aveva mai osato ribellarsi, anzi era fedele come un cane. Tutt'al più grugniva, bofonchiava, scoppiettava e poi tornava a compiere il proprio dovere. Da lui dipendeva la sopravvivenza della famiglia Olivares, i cui maschi da generazioni si tramandavano l'arte di tostare il caffè, e il benessere dell'intero quartiere, che numerosi erano gli operai impiegati nella torrefazione.

Ma uno solo tra loro era autorizzato a occuparsi di quel Prometeo meccanico. Armato di guanti e olio, Giovanni accudiva come un dottore il sofisticato meccanismo che teneva in vita Orlando, che non avesse a soffrire dell'usura. Ne detergeva pietoso gli umori, asciugava ogni anfratto e vigilava per prevenire intoppi o incidenti che potessero alterare la qualità del caffè.

Nella grande caldaia sulla quale il drago stava seduto, Giovanni infilava fascine di legna, cassette della frutta, scatole, carta usata, foglie secche, stracci, in una sorta di rito sacrificale. Le fiamme dovevano rimanere costantemente alte, non fosse mai che la temperatura scendesse di qualche grado, trasformando la tostatura in una insipida cottura al vapore: «Qui abbrustoliamo caffè, non è che *vugghiamu pollanche!*» urlava l'uomo fissando il riverbero rosso che faceva capolino dalla fessura del fornello.

1

Nel silenzio prima dell'alba il crepitio del fuoco avvertiva le famiglie di Discesa dei Giudici che il giorno stava per iniziare. Mentre il drago si scaldava le viscere, il ragazzo di bottega prelevava i sacchi panciuti dal vicino deposito a via degli Schioppettieri e li trascinava per alcuni metri sulle balate di marmo. Un fruscio sensuale si propagava per la strada finché, sulla soglia della putìa, la juta scivolava muta sul pavimento di graniglia.

I chicchi crudi venivano lasciati cadere tutti insieme nella tramoggia, quel buffo cappello sfondato che copriva la testa senza cervello di Orlando. Un odore di lattuga fresca si diffondeva nella stanza e stimolava l'appetito dei presenti, che cominciavano a masticare aria e ingoiare saliva. I grani si scatenavano in una danza frenetica, correvano lungo la gola di ferro con flusso costante. Si raccoglievano quindi nel ventre caldo, dove cambiavano di colore. Il verde marcio virava al dorato, poi al ramato e infine al marrone bronzeo.

Un lieve sussurro, impercettibile a un orecchio inesperto, segnalava che la tostatura era a buon punto. Giovanni si metteva in allerta. Durante quella fase così delicata, la minima distrazione poteva compromettere il risultato finale. Il cuore dell'uomo e quello della macchina battevano all'unisono, i loro respiri si inseguivano, ed erano ansimi, rantoli, singhiozzi, finché i due fiati si fondevano.

All'angolo sinistro della faccia, dove la guancia metallica perdeva la rotondità, un piccolo neo addolciva l'espressione del drago e lo rendeva malizioso. Era quella la maniglia del navettino, una sorta di cuneo sottile che si insinuava nella pancia fumante e permetteva di prelevare un campione per saggiarne il grado di cottura. Le dita forti e larghe di Giovanni l'afferravano e la tiravano più volte, con un movimento *a trasi e nesci*, il cui suono evocava il canto delle cicale.

Celati dagli sbuffi di fumo, i grani si mostravano pudichi, mentre sugli occhiali di Giovanni si stendeva un sottile velo oleoso. D'un tratto l'uomo schiacciava un chicco tra pollice e indice con rabbia, come fosse un pidocchio. Si ustionava, imprecava a voce alta e sventolando la mano rimetteva con l'altra il provino nel suo alveo. Quindi avvicinava l'orecchio alla pancia del drago e, simile a un'ostetrica durante il travaglio, si metteva in ascolto. Un rombo sordo precedeva una salva di *crac*, una lunga sequenza di frustate fendeva l'aria. «Ura è!» urlava, con una tensione che gli faceva vibrare la voce.

Quello era il momento cruciale. Lesto lesto girava una manovella, la bocca del drago si spalancava iniziando a sputacchiare. Il caffè tostato cadeva in una enorme padella con un rumore di grandine sul selciato. Quattro robuste pale cominciavano a girare e rimescolavano i semi bruni che, frusciando, si coprivano di una patina lucida. Quando il vapore si disperdeva, un mormorio allegro, alla putìa lo chiamavano "la voce del caffè", si diffondeva insieme a un profumo inebriante che in pochi secondi guadagnava la porta e si spandeva nel quartiere, scacciando il puzzo di candeggina della vicina lavanderia, mischiandosi all'odore di miseria che emanavano i muri del rione Tribunali.

L'uomo, indossati guanti da saldatore lunghi fino ai gomiti, infilava le braccia in quella massa scura e odorosa e tirava un sospiro gonfio di irrequietezza: se solo avesse potuto naufragare in quel mare. Con aria compiaciuta faceva scorrere i chicchi tra le dita, sceglieva i più grandi e li nascondeva nelle tasche. Appena l'ultima nuvola bianca scompariva, Orlando non era più lo spaventoso mostro nell'oscurità incerta che precede l'alba, ma una puerpera sfinita e tremebonda. Il fuoco scemava mentre la sua pelle color senape si accendeva di una intensa tonalità arancio. Gli occhi sembravano allinearsi, la bocca sdentata rimaneva aperta in un sorriso soddisfatto, la pancia borbottava e ribolliva come dopo una indigestione.

Scarico e sedato, il drago si apprestava a dormire, tra rigurgiti tardivi e cigolii improvvisi. Le viti, come giunture rimaste ferme troppo a lungo, prendevano a scricchiolare, mentre attorno a lui il negozio si animava del viavai dei clienti.

Giovanni si asciugava il sudore, indossava una camicia pulita, si ravviava i capelli, atteggiava la bocca sottile a un risolino splendente e, con le tasche piene dei chicchi migliori, saliva le scale del palazzo attiguo alla torrefazione. All'ultimo piano, lei lo aspettava sulla porta di casa. Avvolta in una vestaglia rossa dai piccoli ricami dorati, i capelli graziosamente arruffati attorno al viso dolce, gli occhi semiaperti sul giorno a venire, tendeva verso di lui le mani unite a conca. I grani, passando per le sue dita bianche, sparivano nel macinino di ferro scuro.

Viola Olivares, caffeomante d'esperienza, correva a preparare il bricco del caffè alla turca. Grazie alla misteriosa arte di leggere il destino nel fondo di una tazza bianca si era guadagnata il rispetto del quartiere e il titolo di principessa dei Quattro Mandamenti.

2

Rrrrrruim rrrrrruim, il rollio ovattato rompeva il silenzio della casa ancora impastoiata nel sonno. Viola macinava i chicchi di caffè con dedizione. Si alzava presto, prima che la luce assumesse il colore dorato del mattino la sua brodaglia doveva essere pronta.

Ruimmm ruimmm, le braccia si piegavano e si allungavano con fluidità, la mano serrava la manovella e imprimeva un movimento circolare alle lame; a ogni giro le rondelle scivolavano e schioccavano come la lingua sul palato, i dentini aguzzi della macina si incastravano l'uno nell'altro con un rumore secco.

La polvere cadeva nel cassettino di legno, torbida tempesta di neve scura e profumata. Il fruscio dolce si confondeva con quello delle lenzuola che scivolavano sui corpi sudati dei suoi figli, accarezzava il respiro affannoso del marito impelagato in sogni proibiti e quello rauco della vecchia madre, che prima del risveglio incontrava i suoi morti.

Ruim rrrruim, la corsa si trasformava in una marcia lenta e il rollio del macinino si dissolveva in un brontolio. Infine il silenzio, e d'improvviso il *toc* secco del cassettino di legno che si apriva. Viola ne versava il contenuto nel bricco, l'acqua bolliva già da un po'. Sulla sua superficie si formava un mucchietto denso che poi si dissolveva in un gorgo gonfio di presagi. Quando il liquido si tingeva di un goloso color caramello, la donna metteva la bevanda a raffreddare. Lente e silenziose, seguendo traiettorie ondivaghe, le particelle di caffè precipitavano verso il basso e si adagiavano sul fondo.

La bevanda aveva un sentore delicato, come di foglie che macerano in un sottobosco umido e impenetrabile alla luce. Un sottile profumo di legno bagnato, di fiori di geranio e ciuffetti di menta saturava lo spazio della cucina, si depositava tra fornelli e madia, scavalcava spavaldo la soglia delle camere da letto, dove il resto della famiglia consumava le ultime briciole di incoscienza.

Viola sollevava la tazza con delicatezza, le braccia grassocce descrivevano un cerchio perfetto. Il seno grande, così pesante da sbilanciarla quando era in piedi, poggiava ora quieto sul piano di marmo del tavolo mentre le spalle, piccole e curve, si tendevano di continuo indietro e all'esterno. La pelle bianca fremeva, percorsa da una incontenibile allegria, e s'increspava a ogni respiro, simile alla superficie del mare quando soffia zefiro. Viola proprio non ce la faceva a stare ferma, il corpo in perenne movimento la faceva sentire gioiosamente viva. Sedato a fatica l'ultimo spasimo, ingoiava a piccoli sorsi il caffè, quindi rovesciava la tazza sul piattino e tenendoli stretti insieme li ruotava più volte in senso orario. Il petto le si sollevava in un respiro profondo, le palpebre sbattevano sensuali come le ali di una farfalla. Affondava quindi lo sguardo indagatore nel residuo umido per interpretare le misteriose trame del destino.

3

«Viola, che devo fare? Dieci sacchi sono, manco assai. Li compro o no?»

Roberto Olivares quella mattina si era svegliato con un pensiero fisso nella testa: accaparrarsi tutta l'arabica dell'Etiopia, l'unica varietà di caffè che profumasse di gelsomino.

Non è che non sapesse cosa fare, negli affari aveva un certo fiuto, ma non si azzardava a muovere un passo senza il parere della moglie: questione di scaramanzia. A gambe larghe stava fermo sulla soglia della cucina, in attesa di risposta. Rabbrividì. Un venticello leggero soffiava tra le imposte socchiuse. L'aria di marzo si portava dietro ancora il freddo dell'inverno e la canottiera di lana non bastava a scaldarlo.

«La chiudiamo la finestra?» disse sbuffando.

Era terrorizzato dalle correnti d'aria, bastava un niente a farlo raffreddare. Tutto doveva essere ermeticamente chiuso e ogni sera, prima di infilarsi nel letto, si accertava personalmente che le ante dell'armadio fossero ben accostate.

Viola sorrideva di questo suo tic: «Ma che fai?» domandava.

«Che saccio?» rispondeva lui arrossendo. «Mi pare che fanno corrente.»

Quando stava male, guai a camminargli vicino: «Mi fate corrente, la febbre mi sale!» gridava allarmato.

La voce era un tuono che si perdeva nella nube di vapore e mentolo, i suffumigi che il dottore gli aveva prescritto. Nessuno lo pigliava sul serio e lui, furioso, minacciava: «Certo, quando muoio ne riparliamo... perché ne ammazza più la corrente che la guerra!».

«E allora?» domandò spazientito, chiudendo i vetri con rabbia.

La moglie taceva. Era dispettosa: sembrava ci godesse a tenerlo attaccato a quel punto interrogativo che gli si disegnava tra gli occhi azzurri che, con l'andar del tempo, avevano perso la loro tonalità intensa.

«*Ava', Viola, nun ti fari atténniri*» la sollecitò e, stringendosi nelle spalle, si strofinò le braccia energicamente.

Lei continuava a fissare il caffè muta e impenetrabile, ma dentro di sé gongolava. Lo amava molto quel marito grasso e avanti negli anni, che aveva per lei mille premure.

«Insomma, che devo fare?»

«Quello che ti pare» rispose sgarbata.

«Cerca di non esagerare. Sempre una donna sei e ti tocca di obbedire, badare alla casa, mettere al mondo figli e portare le corna.»

«E chi l'ha detta questa solenne minchiata?»

«Bada, sono parole del Duce!» esclamò Roberto, e puntò un dito contro il soffitto indicando il cielo, manco stesse parlando del Padreterno.

«E allora fattelo dire da lui quanto caffè devi comprare.»

L'uomo si grattò la testa, sbadigliò, più che arrabbiato sembrava perplesso. Si sentiva a disagio, come sempre quando la moglie si arrabbiava. Inoltre era pentito di aver pronunciato il nome di Mussolini, lui che in quei venti anni aveva fatto i salti mortali per non schierarsi con il fascismo. E guarda con chi si era messo a invocare il Duce, proprio con Viola, un cane che non conosceva padrone! Si tirò su i pantaloni del pigiama con un gesto goffo: «L'elastico si sdillentò» disse per cambiare argomento.

«Sì, si sdillentò...» chiosò lei «no che ti è cresciuta la panza!»

Allora Roberto, in un rigurgito di orgoglio virile, si mise sull'attenti e gonfiò il torace.

«Appunto.» Viola indicò l'addome globoso del marito.

«Insomma!» urlò lui esasperato, e batté il piede sul pavimento.

E lei di rimando: «Ecco, ora alzi pure la voce, sei proprio maleducato!», chiuse i lembi della vestaglia e gli girò le spalle.

«Certo, se tu fossi una vera femmina, di quelle che ci tengono al marito, già me l'avresti aggiustato.»

«Sai che c'è?» disse lei cambiando registro. «Vero è, ti devo mettere l'elastico nuovo.»

Lui sorrise tronfio: «Ah, ora sì che mi piaci!».

Forse avevano ragione i suoi amici: le donne sono come le uova, sono buone strapazzate.

«Lo facciamo subito.»

Gli andò incontro con un sorriso accattivante, in quelle labbra socchiuse lui riconobbe la dolce ragazza che aveva amato al primo sguardo. Dimentico della scaramuccia, rilassò le gambe e tese le braccia per attirarla a sé. Fu in quel momento che Viola, con un movimento fulmineo, afferrò i pantaloni e glieli calò fino alle caviglie. Roberto rimase nudo, il ventre sporgente appena coperto dalla canottiera striminzita, la sua intimità esposta allo sguardo critico di lei. Arrossì, non gli piaceva mostrarsi a riposo. Non sapeva cosa fare, abbassarsi per raccogliere i pantaloni equivaleva a un gesto di sottomissione, non voleva darle soddisfazione. Nel dubbio non si mosse e pregò perché i suoi figli continuassero a dormire. Intanto il suo membro, rattrappito per il freddo, si era rintanato sotto alla pancia.

«E allora? *Che ci accucchiasti?*» le disse facendo finta di niente, ma il piede batteva sul pavimento tradendo un certo nervosismo.

A Viola veniva da ridere, ma al tempo stesso cominciava a perdere sicurezza. "Forse ho esagerato" pensava scrutando la faccia di lui, che si stava imporporando. Le guance, coperte da un velo di barba ispida e bianca, tremavano, l'insofferenza montava e si stava trasformando in rabbia.

"Adesso le tiro una *timpulata*" pensò. "Lo dice pure il federale: alle femmine piace ogni tanto assaggiare la frusta, dopo lavorano di più, come i muli." Con una certa riluttanza alzò il braccio, ma

18

il movimento della mano, frenato dall'incertezza, fu troppo lento. Prima che lo schiaffo arrivasse a segno, Viola s'inchinò davanti al membro raggrinzito: «Tanti ossequi al padrone» disse in tono scherzoso.

Lui strabuzzò gli occhi e arrossì ancora di più, ma questa volta di piacere.

«E compralo stu cafè» aggiunse poi, tirandosi su lesta. «È il momento giusto per fare provviste.»

La voce argentina di Viola tintinnava come monete nel salvadanaio.

Roberto sorrise: era questa la risposta che aspettava, ci voleva tanto? Odiava avere il magazzino semivuoto, perciò aveva puntato quei sacchi di arabica. Tanto più che un amico gli aveva confidato che a Roma si parlava di una nuova guerra: «*Accattari, accatastari, ammunzeddari*» gli aveva suggerito all'adunata dello scorso sabato. L'esperienza della guerra d'Etiopia gli era bastata: con la scusa dell'autarchia, per parecchi anni non erano arrivate navi nel porto e si era dovuto accontentare del caffè di bassa qualità.

Sospirò di sollievo, ora aveva anche il consenso della moglie: litigare non gli era mai piaciuto, tantomeno con lei. Rimase a osservarla compiaciuto, la sua bellezza resisteva al tempo.

«Ma ricordati che la principessa sono sempre io» aggiunse Viola mandandogli un bacio sulla punta delle dita.

«Principessa o maga» le rispose ammiccando. «Mi hai fatto un incantesimo. Questa notte ne riparliamo dentro al letto», e la minaccia suonò nella quiete del mattino come una promessa d'amore.

Mentre Roberto si rassegnava a tirarsi su i pantaloni da solo, Viola tornò a scrutare nella tazza, aveva ancora molte domande in sospeso. Gli affari erano importanti, sì, ma a quelli tanto ci doveva pensare il marito. Il consenso che lui le chiedeva era più un gioco che una necessità. Compito suo invece era occuparsi dei figli, con tutti i problemi che le davano...

Mimosa, la più piccola, faticava a rimettersi dall'influenza. Una tosse stentorea le squassava il torace gracile e faceva tremare la casa intera. Il suo respiro era percorso da un sibilo sinistro. Era così magra e patita. Una picciridda di otto anni senza nemmeno un grammo di carne a coprirne le ossicina!

Viola se n'era accorta subito, appena gliel'avevano messa tra le braccia, che era fragile. Aveva le manine sottili e la pelle trasparente, di una tonalità che tendeva al giallo.

«È bionda» aveva detto la levatrice, ma lei aveva scosso la testa in segno di diniego e gli occhi le si erano fatti lucidi.

«Lacrime al posto del latte?» l'aveva *sconcichiata* la donna, dando a intendere che forse le stava venendo la malinconia delle puerpere.

«È tanto delicata» aveva commentato Viola, pulendo il naso pieno di moccico della piccola. "Questa al freddo non resiste neanche un'ora", poi se l'era appoggiata al petto senza osare stringerla, e neppure l'aveva baciata, che quando i figli sono cagionevoli è meglio non affezionarsi troppo, non si sa mai nella vita. Per quell'estrema delicatezza l'aveva chiamata Mimosa: nella sua famiglia la tradizione era che le femmine portassero il nome di un fiore. Era la madre a sceglierlo, in base alle caratteristiche fisiche della neonata.

Genziana, per esempio, aveva una carica sensuale primitiva e insopprimibile. Appena nata le era sembrata irresistibile. La boccuccia rossa, un cuore di carne morbida tra due gote tonde, diceva "baciami baciami". La pelle ambrata, le braccine sode, le mani chiuse in due pugnetti minacciosi, le ciglia fitte che spuntavano tra le palpebre serrate e si arcuavano. Dai suoi capezzoli, due chicchi di caffè marrone scuro tra le pieghe morbide del petto, colava il latte delle streghe, tanto che il padre si era impressionato.

«Succede alle femmine vere: questa darà filo da torcere a tutti» aveva predetto la levatrice.

La bambina era un fiore resistente, una genziana dalla corolla azzurra che fiorisce tra i pascoli di montagna. Viola c'aveva visto lungo: nemmeno quattordicenne, aveva già un nugolo di mosconi che le ronzava intorno e *l'assicutava* per tutto il quartiere. E lei li incoraggiava, che le piaceva scherzare con il fuoco.

Non erano solo le figlie femmine a dare pensieri a Viola. Ruggero, il più grande, si era messo in testa di studiare e non faceva altro che litigare con il padre che lo voleva alla putìa. Del resto pure gli altri due, Raimondo e Rodolfo, avevano sempre qualcosa da ridire, e mai che Roberto gliene lasciasse passare una a quei figli maschi.

4

«Insomma, te ne vai?» Viola rimbrottò il marito che indugiava sulla porta. «Lo sai che ho bisogno di stare sola quando leggo i fondi del caffè.»

Roberto le rivolse un ultimo sguardo, non riusciva a credere che quella immensa fortuna fosse capitata proprio a lui. Era già una donna quando l'aveva vista per la prima volta, ma gli era parsa poco più che una picciridda: del resto avevano venti anni di differenza. Passeggiava per la via Maqueda sottobraccio alla madre. Il suo corpo minuto era gravato da un petto prorompente, come una viola del pensiero i cui petali pesanti costringano lo stelo a piegarsi. Teneva le spalle curve e le braccia incrociate davanti al petto, sembrava vergognarsi di quei grossi seni; la testa bassa, quasi che il collo non avesse abbastanza forza per sostenerla. Vederla e innamorarsene fu tutt'uno. Ma non era stata l'innocenza degli occhi sotto alle palpebre trasparenti a catturarlo, quanto piuttosto il profumo che aveva lasciato lungo la strada. La ragazza sapeva di cipria e aveva una sensualità rassicurante che lo ammaliò, nonostante Roberto fosse uomo d'età e d'esperienza.

Immediatamente la volle per sé. Dimenticò ogni forma di prudenza, ignorò il consiglio degli amici, scapoloni impenitenti, e si presentò ai genitori di lei.

«Olivares Roberto, onoratissimo» disse con un inchino ampio.

«L'onore è tutto nostro» risposero in coro.

La futura suocera si chiamava Ortensia e nel corso degli anni tenne fede al proprio nome dando prova di grandi capacità di adattamento. Aveva un incarnato pallido che mutava di tonalità in base all'umore, proprio come i fiori dell'ortensia cambiano colore a seconda del terreno in cui crescono. Gli parlò in modo diretto: «Attento che ha un cattivo carattere. La vedi così timida, riservata, ma è impastata con la furia».

E guardava la figlia con occhi carichi di rimpianto, il tempo era passato troppo in fretta. Viola aveva compiuto vent'anni, ma per lei era sempre una picciridda.

«Maturerà.»

«Secondo me è destinata a peggiorare. Ti conviene girarle alla larga.»

«Facciamolo decidere a lei» propose Roberto. «In fondo stiamo parlando della sua vita.»

Viola acconsentì al fidanzamento fissandolo dritto negli occhi e con una smorfia leziosa sulle labbra che la diceva lunga sul suo temperamento.

Li lasciarono soli a parlare d'amore. Lui l'abbracciò con delicatezza. Quella femminilità a stento trattenuta, che sarebbe toccato a lui scoprire e affinare, gli provocò un desiderio doloroso. Lei socchiuse la bocca, reclinò la testa indietro e insieme annegarono in un mare di passione. Il sole al tramonto rischiarava la stanza con bagliori d'oro, le labbra di lei erano un presagio di felicità.

Il giorno del matrimonio Roberto era stato assalito da una preoccupazione. Non riusciva a smettere di specchiarsi e il suo corpo maturo e appesantito gli sembrava ributtante. Maledisse le cene succulente degli ultimi anni. E la faccia era persino peggio: le guance bolse, i baffi ingrigiti, i capelli diradati sulla fronte.

"Se non le piaccio?" si chiese con sgomento. "Non assomiglio proprio a un principe azzurro."

Tirò indietro la pancia che mollemente scendeva sul sesso, e quello reagì impennandosi. Il vago sentore di adolescenza emerso senza preavviso dal suo organo guizzante lì per lì fu sufficiente a rassicurarlo.

Durante la cerimonia tornò a essere distratto. "Chissà cosa pensa di me?" si domandava. Non poteva certo immaginare quanto Viola, nascosta sotto a un lungo velo bianco, fosse felice che quell'uomo autorevole avesse scelto lei.

Dopo le nozze giunse il momento della verità. Roberto aspettò a lungo prima di toccarla. Temeva un rifiuto, l'umiliazione lo avrebbe segnato a vita.

«Che succede?» chiese Viola. Lui cominciò a passeggiare su e giù per la stanza. Si schiarì più volte la gola come per parlare, e sempre tacque.

«Ti piaccio?» le domandò a bruciapelo, e il cuore gli batteva a mille.

Fu in quel momento che la giovane sposa comprese quanto grande fosse il proprio potere e gli sorrise. Irradiava una tale dolcezza che non ci fu bisogno di risposte. Roberto si lasciò cadere a peso morto sul corpo minuto di lei e fece l'amore come un ragazzo inesperto. Lei ricambiò gli abbracci timidi, conquistata dall'insicurezza che si annidava tra le pieghe di quel ventre pingue.

Il mattino dopo lui scoprì di essere un altro uomo, sentiva un vigore nuovo e tutta l'energia della giovinezza. Certo che l'amore ha poteri magici!

A dispetto delle previsioni dei parenti, dopo vent'anni di matrimonio i coniugi Olivares erano ancora felici. Tra le braccia di lei Roberto continuava a respirare la certezza del domani, il calore del presente. La fragranza della moglie gli provocava un desiderio acuto dalla consistenza molle, un fremito nasceva dentro al naso e si propagava nel corpo con un gorgoglio. La voglia di lei lo abitava per tutto il giorno come un delizioso tormento, e ritrovarla nel letto ogni notte era una gioia. Roberto si perdeva nei meandri di quella femminilità esuberante, annegava nei baci vischiosi, poi nel sonno l'abbracciava stretta e tornava bambino, ed era così bello lasciarsi amare.

Era rimasto fermo sulla porta, lo sguardo inebetito, la mente persa nei ricordi.

«Mi stai facendo perdere un *munzeddu* di tempo», la voce di Viola lo riportò alla realtà.

«Scusa» sussurrò, e c'era nel suo sguardo una tenerezza sconfinata, che con il tempo l'amore usa un linguaggio diverso. Si portò una mano sul cuore e con l'altra le lanciò un bacio, quindi girò su se stesso, si aggiustò i pantaloni, si ricordò dell'elastico: «Si sdillentò» borbottò, e ridendo imboccò il corridoio.

Era ancora presto, ma non aveva voglia di tornare a dormire. Si fermò davanti ai letti delle figlie, sbadigliò rumorosamente, gli occhi annebbiati vagarono dai capelli lucidi, neri e fitti fitti di Genziana, a quelli biondi e sottili di Mimosa. Un bisogno impellente lo spinse verso il gabinetto.

Dalla cucina Viola seguiva il repertorio dei rumori che suo marito metteva in scena tutte le mattine. Conosceva bene lo sciabordio intermittente che accompagnava le sue abluzioni. Nulla, nemmeno quei buffi suoni che lo facevano assomigliare a un orso in amore, poteva allontanarla da lui. La caffettiera napoletana sembrava fargli il controcanto e bolliva ora con il consueto gorgoglio.

Con le dita avvolte in una mappina, Viola la girò sottosopra. Il liquido cominciò a colare e un profumo robusto e virile sgorgò dal beccuccio, camminò sui residui di soffritto che ungevano le piastrelle della cappa, prese a scivolare lungo le maioliche colorate, penetrò i muri permeabili come una tela sottile, si allungò nel corridoio, quindi, come un nubifragio violento, irruppe nelle stanze e si avventò sulle tende. Era un'onda invadente, che sollevava i risvolti delle coperte e si insinuava tra le lenzuola, dove perse forza e diventò delicata risacca. Accarezzò i volti dei giovani Olivares, raggiunse le loro narici sensibili e scalzò l'ultimo calore del sonno per mischiarsi all'odore di innocenza che, come tutti gli esseri umani, anche loro emanavano in prossimità del risveglio.

5

Le campane della chiesa di Santa Caterina cominciarono a suonare: tre rintocchi secchi seguiti da uno scampanio concitato. Le suore di clausura fecero il loro ingresso nel coro, la lunga fila ordinata si distribuì dietro alle grate dorate che le proteggevano dagli sguardi indiscreti. Un soffio di aria fresca si insinuava dalle finestre aperte e circolava nella navata in mulinelli. Le monache allargarono i petti compressi dalle rigide uniformi e presero a cantare le lodi al Signore.

Per uno strano fenomeno acustico, quel coro soave attraverso la porta laterale della chiesa raggiungeva ogni mattina piazza Bellini, imboccava Discesa dei Giudici, strisciava lungo i balconi dei palazzi e arrivava a casa degli Olivares, regalando loro un celestiale buongiorno.

Genziana stava sognando di precipitare. Ebbe un sussulto, il sangue iniziò a scorrere più veloce, fece un movimento brusco e di colpo si svegliò. Le gambe nervose scattarono fuori dal letto, impazienti di liberarsi delle lenzuola attorcigliate. Mosse le dita dei piedi, allungò le braccia, simili ad ali dispiegate al vento. Così com'era, avvolta in una innocente camicia di flanella, attraversò il corridoio.

Anche le abitazioni hanno un cuore, proprio come gli esseri umani. Nell'attico assolato degli Olivares quell'organo vitale era la cucina. Lì le vicende della famiglia si sviluppavano tra vapori fragranti e arrivavano a compimento intrise di profumi appetitosi.

La ragazza si affacciò alla porta, si stropicciò le palpebre dissolvendo l'ultimo filo di nebbia che le offuscava la vista. La sua mamma era lì, come ogni mattina, la tazza ancora tra le mani, il naso che pescava nella torba limacciosa, gli occhi gonfi per il continuo agucchiare, la fronte così corrugata che le sopracciglia quasi si congiungevano al centro. Inseguiva volute e ghirigori, mentre la finissima polvere nera, come una bussola di precisione, le indicava il cammino.

«Che guardi come na *'ntamata*? Siediti e mangia» le disse il padre spuntandole alle spalle. Genziana sobbalzò. Roberto si muoveva senza far rumore, furtivo, per cogliere di sorpresa i figli e prevenirne le malefatte.

L'uomo prese posto al tavolo e cominciò a bere con gli occhi chiusi, assaporando ogni goccia di quel "caffè Genziana" di cui solo lui conosceva la composizione segreta. La bevanda aveva una fragranza particolare, che faceva pensare alle braccia morbide di una madre, alla generosità di un padre, al cerchio d'amore che li racchiude insieme.

Genziana sapeva di essere fortunata perché apparteneva a una famiglia felice, in cui l'affetto circolava senza ostacoli. I suoi occhi andarono dal padre, corpulento e pacioso, alla madre, piccola e nervosa. "Sono così diversi" pensò.

«Ma come fanno ad andare d'accordo?» aveva chiesto una volta alla nonna. «Sono il giorno e la notte. Lei ama il sole, lui la luce artificiale; a mamma piace il fritto, a papà il bollito; lui sogna prati verdi e cime rocciose, lei spiagge bianche e acque smeraldine.»

«Magia» aveva risposto Ortensia. «Pensa allo zucchero e al caffè. Sono due polveri, ma una è bianca e l'altra nera. L'una non ha odore, l'altra profuma. Sono diversi, ma insieme acquistano forza, e si mescolano solo se uno dei due cambia stato. Così è per i tuoi genitori. Se Viola non si fosse fatta liquida il giorno delle nozze, non avrebbero potuto mischiarsi.»

«Spicciati, sennò farai tardi a scuola» disse Viola, e accarezzò delicatamente i capelli della figlia.

Lei affondò il naso nella tazza: «Bleah, che schifo!» esclamò dopo il primo sorso. «Non lo voglio l'orzo», e abbandonò di malagrazia la *cicaredda* sul tavolo.

«Bevi» ordinò la madre.

Genziana indicò la caffettiera napoletana che emanava ancora un profumo delizioso.

«Quello voglio.»

«Sei ancora piccola per il caffè.»

«*Quello* è cosa per uomini grandi e forti. Troppo eccitante...» aggiunse il padre, cingendo la vita della moglie, che lo fulminò con uno sguardo severo: le effusioni del marito la mettevano in imbarazzo.

Poco alla volta, anche il resto della famiglia si svegliò. Le voci dei ragazzi cominciarono a montare insieme ai rumori del quartiere.

6

«Nonna, dov'è la canottiera?»

Era la mamma di Viola a occuparsi delle faccende di casa. Lo faceva per rendersi utile e ripagare l'ospitalità che le era stata offerta quando era rimasta vedova.

«Raimondo, ancora cu' sta canottiera! Te la sei cambiata ieri.»

«Raimondo profumìa, Raimondo profumìa, Raimondo profumìa!»

I ragazzi sembravano litigare sempre, ma era il loro modo di scherzare.

«Rodolfo! Ruggero! La finite di sconcichiare a vostro fratello?»

«Peggio per lui. S'è visto mai un masculu che si lava ogni mattina e profuma come una signorina di quelle?»

«Bi bi bi, sti *vastasi*! No che siete voialtri a fare tanfo di capre. Forza, lavatevi tutti e tre.»

Ma loro continuavano a farsi i dispetti, finché la nonna si levava una scarpa e la tirava nel mucchio. Rodolfo e Ruggero si dileguavano, e a quel punto Raimondo si chiudeva nel bagno per le sue meticolose abluzioni.

Mimosa, la più piccola, si alzava per ultima, stirava con esitazione le braccia sottili, muoveva la testa su e giù come una tartaruga paurosa e si sfregava gli occhi con le dita piccole ed esangui. Sbadigliava a lungo, mentre i raggi del sole che filtravano dalle imposte indugiavano sui suoi capelli arruffati. Brillavano nella luce sottili strie bionde. La bambina sollevava con eleganza il lenzuolo tanto liscio che sembrava appena stirato, era così esile da non lasciare tracce nel letto, che comunque la nonna ogni mattina riordinava con particolare cura.

Poggiava sul pavimento i piedi ossuti, faceva leva su di essi, quindi allungava il corpo magro che in quella spinta verso l'alto tradiva la segreta intenzione di fiorire.

«Ecco le scarpe, Mimosa, *talè* che sono belle! C'ho passato il bianchetto.»

Era lei la preferita della nonna.

Genziana invece era la cocca di Viola, la sua chicchicedda, piccolo chicco di caffè. La chiamava così per via della pelle lucida e scura, tanto diversa da quella degli altri figli. Al confronto coi fratelli, bianchi e biondi come tedeschi, Genziana era un grumo di lava. Quando era bambina, Ortensia aveva l'abitudine di strofinarla con una spugnetta ruvida ogni sera.

«Le vere principesse sono chiare, tu pari un'orfanella» le ripeteva mentre la piccola protestava per il bruciore che quel massaggio energico le procurava. Certe volte usciva dalla bagnarola così rossa che sembrava l'avesse scorticata. Ma l'impegno di Ortensia non era bastato a trasformare Zauditù, la terribile imperatrice d'Etiopia, nella dolce Biancaneve.

Roberto voleva molto bene ai figli, a ciascuno in modo diverso.

E tuttavia la prima figlia femmina era stata un'onta. I tre maschi erano così aristocratici. I capelli lisci, biondi, gli occhi turchesi, la pelle levigata e trasparente, sembravano discendere da un principe normanno. Genziana invece aveva la pelle olivastra e gli occhi di pece.

«La figlia di un turco pare sta picciridda!» aveva detto storcendo la bocca il giorno che era venuta alla luce.

«Ma che dici Roberto, è *nutrìca*. Lasciamela allattare per un mese e vedrai che cambia colore» aveva risposto Viola, senza dare peso a quella stupida osservazione. Il travaglio era stato lungo e lei *non aveva gana di attaccare turilla*.

«Talìa qua» insistette lui con una smorfia di disgusto, «ha i peli pure sulle braccia.»

«Tutti i neonati ce l'hanno, e poi sua madre l'ha portata dentro dieci mesi, e infatti c'ha pure le unghie» intervenne Ortensia, che voleva evitare una scenata alla presenza della levatrice. Che modo era quello di parlare davanti a una estranea?

La puerpera se ne stava languida e soddisfatta tra le lenzuola, godendosi lo stato di quiete assoluta che segue ogni nascita felice. Il corpo, svuotato improvvisamente del suo prezioso contenuto, si stava ritirando, come una marea.

Ma lui non si dava per vinto e ribadiva che la figlia sembrava un'africana, che lui non la voleva toccare: «*Nzà ma' mi mascarìa*».

"Magari è geloso" si diceva Viola, che dopo un po' si seccò dell'atteggiamento infantile del marito. Era buona e generosa ma incapace di controllarsi, quando esplodeva si poteva solo aspettare che passasse la tempesta. Uno schiocco secco delle labbra segnava l'inizio del combattimento. Viola bloccava ogni muscolo e si metteva in uno stato di allerta. Una pantera pronta al balzo. Il viso le si contraeva in una maschera di odio e l'urlo esplodeva come tuono dopo la saetta.

Con il tempo, l'amore per il marito e la maternità l'avevano trasformata in una moglie prudente, di quella furia adolescenziale era rimasto un bagliore vivido, una fiammata che si accendeva fulminea animandole il volto e finiva per spegnersi da sola. Succedeva raramente che un gesto, una parola di troppo, qualcosa di non prevedibile riattizzasse la brace e l'incendio divampasse.

Mentre il marito seguitava con le *làstime*, lei si era tirata a sedere sul letto.

Ortensia, che conosceva bene la figlia e la sua inclinazione alla collera, si mise in allarme: «Laviamola la picciridda, così diventa più chiara» intervenne conciliante.

«Non vi immischiate voi!» l'azzittì sgarbatamente Roberto, e poi rivolto alla moglie urlò rabbioso: «Questa non è figlia a me».

Viola si irrigidì come fosse epilettica, aprì quindi la bocca, quasi volesse azzannarlo: «Questo è tutto il caffè che mi hai fatto bere, bastardo di un torrefattore. Tutti i vapori che dalla putìa salgono dentro casa mi si infilano nei polmoni e mi avvelenano la vita, *rifardo* di un mercante. La vedi quella porta? Aprila e vattene, ma prima dammi la picciridda, lasciala qua, vicino a me».

La levatrice era basita, avrebbe voluto andarsene, ma ancora dovevano pagarla. Ortensia si rintanò in un angolo, nascose le forbici.

«Talìa che malanova» mormorava. «Invece di fare festa alla neonata...»

Viola agitava le braccia nell'aria, cercando di acchiappare la figlia. Sarà stata colpa di quel particolare momento, certo è che Roberto così alterata non l'aveva mai vista. Si spaventò e fece un balzo indietro, per reazione strinse più forte la creatura al petto. Non che volesse abbracciarla, verso di lei non provava ancora affetto, si trattò piuttosto di un riflesso condizionato. Il suo corpo massiccio, non abituato ai movimenti bruschi, si sbilanciò. Le reni si inarcarono, la testa, per contraccolpo, si chinò in avanti. Fu solo per caso che il viso affondò nella piega polposa che nei neonati divide la testa dal torace. Un odore morbido lo avvolse come una carezza e un sentimento tenero gli inondò il cuore. Si avvinghiò a quel fagottino che il naso prima degli occhi aveva riconosciuto come cosa propria. Il profumo lo riportò all'infanzia, si sentì piccolo, indifeso; ricordò le braccia fragranti della madre, la sensazione di sicurezza che irradiava da lei. Senza nemmeno accorgersene sorrise, inebetito da un'improvvisa e immensa felicità. La moglie era rimasta nella medesima posizione e continuava a reclamare la bambina.

«È una farfalla blu» esclamò lui, e accarezzò la figlia. Nelle braccine piegate accanto alla testa, l'uomo aveva intravisto l'eleganza di due meravigliose ali azzurre. «Scusami per le minchiate che ho detto» sussurrò alla piccola, come se fosse in grado di comprendere.

Con gli occhi umidi di commozione, la posò delicatamente accanto alla moglie, poi, con l'andatura incerta dell'ubriaco, uscì dalla stanza.

Per le scale si lasciò abbracciare dai vicini che si congratulavano. Raggiunse quindi la putìa e ci rimase chiuso per alcuni giorni. Una mattina rientrò stringendo tra le mani un coppo di carta oleata: «Caffè Genziana» disse orgoglioso.

«Profuma come la pelle della picciridda» constatò Viola commossa.

7

Il capostipite dei torrefattori palermitani, il vecchio Ruggero Olivares, aveva cominciato commerciando spezie, solo in un secondo momento aveva deciso di occuparsi di caffè. C'era caduto per caso in quel lavoro, seguendo le proprie inclinazioni e il gusto per le fragranze.

In punto di morte radunò i tre figli e consigliò loro di non cedere alla tentazione di lavorare insieme: «*Che la pignata in comune nun vugghie mai!* Sceglietevi un settore ciascuno e salutatevi».

Quindi chiuse gli occhi e smise di respirare. Nessuno pianse, era vecchio, separarsi era nel corso delle cose.

A Roberto, il maggiore, fu riconosciuto il diritto di scegliere per primo. «Voglio tostare il caffè» disse con sicurezza. Aveva un fiuto speciale per quei chicchi che odoravano di muffa e di erba, ne sapeva più di un africano. Era capace di identificarne le note fruttate e fiorite prima ancora di cuocerli in padella, già nel colore pallido dell'involucro. Coglieva difetti, impurità, malattie del chicco con un solo sguardo. Grazie al caffè Genziana e all'appoggio di alcuni potenti, nel giro di pochi anni sbaragliò la concorrenza e si trovò nella fortunata condizione di detenere il monopolio del caffè a Palermo.

Al secondogenito toccò il commercio del pepe e delle spezie, mentre il terzo, esaurite le possibilità, decise di imbarcarsi e partire alla ventura. L'ultima lettera l'inviò dall'Africa; lì, tra piantagioni di caffè e donne dal colore bronzeo, si persero le sue tracce.

A Roberto i panni del commerciante stavano stretti. Era un visionario, voleva lasciare traccia del suo passaggio nel mondo. Sognava di aprire torrefazioni in tutta la città e, perché no, nella Sicilia intera. Lavorò incessantemente, immerso nei sacchi e nei libri, sperimentando, assaggiando, inventando. Aveva l'abitudine di annotare le sue osservazioni su taccuini dalla copertina nera. Scriveva con una grafia spigolosa e frastagliata. Le parole erano talvolta frazionate in sillabe, come se stesse inseguendo un'idea riottosa che stentava a prendere forma. Le pause di riflessione all'interno di un ragionamento erano rappresentate da piccoli spazi bianchi. Le *i* portavano sulla sommità dei puntini tondi e pieni, che suggerivano uno stato d'animo soddisfatto. Prima di cena rileggeva con attenzione, poi chiudeva e diceva a voce alta: «Punto».

«Che scrivi?» gli aveva chiesto una sera Genziana. Lui aveva alzato lo sguardo corrucciato: «Diario segreto». Poi, puntandole un dito contro, aveva aggiunto: «Ma non ti venisse in mente di leggerlo: sono fatti miei». Lei era corsa dalla madre: «Papà nasconde qualcosa» le aveva detto seria seria. Viola non era rimasta turbata da quella rivelazione e con aria complice aveva sussurrato: «Agli uomini piace avere dei segreti».

Nel cassetto della scrivania c'era già una decina di quei quadernini, uno per ogni anno.

Agli inizi degli anni Trenta, tutti ai Quattro Mandamenti conoscevano la putìa, cuore che batteva armonioso all'interno del cuore più grande che era la città.

Palermo era a quei tempi una signora aristocratica, dalle guance rosee, le labbra tumide, il volto espressivo, gli occhi languidi. Adagiata ai piedi di montagne protettive, bagnata da un mare salato e dolce al tempo stesso, si compiaceva della propria bellezza. Gli abitanti erano sottomessi, ma non asserviti. C'era margine per solidarietà e fratellanza, e la parola "famiglia" non aveva ancora un suono sinistro. L'aria era tiepida, i profumi delicati, Palermo non era più "felicissima", ma era ancora una città felice.

La torrefazione si trovava a Discesa dei Giudici, in un punto strategico. Mercanti e commercianti ci passavano per raggiungere il porto e i vicini mercati di Ballarò e della Vucciria. La strada doveva il suo nome a una leggenda terribile. Si raccontava che, durante la dominazione spagnola, su quelle stesse balate su cui Roberto scaricava e ammucchiava i suoi preziosi sacchi fossero stati trascinati i cadaveri dei magistrati del vicino palazzo Pretorio, ammazzati per ordine del re di Spagna, che in quel modo aveva voluto risarcire i palermitani di una grave ingiustizia.

I raggi del sole penetravano nell'anonimo ingresso e si spalmavano sulle pareti di legno scuro senza riflettersi. Una enorme bilancia verde muschio si stagliava sulla parete di sinistra, prezioso strumento di cui si occupava Roberto in persona: la tara doveva essere precisa. Non poteva certo fregare la gente, ma nemmeno rischiare di abbondare con il peso, perché: *"Un sordu sopra ann'autru s'accucchia una lira"*.

La stanza era tagliata in due nel senso della lunghezza da un bancone di legno grezzo, il cui fronte divideva i clienti dai commessi. Al centro del ripiano stava un panciuto registratore di cassa decorato da fregi floreali e appesantito da tasti tondi. Nel corso del tempo Roberto aveva delegato la contabilità alla signorina Carmela, la zitella del secondo piano che, segretamente innamorata di lui, non l'avrebbe mai imbrogliato.

Girava con un gesto secco una manovella di bachelite nera, *ding*, il suono festoso di un campanellino salutava ogni incasso. *Stoc*, il cassetto si apriva, le monete scivolavano al loro posto con un tintinnio argentino. Senza dire una parola, con gli occhi fissi ai soldi per non sbagliare i conti che teneva tutti a mente, la cassiera dava il resto e consegnava una monetina d'alluminio con la scritta "Olivares", indispensabile per partecipare alla riffa di fine anno. Il successo della torrefazione era legato anche a quella lotteria che distribuiva caramelle, tazzine di porcellana, caffettiere, pentole ai clienti più fortunati.

La bottega confinava con una tintoria e più volte nel corso della giornata il puzzo acre della candeggina scalzava l'aroma fragrante del caffè, costringendo gli operai a sciamare fuori tossendo e imprecando. Roberto aveva cercato di acquistare il locale adiacente, ma la lavandaia aveva pretese così esose che tutte le trattative erano naufragate in un nulla di fatto e ogni discussione terminava con insulti e contumelie che colpivano le generazioni passate e future. «*Arraggiata!*» borbottava Roberto, quindi si ritirava nel suo ufficio a sorseggiare una tazza di caffè, rimedio a ogni delusione.

Gli impiegati della torrefazione, sei in tutto, erano organizzati in una rigida struttura piramidale: il capo era Giovanni, detto Bimbo, perché aveva appena sei anni quando aveva messo piede alla putìa. L'Olivares, colpito dai suoi occhi grandi e tondi, sgranati sul mondo come se cercasse di carpirne i segreti, aveva deciso che il piccolo meritava una vita migliore di quella che conduceva dentro all'orfanotrofio della Martorana. L'aveva preso con sé senza esitazioni, ma più tardi aveva scoperto che l'espressione di meraviglia era frutto di una forte miopia. Si era sentito fregato, ma ormai gli voleva bene, impensabile rimandarlo indietro, così gli aveva comprato un paio di occhiali e ne aveva fatto il suo assistente.

Il lavoro cominciava prima dell'alba. Salvuccio, il tuttofare, prelevava i sacchi a via degli Schioppettieri, nel deposito che confinava con la ruota dei dolci. Li trascinava ansando sulle balate, il rumore del suo respiro si sommava a quello della juta che frusciava sul marmo. Mentre i commessi spolveravano i barattoli e mettevano ordine nei cassetti, Giovanni rovesciava il caffè, un sacco per volta, dentro la tramoggia. Quel lavoro gli piaceva, e poi stare in mezzo alla gente scacciava il senso di solitudine che si era portato dietro dall'orfanotrofio.

La bottega era un punto di riferimento per tutto il quartiere, grazie alle capacità imprenditoriali di Roberto e al potere aggregante del caffè. La gente si fermava volentieri a chiacchierare e gli affari prosperavano. L'atmosfera calda e amichevole induceva alla confessione affettuosa e alla rievocazione nostalgica.

Quando suo fratello era morto nella guerra di Etiopia, Roberto si era trovato a ereditare una grande quantità di spezie. Aveva trasportato la merce in torrefazione, ma dopo un paio di settimane la sovrapposizione dei profumi li stava facendo diventare matti. Cannella, cardamomo, anice, curcuma, liquirizia, zafferano sollecitavano desideri inappagabili, stimolavano fantasie morbose, mobilitavano energie misteriose. L'armonia della bottega rischiava di saltare, così Roberto aveva venduto all'ingrosso i preziosi sacchi.

La mattina che vuotò il deposito si sentì di nuovo in pace con se stesso, ma quando si trattò di dare via il pepe, Armando, uno dei commessi, lo fermò: «Principale, se non vi dispiace quello me lo piglio io, ve lo pago un poco al mese».

«E che te ne fai?»

«Mi piace.»

«Devi stare attento. Se te lo mangi tutto, ti viene il culo rosso come quello dei babbuini.»

«Voscenza non *si scantasse*, ci penso io a come usarlo.»

«Facciamo che te ne regalo un chilo se mi dici che ci fai.»

Armando abbassò lo sguardo, arrossì, non voleva parlare, e Roberto si andava convincendo che quei grani dovevano avere qualcosa di magico.

Il segreto glielo rivelò un operaio: «Voscenza l'avete mai vista la moglie di isso?» gli sussurrò un giorno in gran segreto. «Quella lo aspetta ogni sera alla *cantunera* della via Divisi, e tiene una faccia ansiosa e un tremolizzo nelle mani.»

«Che è, malata?»

«Voscenza *fate il fissa* per non pagare il dazio.»

«E dimmelo tu che sei *sperto*, allora.»

«Quello con il pepe *dà dénsio* alla moglie e ad altre due femmine della pensione Buganè.»

Roberto decise che caffè e pepe potevano convivere in pace, fece circolare la notizia per il quartiere – la pubblicità è l'anima del commercio – e affidò ad Armando la cura dei grani che avevano il colore delle tortore.

Quando l'operaio macinava i chicchi, la polverina si disperdeva nell'aria, s'insinuava dentro alle narici, faceva lacrimare gli occhi, peggio di una penitenza. Ma una scossa la dava, e svegliava quanto e più di un caffè. Dopo una presa di pepe, l'uomo si sentiva forte e reattivo, la donna pronta e disponibile.

Fu per colpa del pepe e delle sue decantate virtù che nella putìa confluì un manipolo di fascisti scrocconi e prepotenti. La loro presenza gettò un'ombra sulla serenità che da sempre regnava nella torrefazione.

8

Ai maschi di casa Olivares era permesso bere il caffè. La madre li osservava compiaciuta e approfittava di quel momento per insegnar loro qualcosa di utile per l'esistenza.

«La vita è un unico lungo respiro. Sentitelo dentro di voi» diceva con aria compunta. «È un bene prezioso, non dimenticatelo.»

Trattenendo a stento l'ilarità, quei tre non prendevano nulla sul serio, posavano sul tavolo le tazze vuote: «Questa pure è vita?» commentavano esplodendo in una salva di rutti.

«Siete maschi» rispondeva Viola. «Non potete capire. Avete iniziato a respirare con me, continuerete a farlo grazie alle vostre donne. È questo il mistero della vita.»

Raimondo s'infilava il cappotto e dando di gomito al fratello sussurrava: «Io alla pensione Buganè ogni tanto sospiro, ansimo, tu che dici?».

Rodolfo si stringeva nelle spalle: «Prima o poi toccherà pure a me, che i polmoni ce l'ho e mi funzionano bene!».

«Siete fatti così voi maschi, respirate con la pancia. Noi femmine lo facciamo con il cuore» concludeva Viola senza scandalizzarsi.

«Amunì!» urlava Roberto che li aspettava da un po' nell'ingresso. Quindi apriva la porta di casa e, uno dietro l'altro, guardava i figli sfilare davanti a lui. Scendevano le scale silenziosi e ordinati, segnando il passo come bravi soldati, che quella era l'epoca delle marce. «I militeddi!» esclamava il padre con orgoglio.

Gli occhi indugiavano a lungo su Ruggero, il primo della fila e anche del suo cuore. Aveva per lui molti progetti, covati fin da quando il ventre di Viola si era arrotondato in una curva delicata. Nelle notti di attesa aveva immaginato di ingrandire la putìa, di imprimere il suo marchio ai bar di tutta l'isola, di comandare uno stuolo di operai. Al suo fianco Ruggero, bambino con i calzoncini corti e lo sguardo ammirato, adulto con la cravatta e il piglio del capo.

Suo figlio non era dello stesso parere e ogni occasione era buona per manifestare insofferenza verso un destino al quale intendeva sottrarsi. Appena fuori del portone di casa scappava rapido verso piano San Cataldo, attraversava di corsa piazza Bellini e raggiungeva la via Maqueda inseguito dalle urla del padre: «Passa quando hai finito, che ti devo dire un poco di cose!».

Il ragazzo faceva finta di non sentire, sperava così di sfuggire alle proprie responsabilità. Si muoveva leggero e a ogni passo si fermava su un piede, indeciso tra il senso del dovere che gli diceva di tornare indietro e la voglia di fuggire che lo incitava ad aumentare la velocità. Riservato e silenzioso, la sua fronte era rigata da mille piccoli solchi, il corpo magro vibrava di una passione indefinita. Aveva una faccia bella e maschia, infragilita da un'espressione dubbiosa e da uno sguardo esitante. Ondeggiando tra una balata e l'altra superava la Martorana e si infilava nella vecchia casa dei Padri Teatini, dove c'era l'università.

Varcata la soglia, si fermava nel grande chiostro luminoso sul quale si aprivano le porte delle aule, poi vagava di colonna in colonna, saliva la scalinata di marmo lucido, si perdeva nella grande loggia, sulle labbra un broncio perenne.

Nei giorni d'esame lo assaliva il panico, che a volte dilagava in un mal di pancia violento. "E se non so rispondere alle domande?" si chiedeva angosciato, mentre le viscere si attorcigliavano. Rimaneva piegato in due, poi tornava a casa senza aver avuto il coraggio di affrontare il professore. La madre lo accoglieva piena di comprensione. Lo trascinava in cucina e lì confabulavano in gran segreto.

«Sarai un notaio famoso» lo rincuorava guardando il fondo della tazza.

«Ma se ancora non ho fatto manco un esame.»

«E non ti preoccupare, ogni cosa a suo tempo» lo giustificava lei, e continuava.

«Oppure un ricchissimo avvocato, un principe del Foro, magari un commissario di polizia, uno sbirro potentissimo! Talìa qua, ci sono due manette...»

«Non è che finisco in galera?» chiedeva lui preoccupato.

«Al manicomio ti devono rinchiudere!» scherzava a denti stretti Genziana. Un po' ce l'aveva con quel fratello, che considerava un rivale. A lei il commercio del caffè interessava eccome: le sarebbe piaciuto affiancare il padre, che però aveva occhi solo per Ruggero. Ma in fondo al cuore lo amava tanto quel ragazzo dalla sensibilità morbosa, così bisognoso di protezione.

«Zitta tu!» la rimproverava la madre «che le cose dette si realizzano.»

Poi addolciva lo sguardo e rincuorava il figlio: «Ava', Ruggero 'a mamma, io figli delinquenti non ne ho».

Eppure le manette tornavano a comparire ogni volta che la polvere si depositava nel piattino, e Viola era convinta che stessero lì a raccontare che il figlio era prigioniero di se stesso. A modo suo cercava di proteggerlo, ma lui diventava sempre più insicuro. Ah, quanti danni fa l'amore! Pur di sfuggire alle pressioni del padre, Ruggero si era iscritto alla facoltà di Giurisprudenza, la più vicina a casa e quindi comoda.

«Meglio i codici dei sacchi!» aveva annunciato una mattina mostrando il libretto blu.

I suoi interessi tuttavia erano altri. Aveva un profondo senso religioso; prediligeva i testi sacri, le leggi divine le trovava più interessanti di quelle umane. Poco portato all'azione, vagava tra pensieri complessi alla ricerca del significato della vita.

Roberto aveva dovuto arrendersi all'evidenza, accettare che quel ragazzo non avesse la tempra del guerriero, e insisteva ancora di più perché tornasse da lui: avrebbe così avuto il futuro assicurato.

«Vedi che la vita dello studente è dura, non parliamo poi di quella dello studioso... Vieni alla putìa, lì sei il padrone e non devi dimostrare niente a nessuno.»

Ma il figlio di giorno in giorno *si amminchiava* sui libri di diritto, che lo studio, tra le pareti protettive della sua stanza e le parole di comprensione della madre, gli sembrava un rifugio in fin dei conti confortevole.

Genziana non era l'unica a risentirsi per le attenzioni speciali riservate al fratello maggiore. Anche Rodolfo e Raimondo si lamentavano: a loro era toccato di lavorare. Sulle prime non se ne erano dati gran pensiero, erano i figli del padrone, che motivo avevano di sbattersi a faticare? Presto si accorsero di aver fatto i conti senza il padre, che fin dal primo giorno aveva assegnato loro i compiti più faticosi: uno doveva aiutare Giovanni nella pulizia di Orlando, l'altro si occupava di consegnare il caffè a domicilio.

«Siamo l'ultima ruota del carro» usava lagnarsi Rodolfo con la madre, perché convincesse Roberto a dargli una mansione consona al suo status. «Tutte quelle viti da lucidare e le maniglie da lustrare. Sai quante ne ha Orlando? Centodue! Per non parlare della padella, che ti credi che è come quella tua per cuocere le uova? E le pale, miiih! Quando si raffreddano ci cola un sugo oleoso che se non ti sbrighi a levarlo diventa duro e appiccicoso come resina. Dopo lo devo asciugare in ogni pirtuso, sennò arrugginisce. Talè che mani, sono tutte scorticate!»

«È normale» rispondeva lei con calma, «guarda le mie allora, ma io non mi lamento», e mostrava le dita che, per la verità, rovinate non erano, perché Viola i lavori di casa non li faceva.

«Che c'entra, io sono giovane, vuoi mettere. Tu invece...»

«Proprio per questo devi lavorare sodo, perché sei giovane!» rispondeva Viola infastidita da quell'aggettivo, "vecchia", che si nascondeva tra le parole di Rodolfo.

«E io allora?» attaccava Raimondo. «Mi tocca pedalare per tutta la città. Sapete quanto pesano i sacchi di caffè? Sessanta chili! Guardate la mia schiena», e si sollevava la maglietta, due lunghe scie scure correvano parallele dalle scapole al bacino.

«Ma va', il caffè fu? Contacelo a qualcun altro» rideva Viola.

«E dillo tu, allora... i sacchi sono.»

«Ieri sera a che ora sei tornato?»

«Presto, alle dieci.»

«*Cu' cu ti junci* la notte, ah?»

«Con i soliti. C'era pure Medoro con me, perché non ce lo domandi?»

«Buono quello. A sua madre le sta mangiando il cuore. E tu non la cunti giusta.»

Ma Viola continuava a sorridere con una bella faccia di soddisfazione. Quei segni di sicuro glieli aveva fatti la sua zita. Ah, la giovinezza!

«Si comincia dal basso, ragazzi miei, dalla gavetta» li ammoniva. «E finitela di sputare in cielo, che in faccia vi ritorna!»

Accompagnava le parole con un movimento delicato del capo, una sorta di grazioso tentennamento. Dal suo corpo irradiava una luce d'amore che avvolgeva chiunque le fosse vicino, e infatti Raimondo e Rodolfo di colpo la finivano. Lei era così, non voleva scontentare nessuno, e poi sapeva per esperienza che la verità ha mille facce.

9

Ogni mattina Ortensia s'infilava uno striminzito cappottino scuro, si copriva i capelli con un velo spesso e annodava le cocche sotto la gola grinzosa, avendo cura di nascondere le ciocche grigie. Afferrava quindi una sporta di rafia e se ne andava al mercato di Ballarò. Era lei a occuparsi della cucina, Viola non ne voleva sapere di pignatte e stracci. Ortensia era invece maniaca dell'ordine e rintuzzava chiunque le venisse a tiro. Era convinta che una donna vera non dovesse mai mostrare cedimenti né potesse sdilinquirsi in smancerie. Le sue parole erano dure e legnose come colpi di bastone. Solo quando si rivolgeva a Mimosa addolciva il tono. In cucina era bravissima e davanti ai fornelli cantava con voce commossa.

Agli Olivares piaceva mangiare sempre le stesse cose: patate e zucchine, melanzane d'estate, broccoli d'inverno, anguilla a Natale, agnello a Pasqua. Le uniche varianti erano le erbe: alloro, basilico, menta, rosmarino, finocchietto, origano, che Ortensia mischiava con sapienza e fantasia. Qualche volta, ma solo in casi eccezionali, comparivano sulla tovaglia *mussu*, *quarume e frittola*, cibo per vastasi, e infatti Raimondo e Rodolfo ne andavano pazzi.

Sul pianerottolo trovava ad aspettarla la signorina Carmela. Era lei a darle i soldi per la spesa e intanto si informava sui prezzi della verdura, commentava il costo della vita. La nonna si sentiva controllata. «Manco fossero piccioli suoi!» si lamentava con Viola.

La cassiera era un'impicciona, faceva molte domande, troppe,

45

e non solo sulla spesa. Il talento della principessa era il suo argomento preferito. Chissà dove aveva imparato?

«Non lo so nemmeno io» rispondeva Ortensia, che lesinava informazioni tanto quanto la cassiera risparmiava sulle monete.

«Ma vossia che siete la madre come fate a non saperlo?»

«E che vi devo dire? Nel viaggio di nozze si sentì male, cose da femmine.»

Carmela non si era mai sposata e la sua unica esperienza di cose da femmine erano quelle regole che arrivavano ogni mese, il colore rosso che negli anni della sua giovinezza la informava sfacciatamente del suo stare al mondo *a matula*.

Il divertimento preferito di Ortensia era provocare le persone. Lo faceva con occhi innocenti, sguardo aperto, voce sommessa. In famiglia la chiamavano "muzzica e s'arritira". Una mattina che la curiosità della signorina non si placava, Ortensia si addentrò in spiegazioni farraginose, alluse a un disturbo fisico della figlia, causato da quel marito anziano e allupato: «Lo sapete come vanno queste cose... la prima notte di nozze, l'emozione... Quella, Viola, era poco più che una picciridda! Lui invece, Roberto, già avanti negli anni, voleva gli arretrati tutti insieme. Non gli erano bastate quelle scostumate della pensione Buganè a piazza Sant'Oliva?».

Carmela cambiò colore, si fece rossa, gialla, verde, e Ortensia ridacchiando rincarò la dose: «La figghia mia si sentì male, certe cose non si possono dire per decenza».

La parola "decenza" eccitò la fantasia della signorina, che di solito evitava di spingersi sul terreno minato della sessualità. La tormentava un desiderio morboso di conoscere i particolari della prima notte, quella in cui le spose realizzano una felicità unica e non surrogabile, che a lei era stata negata.

«Ma dove le faceva male? Dove? Ve lo disse?»

La nonna scosse la testa: «Nonsi, non è cosa che si conta, manco alla madre».

«Magari ve lo fece capire...»

Le mani di Carmela, abituate a giacere incrociate sulla pancia, in una immobilità che sapeva di repressione e ipocrisia, si spostavano frenetiche dalla sciallina al grembiule, desiderose di varcare soglie proibite. Ah, maledetto bisogno di carezze! Se per tutte sono delizia, per qualcuna la loro mancanza è una vera croce.

«Insomma, signorina Carmela, come ve lo devo dire? Ci bruciava qualche cosa, sicuro. Ma perché, a voi mai vi è successo che quella cosa lì vi dà fastidio?»

Il riferimento diretto alla sua femminilità deflagrò nella tromba delle scale come una bomba. La faccia della signorina si torse in una smorfia e le guance si sollevarono in mille pieghe come una mappina strizzata dalle mani forti di una lavandaia: «Dio ni scanzi e liberi!» mormorò. L'imbarazzo aveva ridotto il suo corpo a una massa di carne legnosa compressa attorno a quell'unica fessura che nessuno aveva mai esplorato.

Ortensia le poggiò una mano sulla spalla, era rigida come uno stoccafisso. Gongolante, rilanciò con spiegazioni complicate, si incartò in giri di parole inconsistenti e concluse con una serie di ovvietà: «Poi venne il dottore che ci fece bere un caffè, così amaro che quasi vomitò. Era fatto con una polverina scura che le impastò la bocca alla figlia mia, tanto che per tutta la giornata non riuscì a mangiare niente. Restò nel letto a fissare il fondo verde marcio della tazza. Quando si sentì meglio, chiamò il marito: "Roberto, tra sei mesi rimarrò incinta, maschio sarà".

Mio genero si spaventò, pensava che tutto quel tricche e tracche della notte le avesse dato in testa. Si mise a piangere, si dava pugni. "Mia, colpa mia!" gridava. Qualche fetente lo sentì piangere, che in questo quartiere segreti non se ne possono avere. Il *panzalenta*...».

«Chi era? Chi era?» la interruppe Carmela concitata, ogni dettaglio le titillava i nervi.

«Lo so io chi era! Ma nomi non se ne fanno. L'infame raccontò in giro a modo suo quello che aveva sentito, la gente cominciò a sparlare: "Vuoi vedere che Viola Olivares era già incinta prima di sposarsi?". Ogni occasione è buona per gettare a terra l'onore di una ragazza per bene! Ma i fatti parlano, Ruggero è nato dopo esattamente quindici mesi di matrimonio. Volete vedere il certificato del comune?»

Ortensia si era persa in un racconto che alla zitella non interessava per niente.

«Sì, vabbè, ma come ha fatto a capire che nel fondo di caffè c'è il futuro scritto chiaro chiaro?»

Carmela era ritornata al punto iniziale della conversazione.

«Per grazia divina» intervenne seccata Viola, che per caso si era ritrovata ad ascoltare il dialogo tra le due donne. «La vogliamo finire di perdere tempo?» urlò facendo roteare le mani nell'aria. Non gradiva si parlasse dei fatti suoi.

Ortensia si fece piccola piccola, la cassiera si strinse la sciallina scolorita attorno al collo secco e se ne scese di corsa alla putìa, inseguita dalle parole rabbiose di Viola: «C'è chi nasce nera e chi bianca. Chi non sa scacciarsi le mosche dalla testa e chi capisce tutto. Chi scrive, chi legge, chi fa tutte e due le cose. Io so leggere, ma no nei libri, quello lo possono fare tutti, basta andare a scuola. Io indovino il futuro».

Ortensia, soddisfatta, se ne andò cantando al mercato: «Sarà la musica del mareeee, che fa vibrare forte questo cuoreeeee».

Lungo le scale ridacchiava, era contenta quando poteva fare dispetti a Carmela, raccontare storie senza senso, cantare.

Entrando in torrefazione, Roberto salutava gli operai con un semplice «aeh», a metà tra un colpo di tosse e un sospiro. Si toglieva la giacca, che lì dentro le pareti bollivano, poi si infilava nel suo ufficetto alle spalle di Orlando. Per tutta la mattina non si muoveva dalla sedia impagliata, con le braccia appoggiate a un tavolino di legno brunito faceva i conti, archiviava le fatture, annotava gli ordini. Certe giornate passava ore a scarabocchiare sui quadernetti con la copertina nera. Quel posto era la plancia di comando di una nave: lui ne teneva con mano sicura il timone e da lì si complimentava con Giovanni, spronava i dipendenti, ossequiava i clienti, rimproverava i figli: «Si comincia dalla gavetta! Se c'è qualcuno qui che si crede padrone...».

Gli operai annuivano, ammiccavano, ridacchiavano. Lui, tronfio, si calava sempre di più nel ruolo, che esercitava con aria burbera. La mitezza del padrone era nota a tutti e i suoi modi risultavano più ridicoli che severi.

«Il signor Olivares porta la *feredda*» dicevano alle sue spalle. «Gli piace fare il capo, ma gli acquisti, il prezzo, persino gli orari di apertura li decide la moglie.»

Era vero solo in parte. Viola aveva senso pratico, era saggia, virtuosa e intelligente, perciò lui la stava a sentire. Temeva inoltre i suoi scoppi d'ira, dunque, a costo di apparire sottomesso, evitava di accarezzarla contropelo. Ma all'occorrenza, specie negli affari, l'ultima parola sapeva prendersela lui. Era un gioco delle parti, per quieto vivere.

Da qualche tempo però la pace si era incrinata. Dopo le prime, sporadiche apparizioni, il gruppetto di fanatici sostenitori del Duce aveva cominciato a presentarsi in torrefazione ogni mattina. Erano in cinque, ma facevano per venti: perdevano tempo al bancone, scherzavano a voce alta, prendevano in giro gli altri clienti. La loro presenza poco a poco stravolse l'atmosfera della putìa: il clima lieto che aveva sempre assicurato la serenità in casa Olivares si fece teso. I racconti affettuosi, i dialoghi innocenti furono scalzati da inutili chiacchiere infarcite di volgarità. Si parlava soprattutto di donne, buone solo a figliare, oppure vacche pingui destinate ad appagare i desideri maschili. Roberto soffriva di quelle conversazioni rozze e pensava con timore alle figlie, fiori preziosi e delicati che anche la rugiada avrebbe potuto danneggiare.

Un giorno si fece coraggio e decise di intervenire: «Non sono tutte uguali le donne. Prendete mia moglie, per esempio. Grazie a lei l'azienda prospera, la mia famiglia cresce d'amore e d'accordo. Viola sa il fatto suo, io la interpello sempre prima di prendere decisioni».

«Angeli del focolare e diavolesse dentro al letto, ecco cosa sono le donne. Pronte ad alzare la cresta se non sentono morso duro e redini ben strette» rispose il capomanipolo.

Roberto avvampò, strinse i pugni e dovette mordersi le labbra per non reagire. Temeva ritorsioni: quelli, se volevano, potevano anche chiudergli la putìa. Contò fino a dieci e poi replicò: «Ma Viola è così dolce!».

«Già. Ma quando la pensate in maniera diversa, chi è che decide?» continuò il sottopanza con aria tronfia.

«Be'... si parla, si discute, si cerca una strada comune...»

«Se manca il consenso, ci vuole la forza» ribadirono in coro e scattarono in piedi, in una posa che voleva essere virile.

Roberto si guardò intorno: i clienti se n'erano andati, gli operai avevano fatto capannello intorno a Orlando, come a cercare riparo, i figli gli facevano cenno di tacere. Atteggiò il viso a un sorriso prudente e smise di parlare.

Io protestavo, facevo resistenza, sbattevo i piedi, urlavo.

«Ma perché non posso lavorare anche io alla putìa?»

«Se non lo capisci è inutile che te lo spiego» rispondeva mio padre senza scomporsi. Poi apriva la porta e con la mano mi invitava a uscire.

Lo sentivo ridere alle mie spalle insieme agli operai: «Femmina è, ma non se ne rende conto».

Ero certa di valere quanto i miei fratelli, ma in quei momenti sentivo vacillare le sicurezze. Salivo le scale e aprivo con violenza la porta di casa. La mamma sollevava gli occhi dalla sua tazza: «Allora? Che successe?».

«Voglio diventare una torrefattrice!» urlavo, rossa in viso.

Lei veniva verso di me lentamente, il suo respiro lieve si intrecciava con il fruscio della vestaglia. Mi accarezzava le guance e cercava di calmarmi: «Tu sei un chicco di caffè, al massimo tostiamo te, ma per quello c'è ancora tempo».

Dal tono di voce era chiaro che non prendeva sul serio la mia sofferenza.

La putìa era il regno dei maschi, anche la mamma la pensava così, e questa cosa mi faceva imbestialire. Io adoravo il profumo del caffè, ne avrei bevuti litri se solo me l'avessero permesso. "Sei ancora troppo giovane!", ogni volta che porgevo la tazza perché me la riempissero, la risposta era sempre la stessa. Tutto ciò che girava attorno a quei chicchi lucenti era cosa da maschi o da grandi.

La caffettiera sul fornello era una tentazione quotidiana, ma se la lasciavano incustodita era immancabilmente vuota. Figuriamoci, i miei fratelli davano fondo a tutto!

Dovevo accontentarmi di un intruglio che preparavo di nascosto. Grattavo la polvere residua dal macinino e la mischiavo con lo zucchero. Quel boccone granuloso mi impastava la bocca fino a strozzarmi. Ma mi piaceva, era dolce e mi dava l'illusione di osare qualcosa di proibito. Avevo l'abitudine di raccogliere i chicchi che trovavo sul pavimento, ne cadevano quando i sacchi venivano caricati. Mi chiudevo poi nel gabinetto a macinarli. Facevo scorrere l'acqua per attutire il suono, che altrimenti la nonna se ne sarebbe accorta: non le sfuggiva nulla a quella. La polverina magica la conservavo dentro a coppettini di carta oleata che nascondevo nella cartella. La sabbiolina scura conteneva più caffeina di un'intera napoletana, perciò ero sempre nervosa. Saltavo su per un nonnulla e spesso la notte non dormivo. A scuola ero sempre pronta a litigare e reagivo male agli scherzi delle mie compagne, che mi chiamavano Zauditù per via della mia pelle scura.

Le insegnanti mi riprendevano di continuo: «Olivares Genziana, chiedi scusa».

Sbuffavo e alzavo gli occhi al cielo: era azzurro, limpido, chiaro.

Quante cose si possono fare in una bella giornata di marzo, pensavo sospirando. Nell'aula buia il cuore mi si faceva piccolo piccolo. Studiare mi sembrava inutile. Non serve la scuola per imparare a lavare, spolverare, stirare, per quello basta guardarsi intorno. In fondo mia madre era un'analfabeta, non distingueva una lettera da un disegno, ma non per questo era infelice.

Non è che non mi piacessero i libri, il fruscio delle pagine mi provocava un leggero brivido e le vite degli altri, che si dispiegavano rigo dopo rigo, nutrivano la mia immaginazione. Però non sopportavo quella gara continua a chi era la più brava. Le insegnanti lo sapevano e mi avevano presa di mira.

La più carogna era quella del catechismo fascista.

«Olivares, chi è il Duce?»

La sua voce stentorea mi feriva le orecchie.

«Non lo sai, eh?» insisteva beffarda.

Traeva dalle mie difficoltà un sottile piacere. Per fortuna c'era Rosabella, la mia compagna di banco. Era figlia di un operaio della torrefazione, forse per questo si sentiva in dovere di aiutarmi. Teneva il libro sulle gambe, lo apriva fulminea alla pagina giusta e mi indicava la risposta. Io facevo finta di pensare, poi sbirciavo e, tirando un sospiro di sollievo, rispondevo: «Il Duce è il fondatore dell'Impero».

Non capitava spesso, ma qualche volta mi ammalavo. La febbre era una vera fortuna, potevo starmene a casa con la mamma tutta per me.

«Falla sudare, che così la temperatura si abbassa» si raccomandava la nonna.

Era bello starmene sdraiata a guardare i raggi filtrare dalle persiane come una ragnatela luminosa e trasformare la stanza in un caleidoscopio. Le tende chiare non bastavano a tenere fuori la luce, che nei giorni di primavera entrava di prepotenza e si frangeva sullo specchio scomponendosi nei colori dell'arcobaleno. Nuvole dorate danzavano sospese al centro della camera, si addensavano nell'aria ferma come sabbia bagnata e piano piano si depositavano sui mobili massicci. Finché le volute argentee non si dissolvevano, rimanevo con gli occhi sbarrati a contemplare i miei sogni sul muro bianco. Tra i miei desideri segreti c'era un bel ragazzo scuro di pelle come me, con gli occhi neri e la voce profonda. Immaginavo che lui mi sorridesse mentre gli mostravo orgogliosa un sacco di juta con scritto "Amore", il caffè che io, da grande, avrei inventato.

Quando i miei fratelli non c'erano, nella quiete della casa il silenzio regnava in armonia con il fruscio delicato della scopa sul pavimento, il suono sincopato del battipanni sui materassi, il tintinnio delle stoviglie nel lavandino. Era la nonna a occuparsi delle faccende e c'era nei suoi gesti, che si ripetevano uguali ogni giorno, una ingannevole continuità.

Il tempo in quegli anni era il rintocco delle mille campane che risuonavano nelle chiese torno torno. E scorreva lento, formando una patina che si distribuiva equamente su oggetti e persone. Opacizzava console, specchi, cornici, sedie e toilette. Increspava le labbra, scavava le guance, imbiancava barbe, capelli. Ma nessuno si ribellava: erano quelle le tracce della vita.

Quando la febbre era molto alta scivolavo in un sonno leggero e vigile. Il vocio della strada diventava un brusio musicale, animato dalle grida degli arrotini e degli ambulanti. Lo scroscio dell'acqua nei lavatoi dalla terrazza si riversava a cascata sul parlottio confuso dei clienti di cui conoscevo le voci. C'era Pina che voleva ritrovare il marito perso nella Grande Guerra, Assunta che aspettava notizie dello zito partito per La Merica. I maschi parlavano solo di soldi, di matrimonio le femmine. La mamma rispondeva senza mai perdere la pazienza e nelle pause veniva a vedere come stavo. Mi appoggiava una mano sulla fronte calda, ne traevo una sensazione di frescura che mi strappava al torpore. Aprivo gli occhi.

«Ma come fai a sapere tutto?» le chiedevo.

«Sono una maga» rispondeva misteriosa.

Ma io sapevo che nelle tazze non c'era niente da leggere, lei i fatti del quartiere già li conosceva, il resto era facile immaginarlo. Però era brava a consolare la gente disperata e forse proprio in quell'aiuto che non negava a nessuno consisteva il suo potere magico.

Durante la convalescenza mi permettevano di prendere aria in terrazza. Amavo stare tra le lenzuola stese ad asciugare, emanavano profumo di libertà. Strofinare via lo sporco dai vestiti, togliere le macchie da un tessuto mi affascinava, era come cancellare i cattivi ricordi e darsi nuove possibilità. Allora pensavo che la felicità fosse nell'oblio. Ma è nel ricordo la salvezza: me ne accorgo oggi, quando la memoria mi restituisce brandelli di un passato fiabesco.

10

Viola sapeva che quella mattina sarebbero stati in molti ad aspettarla. La primavera funzionava da catalizzatore, l'aria tiepida e la luce morbida risvegliavano speranze, eccitavano la fantasia, suscitavano negli animi un indefinibile bisogno di novità. Dispose sul tavolo le tazze, il bricco e una candela accesa, quindi aprì la porta.

«Quanti siete!» esclamò, e invitò i clienti ad accomodarsi con un sorriso gentile. Il garbo era la prima cosa per una caffeomante.

Le persone si disposero in una fila ordinata e silenziosa, che anche il decoro era parte del rito.

"Speriamo che siano tutte buone notizie!" pensò. Certi giorni il carico di dolore le riusciva insopportabile.

«Assittativi.»

Donna Ciccia avanzò con timidezza nella cucina che profumava di caffè e liquirizia. Aveva a stento vent'anni, ma ne dimostrava almeno il doppio. Pochi denti malsicuri, le dita grosse, nodose, la pelle viola e sanguinante in più punti. Era una delle tante lavandaie che a inizio settimana strofinava lenzuola ricamate, camicie e trine preziose dentro i palazzi della via Maqueda e del corso Vittorio.

«Avanti, parla» la incoraggiò Viola.

«Principessa, ho quattro figlie femmine. Non vorrei che si bruciassero i polmoni con azolo e lisciva come ho fatto io. C'è speranza per loro di fare una vita migliore?»

Viola le toccò delicatamente le dita gonfie: «Ti faccio una cosa speciale. Userò il metodo della zingara. Bevi, ma lasciane un po' dentro alla tazza».

La lavandaia strinse il manico tra pollice e indice e lasciò le altre dita sollevate in aria, come se avesse paura di sciupare la porcellana.

«Visto che ci dobbiamo occupare di un guadagno, falla ruotare in senso orario. Quando si tratta di perdite, giriamo al contrario. Mettila a testa sotto sul piattino e fai colare l'acqua rimasta. Bene, ora dalla a me, qui nella mano destra.»

Viola esplorò tutto il bordo a partire dal manico, proseguendo in senso antiorario verso il centro e disegnando con lo sguardo una spirale.

«Bene, bene... benissimo! Quello che ti sto per dire potrà accadere tra sei giorni, sei settimane, o addirittura sei anni.»

«Principessa, con rispetto parlando, state dando i numeri?»

«Guarda. C'è il numero sei. È il tempo che passa tra la profezia e l'evento, ma non so dirti se sono giorni, mesi o anni.»

La donna cominciò ad agitarsi sulla sedia.

«Auguri, donna Ciccia, con buona salute!»

«Viene a dire?»

«Qua, i due puntini: significano gemelli.»

«Madonnina mia, e che gli do da mangiare?»

«Aspettate un attimo. Una è femmina sicuro, il cerchio è imperfetto. L'altro puntino è vicino a un cerchio perfetto, sarà maschio, ma non camperà, c'è una croce qui dentro.»

«Meno male! Uno di meno» si consolò donna Ciccia.

«Comunque le vostre figlie faranno tutte le lavandaie, tranne una, proprio la gemella. Un mestiere diverso dal vostro. Vicino al cerchio c'è una *emme*: monete, soldi, guadagni.»

«Principessa, ora sì che cominciamo a ragionare.»

«Sisina, ancora qui sei? Che vuoi?»

«Principessa, mio padre non vuole che amoreggio con Mario.»

«Sei giovane, ha ragione lui.»

«Ma che dite? Ho quattordici anni, ho cresciuto tre fratelli e so cuocere pure la salsa.»

«E allora?» Viola sospirò. Sisina era una ragazzina d'oro, sapeva fare molte cose, era intelligente, sposarsi a quell'età sarebbe stato un delitto.

«Datemi un consiglio voi, io a Mario voglio bene. E se mio padre non me lo fa vedere, ci facciamo la fuitina.»

«Che prescia che hai! Bevi e poi vediamo. Qui ci vuole il metodo preciso, a come sei malintenzionata, non mi posso permettere il lusso di sbagliare.»

Sisina ingoiò, la sua gola morbida e bianca si mosse su e giù con un'onda tenera. Viola ci mise un po' a decifrare gli innumerevoli arabeschi spalmati sulle pareti bianche. Smosse la tazza più volte, infine parlò con lentezza: «Ti dico cosa troviamo, da sinistra a destra... Aereo: nuovi amori. Anello: amore sincero e duraturo. Bilancia: avrai quello che ti meriti. Chiesa: matrimonio. Chiodo: gelosia. Freccia: notizie. Grappolo: tradimento...».

«Ma quante cose vedete in un pirtuso di tazza?»

«Sisina, la situazione è ingarbugliata. Questo è Mario, e vicino ci sono altri due masculi. Vero è?»

La ragazza arrossì, colta in flagrante.

«Non mi dire farfanterie, che nel caffè c'è scritto tutto» la minacciò Viola.

«Sìssi» sussurrò Sisina con gli occhi bassi.

«Come si chiamano?»

«E voi ce lo dite a mio padre?»

«Ma che dici? La caffeomante è come il medico e il confessore, è tenuta al segreto.»

«Giurate!»

«Talè, quella è la porta, se non ti fidi te ne puoi andare.»

«Mi dovete scusare, ma se mio padre lo sa mi ammazza di botte.» Poi aggiunse: «Michele e Renato si chiamano, ma io il bacio ce l'ho dato solo a Mario».

Viola si frugò nelle tasche, le mise in mano tre chicchi di caffè crudo: «Tieni. Uno lo chiamiamo Mario, un altro Michele e il terzo Renato. Mettili in tre bicchieri diversi, pieni d'acqua, il primo che germoglia, quello è l'uomo giusto. Perciò aspetta a fuiritinni».

Sisina se ne andò contenta, stringendo nel pugno i granellini che avrebbero dissolto ogni dubbio.

Alivuzza, la sartina di Rua Formaggi, non si vedeva da un po'. Si chiamava Concetta, ma era detta Alivuzza per via del colorito verdognolo e della pelle lucida come un'oliva acerba. La sua ossessione era l'amore. Lo desiderava come un affamato il pane. Avvizzita dalla solitudine, pareva invecchiata precocemente. Forse per questo non riusciva a trovare un uomo, perché per il resto era una brava ragazza, lavoratrice e risparmiatrice, pure la dote era riuscita a farsi a forza di rammendi e orli.

«Alivuzza, finalmente! Da tanto non ti vedo. Cosa mi racconti?»

«Principessa, a me non succede mai niente...»

La sartina bevve il caffè con gli occhi che bruciavano di speranza. Viola iniziò a leggere con circospezione, eppure questa volta le sembrava di vedere qualcosa: un piccolo fiocco era comparso tra la polvere scura: «Congratulazioni, Alivuzza, ce l'hai fatta! Guarda qui, avrai una fimminedda». La sartina sorrise di felicità.

«Si vede che è giornata» aggiunse Viola. «Prima donna Ciccia, ora tu.»

«E mio marito? Come sarà?»

Per quanto si sforzasse, Viola non scorgeva alcuna presenza maschile, ma non se la sentiva di deludere la donna che, scura come un'oliva nocellara di Castelvetrano, si era soffusa di un colorito roseo come una biancolilla matura.

«Torna domani e te lo dico, il caffè non era abbastanza per tutte queste domande.»

Margherita Vaccaro, la moglie di Peppe Schiera, era una donna timida. Profumava come un giglio di Sant'Antonio e aveva la pelle bianca come la luna.

«Principessa, sono preoccupata, Peppe, mio marito, ne combina una al giorno.»

«Eh, quello è un poeta», sorrise Viola.

«Sì, ma nemmeno questa notte è tornato a dormire. Vero è che a me fa solo un piacere se rimane fuori, che figli già ne abbiamo cinque. Dormiamo e mangiamo a casa di mio padre, non è che ne posso approfittare ancora...»

«E cosa volete sapere?»

«Se è vivo o morto.»

«Vi basta questo?»

«E che altro? Tanto lavoro non ne trova, chi lo fa travagghiari a uno che ce l'ha con Mussolini e Hitler insieme? Sapete cosa scrisse del patto d'acciaio? *"Cci rissi Hitler a Mussulinu, / facemu l'alleanza. / Criccu Croccu e manicu ri ciascu."*»

Viola si mise a ridere, Peppe le faceva una grande simpatia.

«Insomma, sono tre giorni che non lo vedo. Se ne è uscito con un mucchio di pizzini e non è più tornato.»

«Vabbè, ho capito» la interruppe Viola. «Usiamo il metodo del sì e del no. Facciamo che se esce una croce è morto, sennò è vivo. Tieni, bevi.»

In quell'istante la porta si aprì con un tonfo e fece irruzione un donnone dalla faccia quadrata, le sopracciglia cespugliose e un corpo massiccio.

«Non sta bene far aspettare le signore!» urlò spintonando Margherita. «Tornate più tardi, ora tocca a me.»

Si sedette e poggiò in bella vista sul tavolo una borsetta di pelle nera, con tanto di marchio Richard Koret vicino alla chiusura in metallo: «E quando uscite, chiudete la porta» ordinò sistemandosi la gonna.

Margherita Vaccaro non osò protestare, era schiva e sapeva che era inutile mettersi contro quella gente.

«Sono Pancrazia Fondonero, mi volevo sincerare di persona se è vero quello che dicono di voi.»

Viola era furibonda, le guance le tremavano ed era pronta a menar le mani. "Ma chi ti credi di essere, *curtigghiara*?" stava per dire, quando sulla porta fece capolino Roberto.

«Violetta, amoruzzo mio, la signora è la moglie del federale...», e non aggiunse altro. "Ti prego, non combinare guai" sembravano implorare i suoi occhi azzurri, resi più chiari dalla paura, quindi sparì, accennando con il braccio sollevato a mezz'aria un timido saluto fascista.

La Olivares se la pensò per qualche minuto. Se avesse dato retta all'istinto, le avrebbe sbattuto in faccia il bricco di caffè, macchiandole il costoso vestito che tra tanti grembiuli stinti era uno schiaffo alla povertà. Ma la vendetta si consuma fredda, perciò si alzò in piedi e con fare cerimonioso porse la mano: «Signora Pozzonero...».

«Fondonero» la corresse il donnone.

«Scusatemi. È un onore per me conoscervi. Volete sapere qualcosa di particolare oppure desiderate una lettura in generale della vostra vita, passata, presente e futura?»

«Facciamo in generale?» rispose quella ammiccando.

«Vi preparo subito un caffè speciale» disse con un sorriso mellifluo.

Macinò personalmente la peggiore qualità di chicchi insieme alla magnesia che usava per purgare i suoi figli quando si intasavano di quel cibo da strada che gli piaceva tanto. "Occhio per occhio..." Intendeva in questo modo vendicare anche i mal di pancia del povero Schiera, costretto più volte a bere l'olio di ricino. Aggiunse al caffè un bel po' di zucchero per mascherarne il sapore, poi con gesto gentile glielo porse: «Bevete tutto d'un fiato» le ordinò.

La signora ingoiò con una smorfia e si agitò sulla sedia per mettersi comoda.

«Useremo il metodo dell'anno che verrà», quindi fece roteare la tazza, la rovesciò sul piattino e la coprì con le mani incrociate. «Questo è il presente» disse indicando il manico, «se dividiamo la tazza in dodici spicchi ideali abbiamo i mesi dell'anno. Siamo a maggio, vero?»

L'altra fece un cenno d'assenso.

«Allora questo è giugno, luglio... e continuando il giro, agosto, settembre, ottobre, e via dicendo fino a febbraio. Mmmh... soffrite di colite?»

«Quando mai! Ho le budella ferme come la torre di Calatubo.»

Viola tracciò con un dito una linea immaginaria.

«Quello che sta sopra è l'inizio del mese, sotto i giorni a venire, il fondo è il futuro lontano.»

Quindi fece una pausa. Il petto si sollevò in un respiro profondo e subito dopo cominciò a parlare veloce, scandendo le parole come una mitraglietta.

«Siete una donna 'ntisa. Nessuno può dirvi di no. Vi siete sposata tardi, avete avuto solo un figlio, per miracolo. Sarebbe bastato aspettare ancora un anno e potevate stujarvi 'u mussu.»

Viola la fissava dritta in faccia, la signora Fondonero prese ad agitarsi, rossa di vergogna. Teneva la bocca spalancata come un pesce che sta per abboccare all'amo.

«Ah, ma non è solo colpa vostra! Pure vostro marito c'ha messo del suo. A quanto leggo qua non vi cercava, non gli piacciono quelle cose... ma i figli vengono solo facendo l'amore.»

«Va bene, abbiamo capito, passiamo al futuro» la interruppe la donna, seccata. Le parole della Olivares erano tutte vere, ma non erano certo faccende da divulgare. Si era già pentita di averla consultata. Aveva immaginato di divertirsi un po' alle spalle del torrefattore.

"Guarda in che guaio mi sono ficcata. E se si viene a sapere in giro?" stava pensando, quando nella stanza risuonò un cupo brontolio. La donna si accarezzò la pancia, un'espressione di dolore le passò sul viso. Le sue orecchie divennero rosse, portò le mani unite attorno all'ombelico come se volesse tenere strette le viscere. La magnesia stava facendo effetto.

«Sbrighiamoci!» sussurrò, una nuova urgenza le imponeva di concludere il colloquio.

«Andate di prescia?»

«Sì, mio marito mi aspetta alla putìa.»

«Allora non facciamolo attendere» concluse Viola sorniona. «Vi dico solo una cosa: quel caffè che beve ogni mattina gli fa male, meglio sarebbe una tazza d'orzo, che a una certa età gli stravizi si pagano.»

«Basta» disse la signora alzandosi, «devo correre.»

Viola la trattenne per un braccio: «Aspettate, mi dovete pagare».

«Ma non lo fate gratis?»

«Quando mai, le profezie non pagate portano sfortuna.»

Ma la Fondonero aveva già imboccato le scale.

«La colite vi dovete curare!» si raccomandò Viola ridendo.

11

Sull'educazione delle figlie i coniugi Olivares la pensavano diversamente.

«Femmina è, si deve sposare, tanto vale che se ne sta a casa.» Roberto, come Genziana, pensava che la scuola per lei fosse inutile.

Viola invece era irremovibile: «Pure che sono femmine, devono studiare lo stesso», ma poi non sapeva spiegare perché ci tenesse tanto che le ragazze arrivassero almeno al diploma.

Ogni mattina le due sorelle s'incamminavano insieme. Al convento si fermavano alla ruota a prendere un dolcetto. Per le suore di clausura, la ruota era l'unico contatto con il mondo, da lì passavano dolci, soldi, notizie, emozioni. Era Genziana a bussare.

«Che volete?» sussurrava la voce atona della trapassata di turno. La ragazza lasciava dei soldi sul piatto, la suora li prendeva, poi la ruota girava cigolando e comparivano due minnuzze di vergine.

Mimosa a scuola ci andava senza protestare. Aveva un carattere riservato, nessuna inclinazione a quelle vampate che infiammavano l'anima della sorella, alla quale veniva affidata ogni mattina. Mano manuzza le due ragazze risalivano la strada fino a piazza Pretoria. Le statue con le vergogne in bella vista piacevano a tutte e due.

«*Talìa dà!*», Mimosa indicava i seni puntuti di una ninfa.

«Scimunita!» la rintuzzava la sorella con una spinta leggera.

Magra com'era, la bambina indietreggiava barcollando. Genziana si fingeva disinteressata, ma i suoi occhi curiosi non si staccavano da un maschio di marmo ai piedi della scalinata. Tra le cosce scultoree gli pendeva un coso corto che somigliava a un cannolo di ricotta. Ne aveva parlato spesso con Rosabella, anche se nessuna delle due sapeva come si chiamava.

«Bisogna trovargli un nome» si erano ripromesse, «perché quello che non si nomina non esiste.»

Entrambe non si facevano persuase che quel coso dall'aria ridicola potesse essere così importante, quasi indispensabile per conquistare la felicità.

Sull'ultimo gradino della piazza Mimosa si impuntava, non ne voleva sapere di attraversare la via Maqueda.

«Aspetta che non ho finito», e staccava la mano da quella di Genziana continuando a passare in rassegna i seni delle ninfe, di cui conosceva ogni particolare.

«Che fa, sei invidiosa di quella?», Genziana indicava una statua dal seno piccolo e armonioso. «Tu invece...» proseguiva girando nell'aria il pollice e l'indice tesi come fossero una pistola, per dire che non aveva niente.

Mimosa, ferita dalla verità, rimaneva ferma sulle gambette storte, non ce l'aveva il coraggio di reagire se Ortensia non era nelle vicinanze. Qualche volta scappava, e mentre correva a perdifiato si augurava di finire sotto un carretto: se le fosse successo qualcosa, la nonna avrebbe spellato viva la sorella.

Tornata a casa, Mimosa si confidava con la sua protettrice: «Tondi come due susine mature, grandi e scesi come pere, il capezzolo piccolo come un cappero, e le due cose intorno larghe e piatte come monete di cioccolata...».

«E basta» la rimbrottava Ortensia, «pare che ce l'hanno solo loro!»

Aveva una fissazione per le minne, Mimosa, che spesso si toccava il petto per vedere se fosse cresciuto un po'. Ma quello era sempre liscio come la Cala quando c'è bonaccia. Invidiava molto Genziana per le piccole sporgenze che le arrotondavano il torace.

Viola non si capacitava delle continue liti tra le figlie. Possibile che si accapigliassero per quella femminilità che, se in una era sbocciata e nell'altra era ancora sopita, restava in ogni caso un diritto garantito a entrambe?

Alla domenica, giorno del bagno, il confronto tra le due sorelle sfociava in tragedia. Davanti allo specchio Genziana respirava profondamente, finché le minne le si gonfiavano come palloncini. Poi prendeva ad *annacarsi* da una parte all'altra e le due protuberanze sussultavano, mentre la facciuzza smunta di Mimosa diventava seria seria.

«A nord onde in aumento» scherzava Genziana, tronfia per quelle graziose barchette che navigavano gioiose. «A sud calma piatta.»

La sorella diventava una furia, ma faceva finta di stare al gioco e la schizzava con l'acqua della bagnera.

«*Buffazza!*» gridava allora Genziana e riempiva d'aria le guance imitando un rospo.

«Cretina.»

«Invidiosa.»

«*Crasentola.*»

«*Pitorfia.*»

Le loro voci si sovrapponevano in un crescendo di strepiti, finché venivano alle mani. Mimosa era piccola, ma astuta. Si attaccava ai capelli della sorella e la tirava giù. Piegata in due, Genziana era come prigioniera, perché a ogni movimento il dolore aumentava di molto. Non le rimaneva altro da fare che urlare a pieni polmoni.

Viola e Ortensia accorrevano e, quando riuscivano a separarle, tra le dita di Mimosa rimaneva attorcigliato un ciuffo di capelli neri, che lei conservava come un trofeo. Nella massa scura dei ricci di Genziana spiccavano diverse chiazze bianche, che i capelli ce ne mettono di tempo a crescere, e la testa continuava a farle male nei giorni successivi.

Il sabato mattina i coniugi Olivares si alzavano più tardi. Nel giorno di adunata alla *putìa* non si tostava e la vita del quartiere, senza il viavai degli studenti dell'università, era come sospesa. Roberto guadagnava di meno, ma era felice di quel tempo che poteva dedicare a se stesso.

Le campane lo svegliavano sempre alla stessa ora, lui pigramente si girava nel letto, Viola gli era accanto, voltata su un fianco, il viso offerto inconsapevolmente ai primi raggi di sole. Si appoggiava con delicatezza alla schiena della moglie, inspirava il suo profumo tenero e cominciava ad accarezzarle i seni. Il desiderio cresceva in loro simultaneamente. Un guizzo caldo agitava il cuore di lui, il ventre di Viola faceva da cassa di risonanza. Non avevano mai sperimentato la furia della passione, la forza divorante dell'amore fisico, piuttosto era capitato loro di vivere al sicuro, godendo di un piacere morbido e sommesso, che li illanguidiva senza turbare l'equilibrio di ognuno.

Roberto scendeva lieve lungo la pancia rotonda e affondava le dita nel ventre di lei, che si girava con un sussulto. Dolcemente la riportava nella posizione di prima e la teneva ferma. Gli occhi della moglie lo distraevano, mettendo a rischio la sua prestazione. Lei lo lasciava fare. Così autoritaria nella gestione della famiglia, perdeva sotto le lenzuola ogni forma di autonomia e la sua capacità di improvvisazione. Cedeva lo scettro del comando al marito, il quale s'insinuava con carezze rispettose all'interno del suo corpo. Tenevano gli occhi chiusi, lei concentrata su quel minuscolo punto che Roberto sfiorava, inseguendo fremiti e sussulti. E quando la sentiva pronta, allora le carezze si trasformavano in pressioni ripetute, poi in pizzichi prolungati. Viola godeva con un sospiro, immobile sotto le mani del marito.

Le accarezzava la testa, commosso dalla docilità della moglie nell'amore, che gli restituiva fiducia nella sua virilità, messa a dura prova dai continui battibecchi. Finiva quindi con uno sbadiglio educato. Un bacio lieve tra i capelli era il suo modo di ringraziarla per quel delizioso regalo di fine settimana. Si alzava poi agitato, la prospettiva di dover aspettare sette giorni cancellava in un attimo la soddisfazione e lasciava il passo a una nostalgia furiosa. Fosse stato per lui l'avrebbe fatto ogni giorno, ma l'età gli imponeva una certa cautela. Il rammarico dipinto sul suo volto era fonte di malintesi.

«Cos'ho che non va?» si chiedeva Viola infilandosi la vestaglia. Si ravviava i capelli che il marito le aveva scompigliato e si riprometteva di essere la volta dopo più audace, più provocante.

In cucina il caffè era già pronto, di sabato era Ortensia a occuparsene. Accoglieva felice quel giorno in cui tutti s'impigrivano a letto e lei rimaneva, sia pure per poche ore, la padrona della casa. Preparava le divise per l'adunata, accarezzava con orgoglio le camicie profumate dei nipoti. La sua fede fascista nasceva proprio da quel colore nero che il Duce aveva scelto per i camerati, che sul bianco lo sporco si vede subito.

«Talìa ca!» esclamava facendo il bucato. «Le butti nell'acqua, l'arrimini un poco e poi le stendi. Pulite senza manco una macchia. Quello sì che alle donne le rispetta.»

E intanto cantava a voce bassa: «Ricciolina, ricciolina del mio cuoreeeee, tu sei stata veramente il primo amoreee...».

Le piacevano le canzonette che inneggiavano alla giovinezza, alla forza, e che erano anche dense di allusioni: «Dolce banana sudafricana, tu rendi, o cara, la vita meno amara. Frutto squisito e prelibatooo...».

Appena sveglia Mimosa attaccava a lagnarsi: «Pure io voglio fare la ginnastica!», e a piedi nudi si metteva a saltellare.

«Vattene a letto che ti viene la febbre!» la rimproverava la nonna.

Lei si metteva a correre per la stanza inseguita da Ortensia e si fermava solo quando il fiato si faceva corto e le labbruzze viravano al viola. La nonna la rimetteva sotto le coperte e le parlava con dolcezza: «Ma guarda che è brutta, tua sorella, con quella gonna a pieghe lunga lunga e la camicia bianca allacciata sotto al collo».

La bambina singhiozzava disperata, Ortensia allora mobilitava i nipoti: «Raimondooo, Rodolfooo». Ognuno di loro aveva un repertorio speciale che serviva a intrattenere la sorellina.

«E talìa che faccia da cretino c'ha tuo fratello sotto a quel cappidduzzu col *giummu*.»

Con il faccione largo come una luna piena che spuntava da sotto al cappello Raimondo era ridicolo. Sollecitato dalla nonna, cominciava a saltare a piè pari grattandosi le orecchie come uno scimmione, piegava le ginocchia e ondeggiava strisciando le mani sul pavimento. Rodolfo aveva messo a punto l'imitazione del perfetto fascista balbuziente: «E-e-e-e-e-eì, e-e-e-e-e-eà, al-l-l-l-là».

«Pare uno *scecco*!» diceva Ortensia, allora i fratelli iniziavano a ragliare all'unisono. Mimosa dimenticava la marcia, l'adunata, il catechismo e si abbandonava docile alle cure della nonna.

Pigra e molla, Viola si affacciava in cucina. Si annacava tra il tavolo e il fuoco e sbadigliando si accomodava davanti al suo caffè con la faccia rilassata del sabato mattina.

12

Mimosa era nata con un difetto al cuore. «Figlia di vecchi» aveva detto il padre, che per quel frutto tardivo aveva ricevuto una menzione speciale ed era stato premiato alla Casa del Fascio. Il respiro della bambina era sempre corto e affannoso. Bastava la strada fino a scuola a farla ansimare. Superati i Quattro Canti, si fermava e cominciava a lastimiare: «Non me la fido più».

«Ava', cammina che manca poco» la incalzava Genziana.

A guardarla chiunque avrebbe provato pena. Incassava la testa tra le spalle ossute e si massaggiava le ginocchia. Atteggiava la faccia in una *mutria* ridicola, come quelle capre che tocca trascinare per le corna.

«Mi fanno male le gambe.»

«Mimosa, sei una *camurria*.»

«Talè, se non ci credi, mi tremano... vedo pallini, pallini. Senti il cuore come fa», prendeva la mano della sorella e se l'appoggiava sul petto incavato mimando un disordinato ritmo di tamburi: «*Tunf, tunf, tututunf!*».

Genziana era a disagio, poteva contarle le costole una a una. Cercava di divincolarsi, ma lei stringeva più forte.

«Ti prego, fermiamoci» insisteva stirando le labbruzze viola. Se invece di tragediare avesse parlato chiaro e tondo, forse la sorella l'avrebbe accontentata subito, ma la sua voce querula le dava sui nervi. Finiva comunque per fare quel che voleva Mimosa, e a piazza Bologni si sedevano sotto la statua di Carlo V.

Quella bambina aveva la sensibilità di un animaletto, percepiva i cambiamenti di umore, sentiva nell'aria la violenza e la dolcezza, misurava la propria forza nei gesti dell'altro. Appena le dita di Genziana si facevano molli, Mimosa capiva di aver vinto e si acquietava. Le due sorelle si stringevano una accanto all'altra, piegavano indietro la testa e alzavano gli occhi verso palazzo Riso, l'edificio più bello di tutto il quartiere. C'erano certi saloni da ballo... per questo ci avevano trasferito la Casa del Fascio: per fare feste e fistazze!

Mimosa recuperava le forze. Il suo corpo metabolizzava la fatica, lentamente il respiro tornava silenzioso, il cuore non correva più a precipizio, la mente svuotata di ogni pensiero vagava tra cornicioni e nuvole. Le labbra perdevano il livore bruno che in lei, come in altri bambini del quartiere, era lo stigma della malattia. Le guance si coprivano di un velo roseo e inconsistente, pronto a trasformarsi in un pallore cereo appena riprendeva a muoversi.

Nell'arrendevolezza di Genziana si annidava la speranza di vedere Medoro. Poteva incontrarlo solo lì, perché lui a scuola non ci andava e all'alba era già dietro la porta del barone ad aspettare gli ordini per la giornata. Era diverso da tutti gli altri. Portava pantaloni logori e fumava le cicche raccolte per strada. Era forte, aveva muscoli gonfi, capelli, occhi, pelle neri come la pece. Un turco preciso, ma bello però! E quando apriva la bocca, la luce si rifrangeva sui suoi denti bianchi in mille scintille, proprio come il sole sullo specchio dell'armadio.

Le piaceva molto Medoro, erano fatti l'uno per l'altra, si diceva mentre aspettava che lui comparisse sul portone. In fondo erano scuri tutti e due, lui conosciuto nel quartiere come il turco, e lei soprannominata Zauditù. Quando ne intuiva la sagoma nell'atrio, Genziana si faceva rossa e il cuore prendeva a battere disordinatamente come quello di Mimosa. Il ragazzo aveva poi un modo tutto suo di camminare. A ogni passo i suoi fianchi scattavano sensuali e la testa si girava all'indietro come se temesse un agguato. La mascella tanto serrata che si sentiva il digrignar dei denti. Sembrava arrabbiato e preoccupato al tempo stesso.

Anche quella mattina si fermò sotto allo stemma, si guardò intorno, si voltò indietro per sbirciare tra le colonne del cortile e, quando fu certo di non essere visto, sputò per terra. Genziana ne fu rapita. Adorava i gesti virili e un po' mascalzoni.

Appena si accorse delle due sorelle, il ragazzo cominciò a pavoneggiarsi. Mostrò i bicipiti gonfi come due pagnotte messe a lievitare per una notte intera, era così potente! Mimosa spostava lo sguardo dall'uno all'altro e ricominciò le làstime al contrario: «Andiamo, sennò faccio tardi».

«Aspetta», adesso era Genziana a non volersi muovere, si era fatta liquida liquida e le gambe non le reggevano. «Non lo senti che il cuore ancora ti batte forte?» aggiunse premurosa.

Ma non era il petto di Mimosa a essere scosso da un ritmo di galoppo.

«È meglio che ti riposi ancora.»

«Che successe che ti preoccupi per me?»

«La nonna mi disse che non ti devi stancare, che poi la notte piangi nel sonno.»

«Ava', che se arrivo tardi la maestra si arrabbia.»

«Talìa l'orologio di palazzo Alliata, ancora il tempo c'è. Anzi, sai che fai? Ripeti la poesia, così se la maestra te la chiede fai bella figura.»

«Vero è, non ci avevo pensato» acconsentì Mimosa. Era piccola, facile da imbrogliare.

«Oh! Valentino, vestito di nuovo, come le brocche dei biancospini! Solo, ai piedini...»

Per tutto il tempo Medoro rimase fermo davanti al portone, appoggiato alla colonna, la bocca carnosa atteggiata in un broncio sensuale. "Baciami, baciami" sembravano dire le sue labbra quasi nere. Mille scintille di fuoco brillavano al fondo dei suoi occhi di lava. Quello era già un uomo!

13

Appostata all'angolo di via degli Schioppettieri, la zà Maria aspettava di veder passare gli Olivares. Uno scialle scuro le copriva i capelli arruffati come un nido di *ciaula*. Le mani, consumate a forza di lavare panni, le teneva intrecciate sotto al sedere di una picciridda di quasi sei anni, così secca da sembrare più piccola della sua età. Dormiva tra le sue braccia, la testina ricciuta abbandonata sulla spalla della madre, un filo di saliva colava dalla boccuccia semiaperta. Non si fidava a lasciarla sola a casa quella figlietta, perciò la vestiva nel sonno e se la portava dietro come un pacco.

Abitavano in una di quelle misere case sotto il livello della strada, a vicolo Brugnò, un budello stretto e lungo di fronte alla cattedrale, dove il sole non batteva mai. Le case del vicolo consistevano in una sola stanza in cui si accalcavano marito, moglie e tutti i figli che venivano. Lo spazio era così angusto che la vita in qualunque periodo dell'anno si svolgeva all'aperto.

D'inverno quei cristiani stavano seduti davanti alle porte, con la testa incassata nelle spalle e le mani gonfie di geloni nelle tasche sudice. D'estate i letti li *conzavano* direttamente fuori, ma lo stesso la gente non prendeva sonno. Avevano perciò tutti un'espressione fissa e *allalata* che li rendeva unici e riconoscibili. Qualche volta, quando l'afa era insopportabile, sfollavano sul sagrato della cattedrale dove, all'alba, una luce dorata tingeva di rosa il merletto delle guglie e i delicati fregi del portale. L'arcivescovo non protestava: era una questione di carità, ma anche di ordine pubblico. Erano tanti, ci sarebbe voluto un reggimento per mandarli via.

A vicolo Brugnò erano tutti una famiglia e ci si prendeva cura dei bambini senza preoccuparsi di sapere a chi appartenessero, come succede nelle tribù delle scimmie, che spidocchiano lo scimmiotto vicino senza chiedersi di chi sia figlio.

Per via della promiscuità, la rissa era sempre nell'aria. Scoppiava improvvisa e si trasformava lesta in una battaglia, cui tutti prendevano parte. Ma poi facevano pace, si sedevano davanti a un unico tavolo e mangiavano insieme, perché se non si aiutavano tra di loro...

Appena Viola rimaneva da sola in casa, la zà Maria imboccava le scale e saliva fino all'ultimo piano. Certe volte la picciridda si lamentava nel sonno: «Non piangere» sussurrava lei dentro allo scialle, e si fermava a consolarla con una tenerezza di cui si vergognava. Ecco perché se la concedeva solo quando era certa che nessuno la vedesse. Capitava che la bambina si svegliasse e pretendesse di camminare da sola. La donna la poggiava con delicatezza per terra, le aggiustava il vestitino, le tirava su i calzini che erano scivolati fin dentro le scarpe e riprendevano ad arrampicarsi lentamente.

«Me lo dà il biscotto la principessa?» chiedeva la bambina.

La madre le accarezzava i ricci lunghi, così fitti che non si bagnavano neanche con la pioggia: «Certo che te lo dà, ma tu non ti azzardare a chiederlo, perché sta male domandare le cose».

Fatti altri quattro gradini, la piccola ricominciava: «Magari pure una caramella, eh, mamma?».

Alla zà Maria si stringeva il cuore: a crescere da sola i figli si era consumata la forza e la salute.

La porta di casa era aperta, Viola avvolta nella vestaglia rossa aspettava i clienti del mattino. I piedi nudi si muovevano avanti e indietro sul pavimento freddo. Detestava le scarpe, diceva che erano un ostacolo tra lei e l'energia della terra. La picciridda si divincolò e corse ad afferrare le caviglie di Viola. La zà Maria fu lesta a

73

riacchiapparla e la tirò per i capelli con tanta violenza che la figlia cominciò a piangere.

«Mari', ma perché fai ste cose?» chiese Viola dispiaciuta, lei che una mano non l'aveva mai alzata su nessuno.

«Per insegnarci l'educazione!» rispose la donna allargando le braccia. «E sennò perché?»

La principessa prese in braccio la bambina, non pesava niente. Il suo cuoricino batteva leggero, le sembrò di tenere tra le braccia Mimosa. Il respiro però era fluido, senza quelle pause livide che le fermavano i polmoni. Le asciugò gli occhi e la portò davanti alla vetrinetta.

«Shhh, *cunottati*» le disse con dolcezza, tirò fuori dalla burnia una manciata di caramelle alla cannella e gliele mise nelle mani. «Ti piacciono i cannellini?» Poi, rivolta alla madre: «Mari', è una picciridda!».

«*'U ligno s'avi addrizzari quannu è teneru.* Se non lo faccio ora fa la fine di suo fratello.»

Era esasperata la zà Maria da quel figlio maschio che ne combinava una al giorno. A scuola non c'era voluto andare, un lavoro vero non l'aveva, faceva lo spicciafacenne per il barone Riso. "Ma che è travagghiu?" si domandava preoccupata.

Viola si aggiustò la vestaglia, che con tutto quel trambusto si era aperta liberando il seno bianco, strinse forte la cintura attorno alla vita e si mise seduta.

«Principessa, me la legge la vita oggi?» domandò la zà Maria fissando con insistenza il bricco del caffè.

«Mari', ma non è che le cose cambiano dalla mattina alla sera. Sei venuta ieri, oggi che vuoi che ci sia di nuovo?»

Viola non ce la faceva a dare cattive notizie, qualche volta si era anche ripromessa di non leggerli più i fondi del caffè. Ma poi la gente si presentava con il cuore e il cappello in mano e lei si sforzava di trovare le parole giuste per regalare una speranza. Quel suo talento più che un dono certi giorni era una maledizione.

«Dài, siediti. Hai mangiato?»

«Nzù» rispose Maria con un movimento deciso del capo. Un leggero rossore per quella ammissione di miseria passò sul suo viso duro. Viola le offrì dei biscotti, una tazza di latte.

«Non c'è bisogno, mi basta il caffè, così poi mi leggete la vita.»

«Mangia» insistette Viola, «e sbrigati.»

La donna assaporò il latte goccia a goccia, poi si ricordò della figlia e le porse un biscotto. Provvidenza ringraziò con un sorriso. Era dolce e assennata la bambina, così diversa dal fratello, ribelle e pieno di spine come un rovo di campagna. Viola provò pena per lei, nella sua mitezza le sembrò già vinta e, per risarcirla delle ingiustizie della vita, mise il barattolo con i savoiardi sul tavolo.

«Come sta Medoro?» domandò. Conosceva bene il tormento di quella famiglia.

«E che ne so io!» rispose la zà Maria, la voce piena di rabbia. «Per i maschi ci vuole il padre, solo un altro maschio li può addrizzare.»

Lei il marito l'aveva perso presto e suo figlio stava crescendo imprevedibile e riottoso.

«Voi lo sapete quant'è complicata la vita. Lui, poi! Tosto è sempre stato, ma da piccolo bastavano un paio di timpulate e tutto tornava a posto. Ora c'ha diciotto anni e *le cose si sono fatte gruppa gruppa*. All'adunata non ci va, la camicia nera non se la vuole mettere, il catechismo fascista non lo conosce...»

Viola le versò il caffè: «Te ne devi fare una ragione: quello sta diventando uomo e gli uomini fanno delle scelte, che ti piaccia o no».

«Seee, voi non potete capire. Don Roberto vi porta i soldi e voi crescete i figli. Io vado a servizio nelle case e ora che lui è grande sarebbe giusto che lavorasse. Ogni tanto mi dà dei soldi, ma non bastano mai. Mi aiuta l'Opera nazionale maternità e infanzia, se non fosse per loro... perciò debbo stare con due piedi in una scarpa, altrimenti manco il pane a tavola metto.»

«Calmati, che tanto poi le cose vanno come devono andare.»

«Eh no, principessa, noi ci facciamo il nostro destino.»

«Il destino è già scritto, noi gli corriamo incontro.»

«Destino o no, io sono sua madre e lui mi deve aiutare. Sapete che ha combinato?»

Viola mosse la testa in segno di diniego.

«Questo ve lo devo raccontare, così ci prendete le misure a quel farabutto. Sabato scorso, alla riffa, ho vinto una macchina da cucire, una Necchi nuova nuova. "Minchia che fortuna" mi sono detta. "Magari mi metto a fare la sarta, perché le monache m'hanno insegnato a cucire, e se non trovo clienti me la vendo." Lo sapete quanto vale? 1180 lire! Un anno ci campo con quei soldi. Domenica, prima di *agghiurnari*, cerco la mia tessera fascista e quella sanitaria: niente. La casa quella è, *ammuccia* ma non ruba. Ho guardato in tutti i pirtusi, senza tessere il premio non me lo davano. *Gira, vota e firria*, ho messo fuori pure i materassi, *macari che* non è stagione. Niente, non ho trovato niente. "Stujati 'u mussu, Maria" mi sono detta, e c'ho messo una pietra sopra. Peccato, la bedda Necchi, 1180 lire!

Ieri sera, prima dell'Ave Maria, Medoro passa a casa, dice che vuole salutare la sorella. Non *si arricampa* più ormai, la notte ha preso l'abitudine di *scurare* fuori casa. Mi hanno detto che dorme dal figlio della *cunigghia*, quella che ha tredici figli. Uno di questi, Peppe, è l'amico di Medoro. A me non piace, è un pazzo *senza simenza*, scrive i pizzini contro al Duce...»

«Vabbè, Maria, quello sta diventando uomo e frequenta chi gli pare.»

«Sì, uno può pensarsela come vuole se è solo, ma Medoro ha una madre, una sorella. A vogghia il *parrino* che mi dice: "Tanto ci pensa la provvidenza". Seee, Provvidenza c'avi a pinsari, quella una picciridda è!»

Viola sorrise, divertita dal gioco di parole.

«E comu finì?»

«Era arrabbiato! *Nivuru*, iddu che è già scuro, non per niente lo chiamano "'u turcu"? "Medoro, la pigghiasti tu la tessera fascista?" *ci spiavi*. Ma così, tanto per dire una cosa, che ne poteva sapere lui, che a casa non c'è mai. E invece iddu mi talìa dritto negli occhi: "Sì, *l'ho strazzata*" mi disse. *Assintumai*, non avevo manco la forza di arrabbiarmi. "Da sti *scravagghi* non si può accettare nessuna cosa" mi disse con i pugni davanti alla faccia.»

La zà Maria si fermò, era smarrita, sopraffatta. Per una volta che la vita le offriva un'occasione! La solitudine l'aveva divorata, la responsabilità della famiglia ora pesava troppo sulle sue spalle senza carne. Se solo qualcuno per un momento l'avesse sgravata da quel fardello che era la sua stessa esistenza...

Viola le poggiò una mano sul braccio, le sue dita emanavano un calore tiepido. Il tocco leggero la rincuorò, proprio come le caramelle avevano cunottato Provvidenza.

«La colpa è di Peppe Schiera.»

«Mari', ma che ha fatto di male? Ce l'hanno tutti con lui, ma è un poveraccio, un morto di fame. *'A fabbrica du pititto* lo chiamano.»

«Sì, ma Medoro ha preso pure lui a sconcichiare al Duce e a *fare abbu* ai fascisti.»

«E vabbè, magari diventa un poeta.»

«Seee, in galera! Ma se ogni volta che cala un federale dal Nord a quello se lo portano alla caserma.»

«Ma poi lo fanno uscire.»

«E se l'ammazzano? Io la notte non dormo più, quello sempre figlio mio è. Ava', principessa, lo vediamo che gli deve succedere? Così magari ci metto una croce sopra e non ci vado più appresso.»

«Bevi, allora.»

La zà Maria ingollò il caffè tutto d'un fiato, poi le restituì la tazza. Rimase così, con il braccio in aria, per qualche minuto, poi entrambe chiusero gli occhi, l'una per purificare la mente, l'altra per trovare nel buio riparo dalla realtà. Viola afferrò la tazza, la capovolse sul piattino, intrecciò le mani con quelle della zà Maria e insieme aspettarono che la polvere umida scrivesse sulla porcellana bianca le risposte.

«Talè che confusione che c'è dentro a sta tazzina. Non si capisce niente. Aspe'... qua, la vedi questa formica? Lavorerà tanto, povero Medoro, ma avrà fortuna, c'è pure un ferro di cavallo. Mi pare di vedere un viaggio, lungo, la strada è questa linea fatta di puntini uno dietro l'altro. Ma torna, non ti scantare, che l'uccello è nel nido. Salute di ferro, la rosa è bella grossa e spampanata. Talè, talè, talè...»

«Che è, principessa?»

«Te lo dico, ma tu poi te ne stai tranquilla e non torni prima di un mese.»

«Sìssi.»

«Farà grandi cose quel figlio tuo. C'è una corona larga come una padella. E avrà il rispetto di tutti, altro che galera. Ora vai a casa e non ci pensare più a lui, perché quanto prima se ne andrà per i fatti suoi.»

Nella scuola fascista con la condotta non si scherzava. Ero stata richiamata molte volte, perciò quell'anno temevo che mi bocciassero. E invece mi promossero. La notizia arrivò qualche giorno prima della fine dell'anno scolastico. Il preside l'aveva annunciato in via confidenziale a mio padre, che già da un po' cercava di ingraziarselo con pacchi del suo miglior caffè.

Avevo appena compiuto quattordici anni, il mio corpo aveva subito un cambiamento e mi sentivo grande. Le minne si erano trasformate, non più pesche morbide e succose, ma tremolanti fascine di ricotta bianca. La peluria morbida e sottile sul pube si era infittita ed arricciata e ora un intreccio di foglie spuntava tra le cosce robuste. Mi ero rimpolpata. Il passaggio all'età adulta lo aveva segnato un fiotto caldo e rosso, come una lunga fila di papaveri ai bordi di un campo di grano. Mi aspettava un'estate senza pensieri.

«La scuola dell'obbligo per me è finita» esclamai con soddisfazione un giorno a tavola.

«Non se ne parla proprio!» replicò la mamma. «Ti ho iscritta al ginnasio perché continuassi fino al liceo, altrimenti ti avrei mandato all'avviamento professionale.»

Lasciai cadere la forchetta nel piatto. Che storia era quella? Guardai mio padre, sulla scuola la pensavamo allo stesso modo. Lui ingoiò tutta intera una polpetta che grondava sugo e mi fece l'occhiolino: «Viola» dis-

se in tono suadente, «ma è proprio necessario che continui a studiare? In fondo si deve sposare...».

Incoraggiata, saltai sulla sedia: «Ha ragione papà. E nel frattempo posso lavorare alla putìa».

Il boccone gli andò per traverso a mio padre che, tossendo e sputando, urlò: «Femmine alla putìa mai, senza se né cusà!».

Fu la nonna a trovare un compromesso: «La iscriviamo a scuola, però durante le vacanze potrebbe stare alla putìa. A patto che si porti Mimosa».

Accettammo tutti. Mamma contenta perché avrei continuato a studiare, papà convinto che, con mia sorella alle calcagna, non avrei resistito un giorno.

La putìa per me era un mondo incantato. Orlando era il drago e io la principessa prigioniera. E prima o poi sarebbe arrivato un cavaliere bruno e misterioso a salvarmi dalle sue fauci, e il pensiero correva a Medoro.

Mimosa mi tempestava di richieste: «Mi dai una caramella?», «Giochiamo alle signore?», «Mi prendi in braccio?», «Sono stanca, voglio tornare a casa». Era una mosca molesta e io cercavo di cacciarmela di torno, ma quando iniziava a frignare ero costretta ad accontentarla: mio padre non aspettava altro che una scusa per rispedirmi a casa.

«Giochiamo che io sono Zauditù e tu la sua serva» le concedevo per farla stare tranquilla. Quel soprannome, che prima mi dava tanto ai nervi, aveva cominciato a piacermi. In fondo, anche se nera, si trattava sempre di una imperatrice, una che comandava, insomma. Mia sorella batteva le mani: «Evviva!».

Mettevo allora dell'acqua in un bricco, lo zucchero in un piattino e le regalavo una manciata di chicchi. Ce n'erano sempre sparsi sul pavimento, cadevano dai sacchi quando li riempivano, o schizzavano dalla pancia di Orlando come proiettili durante la fase di raffreddamento.

«Prepara il caffè per l'imperatrice Zauditù, serva! E bada che sia buono, altrimenti ti faccio tagliare la testa» le ordinavo con la faccia truce.

Lei cincischiava con un servizietto di tazzine colorate che aveva ricevuto in regalo e per un po' mi lasciava in pace. Mi aggiravo allora per la stanza curiosando tra gli alambicchi di mio padre. Le ampolle di vetro sottile erano per me magiche bolle di sapone che resistevano al tempo. Ascoltavo il crepitio dei chicchi risuonare come una musica. La cascata scura dei grani bollenti aveva la consistenza di un velluto setoso; una volta freddata ci affondavo dentro le mani, che si tingevano di scuro. Facevo scorrere il caffè tra le dita. Nell'aria si liberava un pulviscolo bronzeo che si depositava sui vestiti. Alla sera la nonna mi rimproverava: «Talè, come ti facisti stari la vistina. Di nero ti dobbiamo coprire, come una vedova».

Eppure il contatto con il caffè mi dava un piacere fisico al quale non sapevo rinunciare. Se fossi stata sola, mi sarei rotolata nuda sui mucchi odorosi.

Quel 10 giugno eravamo, come al solito, tutti sulla porta di casa, pronti per uscire. Papà teneva per mano Mimosa, i miei fratelli si attardavano scherzando nella loro stanza. Io scalpitavo. Giovanni aveva promesso di farmi assaggiare il caffè.

«Ma non dirlo a tuo padre» si era raccomandato con un sorriso, «che quello è capace di riportarmi dalle monache.»

«Vado avanti», e cercai di imboccare la porta. Mio padre mi afferrò per la collottola: «Che prescia che hai», e poi urlò: «Raimondo, Rodolfo, Ruggero! Che camurria...». Finalmente quelli arrivarono e uscimmo uno dietro l'altro in fila ordinata. Papà disse la sua solita frase: «I militeddi», e si girò indietro a guardare la mamma con una espressione colma di tenerezza. Si aspettava il consueto bacio a fior di labbra, lo sorprese un urlo angosciato: «Fermati!». Lui si bloccò e ci costrinse a tornare indietro.

«Chiudi la porta» disse la mamma con le lacrime agli occhi. «Venite tutti qua.» Singhiozzava, le mani tremavano attorno alla tazza, era pallida. «Oggi è giornata singaliata!», poi ammutolì.

La sabbia si addensava in nuvole pesanti sulle montagne grigie, precipitava sulla città con fragore di tuono. Lo scirocco aveva steso il suo velo appiccicoso su tutto il quartiere e appesantiva le ali delle mosche che punteggiavano le teste dei miei fratelli. Ci sedemmo in cerchio attorno al tavolo della cucina, anche la nonna, che di solito non partecipava alle riunioni di famiglia. Il volto della mamma era contratto, percorso da uno spasmo doloroso che la rendeva brutta. Io le ero accanto e sentivo nel suo corpo una vibrazione di angoscia. Lei così coraggiosa e solida, quella mattina sembrava un uccellino caduto dal nido. Rimanemmo composti e silenziosi, finché mio padre prese un bicchiere colmo d'acqua e glielo avvicinò alle labbra.

«Guardate qua» disse indicando il fondo della sua tazza. Le nostre teste si avvicinarono fino a toccarsi, una dozzina di occhi si sforzarono di decifrare la torba grigia. Poi, tutti nello stesso momento, alzammo lo sguardo su di lei in cerca di una spiegazione.

14

«Viola, ma che vuole dire?» La voce baritonale di Roberto era inasprita da una nota di rimprovero.

«Mamma, che fu?» chiesero i figli quasi in coro, e lei scoppiò a piangere.

Viola, di solito ottimista, sorridente, qualche volta arrabbiata, al massimo preoccupata, si stava comportando come una bambina impaurita. Le sue lacrime scossero la casa come un terremoto.

«Figlia mia, finiscila, facci il favore e spiegati» intervenne Ortensia, sbrigativa.

«Ci sarà la guerra» disse lei indicando un piccolo buco al centro di una macchia nera circondata da un alone marrone.

«Minchia, Viola, chiste sunnu profezie!» chiosò il marito, seccato.

«Ora stai esagerando» la rimproverò Ortensia, «spaventare in questo modo la picciridda!», e si strinse Mimosa contro il fianco. Scambiò uno sguardo d'intesa con il genero: per la prima volta combattevano dalla stessa parte.

«È scritto qui, in questo buco largo!» ribadì lei.

Roberto si schiarì la gola per ammorbidire la voce, cercava il tono giusto per tranquillizzare i figli.

«Stai veramente esagerando. Un conto è decidere di comprare quattro sacchi in più di caffè, o, chessò, di cambiare fornitore, un conto è fare questi annunci. La guerra solo Mussolini la può decidere, no il tuo fondo di caffè. E ora mettiti a letto, mi pare che hai la febbre. Noi ce ne andiamo al lavoro.»

Viola strinse forte il braccio di Genziana: «Almeno tu mi credi?».

Lei non seppe rispondere. Non era preoccupata per tutto quel trambusto, ma seccata. Giovanni l'aspettava per farle assaggiare il caffè, desiderava farlo da tanto tempo, e guarda ora cosa stava succedendo.

«Resta con me» la implorò Viola.

La ragazza la fissò dritto negli occhi: avevano perso di consistenza, come un gelato al sole. Non era mai successo che sua madre avesse bisogno di lei. Acconsentì, sperando che Giovanni non si rimangiasse nel frattempo la promessa.

Prima di uscire, Roberto raccomandò a Genziana di prendersi cura della madre: «Se continua avvertimi, che mando a chiamare il dottore».

Anche l'odore del caffè sembrava non curarsi dell'apprensione di Viola e quel 10 giugno, come tutte le mattine, si diffuse per i vicoli. La fragranza si arrampicò per le scale buie, riempì i *catoi* muffiti abitati da famiglie così misere che dormivano il più a lungo possibile per dimenticare nel sonno la propria condizione. E per qualche ora il puzzo di miseria e di abbandono che assediava l'intero quartiere venne scalzato da quell'aroma delizioso che regalò una breve illusione di felicità.

Roberto entrò nel suo ufficio con la faccia scura e senza salutare. "Che cosa gli è preso a Viola?" pensò. "È brava a leggere nei fondi, ma un conto è parlare d'amore, scoprire tradimenti, riappacificare famiglie, un conto annunciare una guerra! Via, non c'è proprio da scherzare!"

Guardò Orlando, aveva appena stretto accordi con un nuovo fornitore, se fosse scoppiata la guerra non avrebbe potuto fare fronte agli impegni sottoscritti. Già una volta si era trovato in difficoltà, durante la guerra di Etiopia, nel '36. Si era fatto persuadere dai suoi amici fascisti che lì avrebbe trovato del caffè di buona qualità e

84

a basso costo. Ne aveva perciò ordinato grandi quantitativi, facendosi prestare i soldi. Il caffè degli abissini si era rivelato una fregatura: i chicchi di quella partita erano piccoli, acerbi, se ne estraeva una bevanda acida come il veleno. Nessuno dei suoi clienti l'aveva comprato e c'erano voluti tempo e fatica per rientrare del debito. «Viola ora sta esagerando» mugugnò. Ma in fondo si preoccupava che la moglie potesse aver ragione.

Fissò i suoi occhi in quelli vitrei del drago.

"Non può essere, proprio ora, no! Con tutto quello che ho speso" pensava. La sua faccia era un grumo di rughe che si addensavano in onde disordinate, mosse ora da rabbia, ora da incredulità.

Accarezzò con orgoglio il drago: «Basta, non pensiamoci più».

In quel momento Mimosa fece capolino sulla porta dell'ufficio e con le dita davanti al naso cominciò a sbeffeggiare Orlando: «Marameo» cantilenava girandogli intorno.

Roberto la prese per una mano e l'ammonì: «Piccirì, portagli rispetto che senza di lui noi Olivares siamo niente».

La bambina calò la testa e sporse le labbra come per piangere. Lui s'intenerì, quella figlietta era così sensibile.

«E tu, amico mio, ascoltami bene: la vedi questa?», e Roberto indicò Mimosa, una formichina al cospetto del gigante: «Questa è la picciridda mia!»

Poi prese a farle il solletico e la riempì di baci.

A casa, Viola era rimasta ferma davanti alla sua tazza. Genziana le stava accanto e la scrutava con insistenza, pronta a cogliere un segno di peggioramento, secondo le indicazioni del padre.

«Non stare qui di lato, vieni di fronte a me» sussurrò la madre.

La ragazza ubbidì, fece il giro, quindi sistemò due cuscini e sprofondò nella sedia con un curioso sibilo, come se si fosse seduta sopra un palloncino bucato.

Viola fece scorrere il dito e tracciò una linea attraverso il piattino, dividendolo in due metà, quindi lo poggiò al centro del tavolo.

«Questo si chiama livello dei giusti. Le cose che stanno dalla tua parte sono di poca importanza, robetta, quelle dal lato mio posso-no sconvolgerti la vita.»

La figlia la guardò annoiata. Del caffè le interessavano altre cose.

«Ci sono molti metodi per leggere i fondi. Ma la cosa più impor-tante è la capacità di ascoltare, e quella o ce l'hai oppure non potrai mai impararla. La gente ti fa sempre le stesse domande: "Quando mi sposo?", "Lo trovo un lavoro?", "La salute è buona?". Non ti fermare al significato delle parole, cerca di comprendere cosa han-no veramente nel cuore.»

Genziana si grattò la testa e assunse un'espressione perplessa.

«Non hai capito, vero?»

«Nzù.»

«Vabbè, allora facciamo finta che sei qui per conoscere il tuo fu-turo. C'è qualcosa che ti piacerebbe sapere? Attenta però, che non sia una scemenza! Non chiedere cose troppo specifiche né troppo vaghe, e nemmeno troppo lontane nel tempo.»

«Fammi un esempio tu, mamma.»

Viola sgranò gli occhi, sorpresa: così accondiscendente Genziana non l'aveva mai vista. Si sentì presa in giro e fece il gesto di mette-re via tutto: «Se non ti interessa...».

«Ma no, mamma!» la rassicurò la figlia. «Invece, raccontami quan-do hai scoperto di saper leggere i fondi del caffè.»

«La domanda non è pertinente» rispose Viola. «Ma è giusto che tu sappia come stanno le cose... la caffeomanzia è un dono, anche se certe volte conoscere il futuro può essere una maledizione. Succes-se il giorno del mio fidanzamento. Quando tuo padre si presentò ai miei genitori, un soffio caldo mi riempì il petto e i nostri fiati si ac-cordarono. Sentii che Roberto aveva un animo gentile. Gli offrii un caffè. "Che ragazza temeraria" mi disse lui sorridendo, "offrire un caffè a un torrefattore!" E mentre lui parlava io sentii dentro di me una vocina che mi suggeriva di guardare dentro la tazza. Sul fondo erano rimasti degli arabeschi delicati ed eleganti: "Sono presagi di felicità", le parole mi sgorgarono dall'anima. Appena sposati, presi l'abitudine di scrutare ogni mattina nei resti della sua tazza. Vidi lì i volti dei miei figli, i tuoi riccioli neri, le ciocche dorate di Mimosa. Non c'è nulla di magico nella mia arte, è l'intuito a guidarmi, però un po' di teoria bisogna conoscerla, altrimenti finisci per perderti.»

Fece una pausa e fissò la figlia negli occhi per accertarsi che fosse attenta.

«La vedi questa riga? Qua, lungo il bordo, vicino alle palline una sopra all'altra, come cose vecchie ammunziddate che devono essere buttate.»

La ragazza avvicinò la testa, i loro capelli si fusero in un'unica massa disordinata.

«No là, qua, proprio sotto alla punta del mio dito.»

«Sì, ora la vedo.»

Le guance si toccarono, Genziana era soffice e calda come una brioscia appena sfornata, Viola bruciava di una febbre invisibile.

«Ava', ti vuoi smuovere?» la esortò Viola, che aveva recuperato il solito tono asciutto. I suoi denti brillavano tra le labbra rosse nella penombra della cucina, sembravano una fila di lucciole.

«Se ti dico che la vedo!», a Genziana sfuggì un gesto di impazienza. "Volesse il cielo che mi lascia bere un po' di caffè", era questo il suo pensiero fisso.

«E allora che c'è accanto alle palline?» chiese Viola sospettosa.

«Un'onda, mamma, una piccola onda che si frange contro lo scoglio.»

«Lo vedi che mi vuoi fare fessa! Ma io ti conosco, chicchicedda mia» le disse con quel suo tono dolce che scioglieva il cuore. Genziana le diede un bacio: amore chiama amore.

«E dài, ricominciamo. Accanto alle palline, vicino al bordo, la linea dritta...»

Inseguendo margini frastagliati e cumuli disordinati, Viola insegnò alla figlia i primi rudimenti di caffeomanzia, la guidò tra presente e futuro e tra le mille risposte possibili.

«Mettici un poco di sentimento, fattelo piacere quello che fai. Leggere i fondi non è cosa di tutti, ci vuole molta generosità.»

Andarono avanti per un bel pezzo elencando metodi, spiegando simboli, decifrando le strane figure che si stagliavano nella torba scura. Genziana ascoltava attentamente e mandava a memoria, finché, stanca e con gli occhi lacrimosi per la fatica, chiese alla madre di leggerle il futuro.

«Direttamente, però. Devi essere chiara.»

«Sei ancora troppo giovane» rispose lei, ma un terribile dubbio minò le sue sicurezze. "E se non ci fosse altro tempo?" pensò con orrore. Perciò riempì la tazza, in fondo erano in una situazione di emergenza.

«Bevi» ordinò alla figlia, «e pensa a quello che ti sta più a cuore.»

"Finalmente" pensò Genziana. Era scritto che quel giorno dovesse assaggiare il caffè. Afferrò la tazza, l'avvicinò alle labbra per sentire il profumo, l'aroma penetrante la colpì dritto allo stomaco, che reagì con uno spasmo. Sorrise sorpresa, quel languore che dalla pancia rimbalzava alla bocca le piacque.

Bagnò con cautela le labbra, il dolce dello zucchero e il freddo della porcellana le allapparono la lingua. Il liquido era bollente, cominciò a soffiare sulla tazza e la madre la fermò: «Così la polvere continua a girare e il tuo futuro non riesco a vederlo. È come mischiare un mazzo di carte all'infinito».

«Ora» le disse Viola quando il liquido assunse un colore più chiaro e diventò limpido in superficie, e Genzina svuotò la tazza di colpo. Fu tanto rapida che non riuscì a percepirne il sapore. Succede sempre così: le cose a lungo desiderate si consumano in fretta e talvolta non lasciano tracce.

"Tutto qua?" si chiedeva, mentre la mamma si apprestava a interrogare il fondo della tazza. Poco dopo però un tepore delizioso le invase il corpo e allentò le tensioni. L'ansia svanì e si sentì calma, mentre una patina granulosa si spandeva sul palato.

Viola iniziò a parlare lentamente, ma Genziana era così concentrata su se stessa che non prestò attenzione alle parole della madre e non si accorse che la sua voce si alzava di tono, finché annunciò: «La tua fortuna saranno le femmine, la tua sicurezza il caffè, non te ne scordare mai».

In quel momento Ortensia comparve sulla soglia, sembrava una fantasima.

«Accendete la radio», aveva il respiro affannato. «Dicono che a mezzogiorno parla il Duce.»

Traccheggiarono un po' con la manopola della sintonia, le trasmissioni erano disturbate da un sibilo che perforava l'orecchio e il cuore. Tra scariche elettriche e rumori gracchianti, riuscirono a cogliere qualche parola slegata:

"Combattenti di terra, di mare, dell'aria... uomini e donne d'Italia, dell'Impero e del Regno d'Albania, ascoltate: un'ora segnata dal destino batte nel cielo della nostra patria..."

Genziana guardava ora la nonna ora la mamma, erano pallide, le mani serrate in pugni, l'espressione tirata.

«Mamma, che succede?»

«Zi', zi', zi'» ordinarono all'unisono le due donne.

La voce stentorea del Duce veniva fuori dal mobiletto di legno, che sembrava contenerla come uno scrigno magico. D'improvviso parve forzare la grata metallica per irrompere con enfasi nella stanza:

"La parola d'ordine è una sola: vincere!"

15

Due settimane dopo la dichiarazione di guerra, il 23 giugno, a mezzogiorno, cadde la prima bomba in città. Non ci furono morti. La signora Assunta e il nipotino Gaetano, un picciriddo di appena otto anni, passeggiavano in quel momento per la via Maqueda e si salvarono per miracolo.

Alcuni giorni più tardi Assunta entrò alla putìa a prendere il caffè e raccontò quello che era successo: «Ero stata a Sant'Agostino a comprare le mutande, con rispetto parlando, per Gaetano. Quando suonò mezzogiorno, eravamo all'altezza di palazzo Comitini. "Spicciati, Gaetano, che tuo padre ti vuole seduto a tavola quando torna!" Quello, mio figlio, è un camurruso! All'orario, tutti a tavola, sennò fa come un pazzo. Tutto d'un tratto il palazzo di fronte a me si aprì a metà, pareva un *mulune* attraversato da un coltello. Poi si sbriciolò e cadde a terra senza fare rumore. Mi sono sentita afferrare da due mani, io mi tiro il picciriddo e subito dopo mi trovo nuda e cruda in piena via Maqueda. E Gaetano senza i pantaloni ammucciato sotto di me.»

«Chissà che scanto» commentò la signorina Carmela.

«Ma quale scanto, *vriogna* piuttosto. Una signora per bene, in pieno centro e senza la vistina!»

«E pure io» aggiunse il nipotino.

Lei gli carezzò la testa: «Sì, vabbè, però per te è diverso: sei masculo e macari picciriddo».

Roberto fece spallucce, in fondo non era successo niente e di lì a poco tutto sarebbe finito. Ma a casa si continuò per giorni a parlarne, finché lui cominciò a sentirsi a disagio. Cercò gli occhi di Viola, lo faceva ogni volta che l'ansia gli montava in petto. La moglie lo ferì con uno sguardo tagliente e aggiunse: «Potevi trovartici tu con uno dei tuoi figli al posto loro».

Dopo quattro mesi di guerra il terrore di morire sotto un mucchio di macerie si impadronì di Roberto e gli cambiò il carattere. Fino a quel momento lo si sarebbe potuto definire un uomo riservato e prudente, all'improvviso era diventato ciarliero, si infilava in inutili chiacchiere pur di non rimanere solo con i suoi pensieri neri. Finì per cercare rassicurazioni nei fascisti che stazionavano alla putìa, a qualcuno del resto si doveva pur appoggiare.

Lo convinsero che la guerra era una magnifica occasione per gli affari: «La Germania ha già vinto, noi arriviamo alla fine e senza dire né ahi né bai ci facciamo ricchi».

Tra il realismo tragico di Viola e l'ottimismo citrullo dei camerati Roberto scelse il secondo, atteggiò l'animo alla speranza e, per festeggiare l'invasione della Grecia, comprò una nuova e più potente caldaia che avrebbe accorciato i tempi della tostatura.

Una mattina a colazione, davanti all'intera famiglia riunita, Viola apostrofò il marito in malo modo: «Caffè devi comprare, scimunito! Che tra un po' te lo faranno vedere con il binocolo».

Lui si irritò per quella parola, "scimunito", che la moglie aveva sibilato con particolare acredine e non le diede ascolto.

La guerra aveva già iniziato a scardinare i ruoli, a sovvertire le abitudini.

Viola rimbrottava Roberto di continuo. Lui le rispondeva con frasi fatte, che non gli appartenevano: «È inutile che ti arrabbi, questa è una magnifica opportunità anche per voi donne, finalmente potrete dimostrare quanto valete!».

Una tensione sconosciuta stava guastando la loro complicità, tutte le discussioni finivano in un litigio.

Roberto, incapace di trovare in se stesso delle buone ragioni per argomentare, cercava l'aiuto della suocera: «Diteglielo voi che le donne, anche se a casa, perché è qui il vostro posto», e indicava i fornelli, «devono combattere la loro battaglia e farci vincere la guerra».

Ortensia considerava l'ottimismo del genere una forma di cecità, e poi contro Viola non si voleva mettere: 'nzà mà la sua furia repressa fosse tornata a galla. Conosceva quel mostro rabbioso che sonnecchiava nel cuore di sua figlia e si guardava bene dal risvegliarlo.

«Ma che vuoi che ti dica, Roberto, lo sai che quella non è facile farla ragionare.»

«Sì, ma voi glielo potete spiegare.»

Finirono in un circolo vizioso: più gli mancava l'approvazione della moglie, più Roberto si sentiva solo e si avvicinava ai fascisti, e allora Viola per reazione si allontanava. L'Olivares, anche se il lavoro era calato, finì per trascorrere tutto il suo tempo alla putìa. Viola lo accoglieva alla sera con un silenzio ostile e un'espressione di rimprovero, giorno dopo giorno il suo matrimonio si infelicitò.

L'amore tra Viola e Roberto era stata una bella favola. La guerra li stava mettendo alla prova e nel disagio venivano a galla le differenze caratteriali e le rispettive fragilità. In quel clima di sfiducia e tristezza Ortensia fu la vera sorpresa.

Consapevole che la famiglia rischiava il collasso, decisa a contrastare la rovina, si ritagliò un ruolo centrale in casa. Usciva all'alba ogni mattina, raggiungeva Sant'Agata alla Guilla, il centro del mercato nero, dove barattava caramelle e caffè che rubava alla putìa con carne, farina, zucchero. Mentre il cibo scarseggiava ovunque, e le tessere annonarie garantivano solo un minimo, lei riusciva a soddisfare l'appetito dei giovani Olivares, non abituati a restrizioni di alcun tipo. Nel momento dell'emergenza, Viola e Roberto presero a stillare fiele, mentre Ortensia affinò le proprie qualità e diventò una maga dei fornelli.

«Ma come fa con l'olio?» chiedeva la signorina Carmela.

«Semi di lino e acqua. Li metto a scaldare sul fuoco e poi filtro.

Prendo l'olio residuo e l'aggiungo. È fondamentale non far mai scendere il livello sotto la metà della bottiglia» si raccomandava.

«E oggi che cuocete?»

«Brodo!» rispondeva con enfasi.

«Di questi tempi? E la carne dove la trovate?»

Carmela sospettava un inciucio con i fascisti che frequentavano la putìa, era certa che gli Olivares godessero di qualche privilegio.

«Il brodo lo faccio con i ceci, è più delicato» rispondeva Ortensia con un sorriso accattivante. «I ceci poi li conzo in un piattino a parte, così c'è pure il secondo.»

«Ma questi giovinotti che si trovano ogni mattina alla putìa, carne non ve ne possono procurare?» chiedeva Carmela, ingolosita dagli odori che venivano dalla cucina di casa Olivares.

«Se trovo un pezzo di carne, quello è per Mimosa» rispondeva lei ignorando la provocazione. «Senza se e senza cusà. È malata» aggiungeva poi scuotendo le spalle per giustificare quel trattamento di favore.

Il suo modo di fare nel corso dei mesi era molto cambiato. Lo sguardo si era addolcito, aveva imparato a dosare i silenzi e ad abbondare con i sorrisi. Non più urla e strattoni ai nipoti, il doppio delle carezze alla nipotina ammalata, moine e incoraggiamenti ai clienti che stazionavano fuori dalla porta, mentre Viola si rifiutava di riceverli. Solo nei confronti di Genziana Ortensia manteneva l'atteggiamento ostile di sempre e, per quanto si sforzasse di modulare la voce, il suo tono era sempre fuori registro.

Si pensa che gli eroi siano i soldati, quelli che si avventurano in pericolose azioni di guerra, ma non è così. Sono eroici gli uomini che rimangono fedeli a loro stessi nelle situazioni estreme, coerenti nella paura, affidabili nelle difficoltà, e che mantengono inalterato il proprio animo.

Genziana aveva archiviato la felicità di quel 10 giugno, quando aveva potuto finalmente assaggiare il caffè. I momenti di gioia si dimenticano in fretta. Adesso il suo chiodo fisso era il cibo e il suo unico cruccio la fame. Il suo faccino tondo era affilato e gli occhi parvero farsi più grandi. In compenso, libera da ogni controllo, che Mimosa ormai era sempre a letto, tutte le mattine si fermava a parlare con Medoro davanti a palazzo Riso. Lui sembrava aspettarla e questo bastava a farla contenta.

Nella putìa i fascisti, con il beneplacito di Roberto, diedero fondo alle riserve del caffè. I clienti sparirono, che del surrogato e del distillato di cicoria non sapevano cosa farsene.

Quella giornata singaliata segnò la fine di un'epoca felice. Per qualche tempo un fondo di speranza resistette nei cuori della gente, finché non arrivarono le bombe a strappare le viscere alla città. Io ero arrabbiatissima e odiavo quella disgustosa tazza di surrogato che ogni mattina mi davano per colazione. Avevo fatto appena in tempo ad assaggiare il caffè e pochi mesi dopo già lo razionavano. Nella putìa si faceva molta attenzione a non sprecarlo, i chicchi che cadevano sul pavimento venivano raccolti uno per uno e rimessi dentro ai sacchi.

L'aroma fragrante che aveva caratterizzato la mia infanzia fu scalzato dal profumo pungente dei mandarini. Ne portavano sacchi interi Raimondo e Rodolfo quando tornavano dalle loro scorribande. Li conservavano dentro allo stanzino e Mimosa si divertiva a giocare con quei mucchi dorati.

L'odore degli agrumi permeava i muri porosi e stillava poi dall'intonaco che si tingeva di giallo. Negli anni duri furono il mio sostentamento, i loro spicchi sugosi mi regalavano un'illusione di sazietà. Alla putìa i miei fratelli non ci lavoravano più, non perdonavano a papà la contiguità con i fascisti, anche se grazie al loro intervento Ruggero era riuscito a evitare di partire per la guerra. Di politica non capivano proprio niente, in fondo erano due scapestrati desiderosi di scoprire il mondo, e quella fu l'occasione buona per ampliare i loro orizzonti. Una notte non rientrarono a casa, sparirono senza spiegazioni.

Ruggero cercò rifugio in se stesso. Gli amici, quei pochi che non erano stati costretti a partire, venivano a trovarlo la sera, nella sua camera si sentiva discutere animatamente. Talvolta la nonna faceva la faccia preoc-cupata, bussava alla porta e ordinava di abbassare la voce: «Ma che ci vo-lete portare tutti al fondo?» chiedeva.

L'ultima vecchiastrina arrivò il 1° gennaio del 1941 e non si dimen-ticò di nessuno. Al mio risveglio trovai un fazzolettino ricamato odoro-so di acqua di colonia e una spillina a forma di fiocco con un orologino al centro. Il regalo più bello fu quello destinato alla mamma: una vestaglia nuova di raso bianco, con una cinesina colorata ricamata sulla schiena. Lei non la provò nemmeno e la chiuse dentro l'armadio. Mio padre con-trasse il viso in una smorfia di dolore e invecchiò di dieci anni. L'azzurro dei suoi occhi si annacquò fino a diventare quasi bianco.

La nonna aveva riempito le tasche della vestaglia di semi di lavanda, il cui profumo si annidò nelle fessure dell'armadio e rimase lì a ricordare la fe-sta del Capodanno che, da allora, per me ha il profumo dell'arbusto violetto.

Il cucciddatu di quell'inverno fu l'ultimo, poi la dispensa si vuotò, solo qualche cotognata stantia.

Nel secondo anno di guerra la legna diventò merce rara. Tenevamo le finestre sempre chiuse perché il caldo della cucina economica non si di-sperdesse. Gli odori si stratificarono l'uno sull'altro, ma su tutti predomi-nava il puzzo molle di cavoli. Mi sembrava di averne la pelle impregnata, per via del colorito giallastro procurato dalla mancanza di cibo e di sapo-ne. Talvolta mi leccavo un braccio o una mano temendo di avere anche il sapore molliccio del cavolo. Lavarsi era diventato un lusso. Mia madre si teneva lontana da papà e storceva il naso, sottraendosi ai suoi abbracci, che diventavano sempre più rari. Sedevano alla sera su due poltrone lontane, lui la guardava pieno di rimpianto, lei non alzava nemmeno gli occhi. Le guance della mamma, soffuse di un rossore innaturale, erano la spia del-la rabbia che tormentava il suo cuore. Cercava qualcuno cui addossare la colpa della guerra e gli teneva il muso, come se lui ne fosse responsabile. Mite e arrendevole, papà era il capro espiatorio ideale. Si lasciava insul-tare senza reagire, ma diventò cupo e non parlava più.

Giorno dopo giorno, la tristezza e l'unto ci tolsero la voglia di vivere. Eravamo inermi e rassegnati. All'improvviso sulla casa calò il silenzio, neutro all'apparenza, in realtà intriso di livore.

Piano piano le consuetudini si modificarono. La mamma prese ad alzarsi tardi al mattino e interruppe la lettura dei fondi. Iniziare la giornata con le cattive notizie non le piaceva. Il caffè del resto scarseggiava, e anche Giovanni non si faceva più vedere: senza materia prima non aveva scuse per salire da noi. Io rimpiangevo quel liquido terroso che non avevo fatto in tempo ad apprezzare davvero.

Proprio quando stavo per trasformarmi in una giovane donna, tornai ad assumere le sembianze di una bambina. I fianchi avevano perso ogni morbidezza ed erano ora una linea dritta sulla quale le gonne poggiavano come se facessero difetto. Le minne mi si erano appiattite sul torace, sembravano due mandorle sgusciate tra le costole sporgenti. Il fitto intreccio di foglie che mi ombreggiava il ventre si era diradato. Al suo posto era venuta fuori una peluria crespa che si attorcigliava in nodi, come capita ai capelli dei neonati. Il fiotto caldo e rosso che ogni mese sgorgava dal mio corpo si era bloccato nel profondo delle viscere e io mi dannavo per quella femminilità che aveva avuto solo il tempo di sbocciare e non di maturare.

Per papà ero ancora una farfalla blu, ma le mie ali, addossate l'una all'altra, mostravano solo la superficie interna, scura come fumo. Mi mimetizzavo assumendo il colore grigio della guerra.

Durante il giorno ero malinconica, che la fame la sentivo persino nell'anima. Sul far della sera però mi coglieva un sentimento di attesa gioiosa. Presto sarebbero arrivati gli amici di Ruggero e tra loro c'era anche Medoro. Volevo essere bella per lui, perciò mi attardavo allo specchio, cercando di camuffare i segni delle privazioni. Riempivo allora il reggipetto con dei fazzoletti appallottolati, mi pizzicavo le guance per colorarle un po', indossavo un paio di sottogonne l'una sull'altra per rimpolpare le mie curve. Scioglievo i capelli che tenevo arrotolati per dar loro una piega aggraziata. Mettevo da parte i cilindretti di cartone che ricavavo dalle spagnolette finite e li usavo come bigodini, poi spazzolavo con cura i ricci fitti. Le onde arrivavano fino alle spalle e si muovevano leggere a ogni respiro. La cipria della mamma era finita, perciò usavo il borotalco che mi faceva profumare come una neonata, o la polvere di riso che non illuminava la mia pelle olivastra, ma la rendeva cerea e opaca come pergamena. Avevo trovato un avanzo di rossetto e lo spalmavo un granellino per vol-

ta. Per farlo durare di più lo usavo insieme a un pastello di scuola. Quando sentivo i passi sulle scale, m'inumidivo le labbra con la lingua, ma per l'emozione di saliva nella mia bocca non ce n'era. Aprivo la porta con gli occhi che brillavano, lui mi sorrideva e mi tendeva la mano. Non andava oltre quel saluto, ma ero certa di piacergli, queste cose una ragazza le capisce senza bisogno di parole. Anche lui, come tutti noi, si era smagrito, ma i suoi muscoli avevano acquistato consistenza, si era compattato. Con le dita ancora intrecciate – calde le sue, le mie tremanti – percorrevamo il corridoio stretto e buio, la stanza di mio fratello era in fondo. Eravamo così vicini che le nostre braccia si sfioravano. Un colpo sordo mi percuoteva il petto, il cuore si fermava e precipitava giù, giù fino al ventre contratto. Lì rimaneva finché lui e Ruggero non cominciavano a parlare. Se me lo permettevano, mi sistemavo nel letto di Raimondo e stavo ad ascoltarli. Parlavano di niente, poi si facevano un cenno d'intesa e mi chiedevano di uscire.

«Cose da uomini» dicevano con un'espressione seria. Cercavo gli occhi di quello strano ragazzo, sperando che mi invitasse a stare lì. Lui sembrava sfuggire il mio sguardo e io non riuscivo a farmene una ragione. Mi piazzavo allora dietro la porta e li ascoltavo di nascosto. Di solito bisbigliavano, solo raramente la voce di Medoro si sollevava in picchi. Catturavo le sue parole, a una a una me le imprimevo nella memoria: «Compagni, clandestinità, democrazia...».

Lui s'infervorava e Ruggero interveniva a calmarlo: «Shhh, parla più piano».

Una volta mi addormentai sul pavimento e, nell'andar via, Medoro quasi inciampò nelle mie gambe. Si chinò su di me e mi posò la mano sul viso. Mi svegliai di colpo, ma continuai a tenere gli occhi chiusi facendo finta di dormire, che se mi avesse chiesto qualcosa non avrei saputo cosa rispondere. Le sue dita scesero sul braccio e si fermarono sui miei fianchi, indugiarono un po'. Io sentivo la pelle bruciare sotto alla gonna e un afrore intenso bloccarmi il respiro. Poi di colpo si tirò su e corse via.

Il giorno dopo nessuno dei due ne parlò, ma io speravo che l'incantesimo si ripetesse. Presi l'abitudine di accoccolarmi dietro la porta, fingevo di dormire e aspettavo trepida quella carezza. Lui mi scavalcava e s'inoltrava nel buio della casa fino all'ingresso, lasciando insoddisfatto il mio desiderio.

Ogni tanto la mamma mi trovava lì per terra. Non diceva una parola, credo avesse capito tutto. Si limitava a darmi un colpetto affettuoso sulla schiena e mi mandava a letto. Io poggiavo la testa sul cuscino e rievocavo ancora quel contatto intenso, poi scivolavo nel sonno con un'emozione incompiuta nel corpo.

La malattia non dava tregua a Mimosa e le sue condizioni erano in quel periodo peggiorate. Tossiva di continuo, spesso si lagnava. La nonna cantava nel letto vicino a lei e la riempiva di parole dolci: «Sangù, corù, vita». Quei duetti mi davano ai nervi e poi si sovrapponevano alla voce di Medoro e io non riuscivo a carpire i suoi segreti. La notte dei murticeddi mia sorella non stette zitta un attimo e tra un singulto e un rantolo parlò ininterrottamente dei doni che avrebbe voluto trovare nel cannistro. Io ero molto nervosa. Avevo dovuto aiutare la nonna a preparare i dolci e me ne era rimasto nel naso il profumo e un languore malinconico nell'anima. Impastare lo zucchero e non poterlo assaggiare era stata una tortura. La pupaccena era così invitante che ne avrei volentieri masticato un pezzettino. La mamma me lo impedì, era destinata a Mimosa, la pancia mi si era stretta per la fame e la gelosia.

«Nonnina, non te ne andare, non ci voglio stare senza di te» lastimiava mia sorella.

Esasperata, le raggiunsi e urlai: «Insomma, la finite?».

«Invece di dire fesserie, ammuccia la grattalora» rispose la nonna. «Sennò i murticeddi ti vengono a grattare i piedi.»

Era solita rivolgersi a me in tono brusco, penso che non mi perdonasse la mia buona salute.

«Perché proprio a me?» chiesi piccata.

«Perché ti sei comportata male. Vedi che sei pizzuta e pure permalosa.»

«Se la ragione ci funziona ai murticeddi, vedrai che vengono da te che sei vecchia e magari ti portano via con loro e siamo tutti più contenti.»

«Tiè», la nonna fece le corna con tutte e due le mani, lei non ci pensava proprio a morire. Poi nascose la grattugia nell'armadio e mi cacciò fuori dalla stanza.

Arrabbiata, tornai in corridoio, mia sorella si addormentò e finalmente calò il silenzio. Fu in quel momento che la voce di Medoro ebbe un'impennata e io potei sentire distintamente: «Dobbiamo andarcene da qui. Non ce la faccio ad aspettare ancora».

"Vuole fuggire" pensai con una fitta di dolore, come hanno fatto Raimondo e Rodolfo. Improvvisa, mi assalì la paura di non rivederlo più. Intanto la sua voce era tornata un sussurro, e mentre io pensavo a come trattenerlo lui pronunciò una parola misteriosa: «Utopia».

Ne scandì le sillabe una per una, il tono era solenne.

"Di sicuro ha a che fare con la sua partenza" pensai, e mi ripromisi di cercarla sul vocabolario.

16

Nell'autunno del '42 la bottega si era vuotata. Dopo più di due anni, eccoli i risultati: i quattro scravagghi, *ora che la sarda non la potevano liccari,* non si facevano più vedere. Raimondo e Rodolfo erano spariti per evitare l'arruolamento, Giovanni era stato riformato a causa della miopia e si aggirava per la torrefazione senza sapere cosa fare. Orlando aveva smesso di funzionare. Digiuno e inerte, era un'ombra cupa che ammantava di nero le disillusioni della famiglia Olivares.

Giovanni gli armeggiava attorno come il medico al capezzale del malato. Continuava a spolverarlo con cura, rimuovendo la patina scura che lo faceva assomigliare a un mobile vecchio. La tramoggia era stata smontata e la testa del drago, priva dell'elegante cappello, ondeggiava tremula come il capino di un usignolo, i suoi occhi vitrei erano fari spenti. Quel titano si era trasformato in un vecchio e la putìa in un ospizio.

Di tanto in tanto le fiamme tornavano a bruciare e si tostavano ghiande, ceci, orzo, persino cicoria. Il profumo fragrante era stato sostituito da un odore acre che, invece di eccitare i sensi, intorpidiva le coscienze stimolando la salivazione.

Da quando era finito il caffè, Giovanni non aveva più potuto incontrare Viola e si arrovellava per cercare una buona scusa che lo autorizzasse a salire le scale del palazzo fino all'ultimo piano. Quel brevissimo scambio mattutino, riservato e intimo, era l'unico momento felice della sua vita.

"Finiri avi" si ripeteva a proposito della guerra. Sarebbe finita, lui avrebbe ricominciato a tostare a pieno ritmo e avrebbe fatto di nuovo i gradini con il cuore in gola. Fissava i sacchi flosci adagiati sul pavimento e contava i giorni, determinato a non lasciarsi abbattere dalla solitudine.

La gente ciondolava per le vie del rione, gli uomini appoggiati alle cantunere sbadigliavano sotto alle barbe incolte, le donne spalancavano spudoratamente le bocche, mettendo in mostra denti guasti e lingue impastate. Erano colpa della fame quella strana sonnolenza e la nausea che faceva sentire tutti ubriachi.

Nonostante l'intraprendenza di Ortensia, alla lunga persino gli Olivares si erano rinsecchiti e ritirati dentro ai loro vestiti.

Roberto si appoggiava sconsolato a Orlando, che se ne stava silenzioso, con gli occhi vuoti a fissare il nulla: aveva fame anche lui. Certi giorni sembrava che l'attesa non sarebbe mai finita, poi le sirene cominciavano a fischiare, la gente si riscuoteva dallo stato stuporoso e correva nei rifugi. Le pupille dilatate dalla paura, i volti di cera: parevano sardine stipate in una *buatta*.

Roberto aveva preso l'abitudine di camminare solo nel cuore della notte. Prima di sgusciare fuori dal letto, allungava il braccio per una leggera carezza a Viola, che dormiva attorcigliata nella sua vestaglia rossa. Coperto da un cappotto largo, usciva in strada inseguito da una scia di preoccupazioni e di lugubri presagi.

Il commercio era bloccato da tempo, i magazzini vuoti, la putìa languiva. Fare acquisti alla luce del sole era rischioso. Nel buio prima dell'alba, Roberto procedeva con rassegnazione lungo i vicoli della Vucciria, tra gli anfratti del Cassaro, attraversava incroci e superava cantunere dirigendosi verso il porto. Macinava chilometri inseguendo il miraggio di un po' di farina, zucchero, formaggio, una manciata di caffè. Era stanco della "vecchina", il surrogato dall'insopportabile sapore dolciastro. Avrebbe fatto qualunque cosa per un sacco di arabica qualità extra: non era solo un peccato di gola, ma una necessità. Covava in sé la speranza che, se le avesse procurato dei chicchi di buona qualità, la moglie avrebbe ricominciato a leggere i fondi, ma soprattutto a sorridergli.

Un rancore livoroso si era annidato nell'anima di Viola il giorno che era scoppiata la guerra, era cresciuto lentamente e, dopo che Raimondo e Rodolfo si erano imboscati, si era diffuso alle viscere come un'infezione. I suoi occhi trasparenti erano offuscati da un'ansia cupa, che in presenza del marito si trasformava in una antipatia solida.

Era freddo, le balate di piazza Bellini luccicavano come fossero bagnate. Roberto alzò lo sguardo al cielo e incontrò le cupolette rosse di San Cataldo, tre facce rubizze, dall'espressione ilare. Indugiò sulle finestrelle schermate da inferriate dorate. La luna proiettava un alone languido su quelle palpebre di metallo. Era una notte magica: il cielo sereno, le linee dritte dei tetti si intrecciavano disegnando complicate figure. L'armonia di quel momento lo commosse fino alle lacrime.

«Potremmo farci forza insieme, e invece...» aveva parlato a voce alta. Le parole, scappate dalla bocca, rimbalzarono sulla facciata della Martorana e rimbombarono nella piazza deserta, facendolo sobbalzare di paura. Ah, quella brutta abitudine di dar fiato ai pensieri gli avrebbe procurato dei guai prima o poi. Si affacciò all'angolo della via Maqueda, era solo, si sentì sollevato.

Da un po' di tempo nel quartiere c'erano strani movimenti. I tedeschi in giro per la città sembravano sempre di meno. I nuovi normanni, pallidi e biondi, che se ne stavano tra di loro, educati, compiti, a lui in fondo piacevano. Ne apprezzava soprattutto la riservatezza, almeno l'onore delle femmine era salvo. La gente del quartiere invece li odiava. Non era un fatto ideologico, agli stranieri i siciliani erano abituati, è che li consideravano altezzosi: «Ma chi si credono di essere?», «E che si sentono?», «Miiih, *cacoccioli*».

Si diceva che la guerra fosse alla fine, gli isolani aspettavano che le cose facessero il loro corso con paziente fatalismo, che il destino è meglio non contrastarlo. Accese una sigaretta, in giro non c'era nessuno.

«Grazie a Dio» mormorò, poi si ripromise di non pensare più ad alta voce: «I vecchi lo fanno!». Si mise a ridere: lo aveva fatto di nuovo. Si calcò il cappello sulla testa, affrettò il passo.

Tutte le luci, compresi i lumini delle Madonne e le torce dei cimiteri, erano state spente. Le ronde controllavano che l'oscuramento fosse rispettato. I miliziani avevano le tasche colme di sassi e non esitavano a usarli contro le finestre illuminate. Nella notte si sentiva il rumore dei loro passi disordinati, nonostante un ventennio di pratica non avevano ancora imparato a marciare a tempo. A Roberto scappò un sorriso, che a ragionarci erano più ridicoli che autorevoli, però erano in grado di rendere la vita complicata.

La notte precedente Mimosa era stata colta da un attacco di tosse, sembrava che stesse per soffocare. La nonna, dopo averla cullata, abbracciata, strattonata, senza riflettere aveva acceso una lampada. Il sibilo lungo interrotto da un rantolo cavernoso aveva fatto uscire dai letti gli Olivares come uccelli che accorrono al richiamo del cacciatore. Si erano radunati nella stanza rischiarata, aspettando che Mimosa si calmasse. La bambina si era sentita rassicurata dall'amore dei familiari ed, esalato l'ultimo ronco, aveva ripreso a respirare con regolarità.

Stavano per tornare a letto, quando una gragnuola di colpi si era abbattuta sulle imposte e un sasso aveva centrato il vetro. I cocci si erano riversati sul pavimento come una grandinata improvvisa. Fuori il cielo era sereno, blu dorato come il manto della Madonna, attorno alla luna solo cirri soffici e delicati. Le schegge brillavano sulle lenzuola, gocce di rugiada solide e taglienti.

Il giorno dopo avevano dovuto schermare le finestre con pezzi di cartone.

Nei vicoli stretti i raggi flebili della luna non entravano, trovare la direzione giusta era un terno al lotto. Roberto si sfilò i guanti, mosse le dita intorpidite; quindi, palpando le asperità del muro di Santa Caterina, imboccò deciso via degli Schioppettieri. Si soffiò il naso, annusò l'aria, la scia intensa del piscio di gatto gli indicò la direzione fino a corso Vittorio. Scivolò guardingo dietro alla Vucciria. A guidarlo erano il puzzo del metallo in via degli Argentieri, l'effluvio della lana cardata in via dei Materassai, il profumo del mare in via Francesco Crispi. Immerso nel sentore delle alghe marce raggiunse l'ingresso del porto. Entrò furtivo al molo Santa Lucia, avanzò verso la stazione marittima e si fermò a osservare le navi ormeggiate. Nell'attesa si concesse un cauto bilancio di vita. Viola era il suo tormento. Il cuore le si era ristretto come un pezzo di carne messo a bollire per ore. Dentro non c'era posto per altri che per se stessa. Eppure, anche così scorbutica, lui l'amava sempre di più.

«Ma è colpa della guerra» sospirò. «In fondo anche io non sono più lo stesso.» Ecco, aveva di nuovo parlato da solo. Il dolore più forte lo provava dentro al letto ogni sera. La moglie rifiutava i suoi abbracci e dormiva di taglio, rannicchiata, occupando una strisciolina sottile sul bordo del materasso. Roberto impazziva dal desiderio. La voglia di far l'amore gli tormentava il petto. Solo quando le sirene dell'allarme cominciavano a fischiare, lei si rintanava tra le sue braccia e lui ne approfittava subito. Le tirava su la camicia, le scopriva il ventre soffice, le cosce bianche e tonde. Saliva su di lei veloce e la penetrava senza alcun preavviso. Viola non si ribellava, anzi sembrava eccitata e disponibile. Doveva sperare nelle bombe per poter sentire ancora il suo profumo ammaliante, cose da pazzi!

L'aria della notte gli arrivò diretta sul viso, era fresca e pulita. Si strinse nel cappotto, tastò le tasche segrete, erano gonfie di soldi. Se fosse riuscito a trovare un poco di farina e zucchero, Ortensia avrebbe potuto preparare dei biscotti per addolcire le lunghe giornate di Mimosa. Buttò via il mozzicone della sigaretta, che disegnò una scia rossa e sottile nell'aria e poi sparì in acqua. Spinse lo sguardo davanti a sé, nella zona scura che forse era cielo o forse mare. Gli occhi presero a lacrimare per lo sforzo. Ed eccole finalmente le sagome, tremule attraverso il velo che gli offuscava la vista. Scendevano in fretta dalla passerella, i pantaloni larghi, le giubbe svolazzanti, un'aura luminescente pareva circondarli. Correvano verso le donne, la libertà, la città. Solo uno di loro avanzava lento. Era quello il suo uomo.

Roberto ne cercò lo sguardo, e quando fu a tiro lo adescò con un cenno della mano. Quello alzò la testa e indicò con la punta del naso l'uscita del porto. S'incamminarono verso la Cala uno dietro l'altro, a distanza di pochi metri. Il marinaio camminava con le ginocchia rigide, le anche ondeggiavano a destra e sinistra, come se le giunture non riuscissero a piegarsi. Le balate sconnesse lo mettevano in difficoltà, e allora allargava ancora di più le gambe per cercare stabilità. Roberto si muoveva spedito, troppo. Perciò era costretto ogni tanto a rallentare per non superarlo. S'inoltrarono furtivi tra le casette misere, proseguirono oltre la caserma abbandonata sulla quale svolazzava la bandiera tedesca e si fermarono al riparo di un grande portale smozzicato. Avvolti nel vento che s'insinuava tra le pieghe dei vestiti, si accordarono a cenni. Roberto dispiegò veloce una mappina e la poggiò sulla terra umida della notte. Il marinaio si chinò, tolse gli elastici dall'orlo dei pantaloni e cominciò a scuotere le gambe. Un delicato profumo di lattuga fresca si diffuse nell'aria.

Viola percepì una sorta di vibrazione, aprì gli occhi, Roberto era seduto ai piedi del letto e aveva una faccia insolitamente allegra.

«Pare un cretino» mormorò lei, pronta al litigio.

«Ben svegliata» la salutò il marito, come se fosse appena tornato da una festa.

Stizzita, la moglie cercò di riprendere il sonno interrotto. Le piaceva dormire, nel buio poteva scegliere di essere cacciatrice o preda. Bastava chiudere gli occhi e disporsi all'avventura.

Roberto si tolse il cappotto e un odore di lattuga fresca si diffuse nella stanza scalzando il puzzo di fiamma ossidrica che da un po' tormentava il quartiere, come se Palermo fosse abitata da una comunità di saldatori. Viola si sollevò dai cuscini e annusò l'aria con espressione interrogativa. Obbedendo a un impulso il marito l'abbracciò.

«Sei uscito pazzo!» lo respinse lei, che la troppa confidenza finisce a malacrianza.

Soffiò dal naso come un gatto, era sveglia, i sensi allertati, inutile ormai provare a riaddormentarsi.

«C'è cosa?» gli domandò. Ma visto che lui non rispondeva lo insultò: «Scimunito!».

«Perché sei così *scucivola*?»

«Siamo quello che mangiamo» rispose secca. «E siccome ingoio bile da anni... fatti i conti tu.»

«Ho una sorpresa» disse, sperando di addolcirla. La prese per mano e cercò di tirarla fuori dal letto. Lei si divincolò, si nascose sotto le coperte, scalciò. Lui la tirò con forza, a Viola piacque la sua prepotenza e fu tentata di dargli un buffetto affettuoso sulla guancia, ma ormai si era amminchiata nel ruolo di bisbetica. Se in quel momento Roberto l'avesse guardata in fondo agli occhi avrebbe riconosciuto la ragazza amorevole che aveva chiesto in sposa.

La trascinò di peso in cucina, si trovarono l'uno accanto all'altra, non succedeva da prima della guerra. Le cinse la vita, lo sguardo gli cadde nello scollo della camicia, si trovò a sperare in un allarme antiaereo.

Come se gli avesse letto nel pensiero, lei lo apostrofò: «Non ti fare strane idee, siamo vecchi, e tu più di me. Ogni cosa a suo tempo». Lui ignorò l'insulto e le sfiorò con un bacio la guancia, che Viola si pulì con il dorso della mano. La guerra era stata una lunga serie di privazioni e il suo corpo aveva reagito negando il desiderio. La stanza era illuminata da un filo di luce grigia che filtrava da un angolo in alto, là dove il cartone si era sbriciolato.

«Talè» disse Roberto indicando il centro della tavola, «un regalo per te.»

Viola storse la bocca: «Non è buono».

«Questo passa il convento» tagliò corto lui. «Non ti sta più bene nulla!»

«I fondi con questo caffè non si possono leggere!»

Era abituata ai chicchi larghi da cui ricavava una polvere granulosa e pesante che si addensava sul fondo e sulle pareti della tazza e produceva figure corpose, dai contorni precisi e facili da interpretare.

«Prendi il macinino» le ordinò lui. «Voglio solo bere un caffè in santa pace.»

Viola ubbidì, non aveva più voglia di litigare. Mise alcuni chicchi a tostare dentro una padella, un aroma sottile ed evanescente riempì la cucina.

«Ci vuole coraggio a chiamarlo caffè» borbottò, versò i chicchi nel macinino e cominciò a girare la manovella.

Ruimmmmm, ruimmm.

Genziana si svegliò di botto. Da tanto tempo non sentiva più quel rumore. Scese piano dal letto e corse in cucina piena di speranza. Trovò i genitori l'uno accanto all'altra davanti ai fornelli. Il profumo si diffuse leggero come una carezza, poi si fece più forte, solido, quasi un abbraccio, infine l'aroma divenne un grumo di nostalgia dentro ai loro cuori. Genziana si commosse e desiderò riavere indietro i suoi genitori, affettuosi e gentili, com'erano prima della guerra.

Roberto insinuò la mano in quella di Viola, lei lo guardò di sottecchi.

«Non c'è caffè senza amore» sussurrò lui.

18

Anche quella notte Mimosa si era svegliata perché le mancava l'aria e la nonna era corsa da lei, spaventata. La bambina nel suo lettino era così bianca che pareva morta e il suo respiro era un rantolo soffocato.

«Curriti, curriti, ahiahiahi, curriti!» cominciò a urlare Ortensia.

La malatedda se ne stava andando in un soffio, come quei fiori fatti di pagliuzze leggere che si disperdono in aria al primo alito di vento.

Viola l'acchiappò allora per le spalle con decisione e le soffiò sulla faccia. Lei non si mosse. Il collo era rigido, due cordoni rilevati ne disegnavano il profilo, ogni tanto un sospiro lieve segnalava che era ancora viva. Se la strinse al petto e la sentì fredda, inconsistente.

«Salutatela» ordinò ai familiari.

Ortensia si avventò furiosa sulla nipote: «Levati, che ora ci penso io».

«Lasciala andare via, non fermarla. Così le fai solo del male.»

Genziana guardava la sorella senza osare avvicinarsi. Si sentiva in colpa, aveva desiderato tante volte che sparisse e ora che era arrivato il momento avrebbe voluto rimangiarsi tutti i cattivi pensieri.

Medoro accorse insieme a Ruggero, richiamato dalle urla di Ortensia, ma poi si fermò sulla porta, un po' discosto rispetto al resto della famiglia di cui non faceva parte. Ne aveva visti così tanti di bambini andarsene per colpa degli stenti e delle malattie che quasi si era abituata all'odore della morte. Si avvicinò a Genziana, un pulcino impaurito e tremante, le prese la mano e la strinse forte tra le sue. La ragazza ricambiò la stretta.

Viola si muoveva attorno alla figlia e intanto si rivolgeva agli altri con sicurezza: «Lo sapevamo che non sarebbe durata a lungo».

Ortensia aveva smesso di piangere, ora il dolore era un grumo coagulato tra il fitto reticolo di rughe, un bubbone sulle labbra atteggiate in una smorfia grottesca.

«Ve lo ricordate il giorno che è nata? Il rumore della pioggia era così forte che stentammo a sentire la sua voce. All'improvviso ci fu un mugolio sommesso.»

«Pareva una gattaredda» aggiunse la nonna.

«Mi sembrò un presagio. "Non ne ha forza questa creatura" pensai. Roberto lo disse subito: "Figlia di vecchi è". Aveva ragione, ci vuole la giovinezza per passare ai figli la forza di campare.»

Aveva intuito fin dal primo vagito che Mimosa non sarebbe vissuta a lungo, e anche se le voleva bene – sua figlia era – aveva cercato di non affezionarsi a lei. Non le apparteneva quella picciridda, perciò l'aveva affidata a Ortensia e si era tenuta in disparte. Ma nel giorno dell'addio non poteva sottrarsi al suo compito di madre.

«Non è giusto, una madre nella cammara della figlia, una nonna in quella della nipote, non è naturale!» singhiozzò Ortensia.

«Così è, non possiamo farci niente. Ora respiriamo insieme» disse Viola. «E tu, mamma, canta... qualsiasi cosa, tutto quello che ti viene in mente.»

«Avo', l'amuri miu ti vogghiu beni / l'occhiuzzi di me figghia su sireni. / Avò, la figghia mia ca sempri chianci, / voli fattu la naca tra l'aranci.»

Nel febbraio del 1943 l'ultima virgola stampata sulle pagine della breve vita di Mimosa si accorciò fino a diventare un punto.

Pioveva quella notte sui coppi sconnessi del nostro tetto, un fruscio delicato e costante come lo stormire delle foglie in una notte di primavera. Filtrava dal soffitto, attraverso i mattoni umidi, un gocciolio lento, che aveva formato una pozza ai piedi della nonna. Pensai che si fosse pisciata addosso e mi venne da ridere. Medoro mi guardò con espressione interrogativa.

«Si viene al mondo con un respiro, lo si lascia con un sospiro.»

Parlava piano la mamma, non voleva disturbare mia sorella che da poco dormiva il primo sonno quieto. La morte le aveva regalato una tregua: il suo faccino, teso e smunto, sorrideva ora con grazia.

Mio padre era terreo, sembrava quasi non respirasse più. Le labbra serrate, gli occhi colmi di disperazione, tratteneva il fiato. Mia madre si avvicinò a lui e gli accarezzò il viso: «Stammi bene a sentire» gli sussurrò. «Mimosa è morta, ma finché io sarò qui staremo tutti insieme, perché è il respiro delle donne che tiene vive le famiglie. Quando non avrò più fiato, allora sì che ti toccherà smettere di respirare. Ma per adesso il permesso di morire non te lo do.»

Papà l'abbracciò piangendo, era fragile al cospetto della morte e si commosse per quelle parole che a me sembrarono una dichiarazione d'amore.

«La morte è cosa di femmine» aggiunse poi la mamma, guardando Ruggero e Medoro che si affrettarono a lasciare la stanza, «come la vita del resto.»

La nonna cantava e strusciava avanti e indietro i piedi sul pavimento: «La mia piccola rondine partì / senza lasciarmi un bacio / senza un addio partì...». E intanto aggiustava le ciocche disordinate della nipotina pre-

diletta. Quand'ebbe annodato fra i capelli il fiocco di seta che lei stessa aveva ricavato da un suo vecchio abito, scoppiò in singhiozzi, consapevole che quello sarebbe stato l'ultimo atto di cura.

Ero di marmo, mi sembrava di averla uccisa io mia sorella.

«Non è colpa tua» disse la mamma. L'intensità del suo sguardo mi fece paura, e per la prima volta desiderai tenerla lontana. La morte era entrata nella nostra casa e temevo che potesse succedermi la stessa cosa. La mamma mi accarezzò la mano, provò a insinuare le sue dita tra le mie, le chiusi a pugno, opposi resistenza. Non si diede per vinta, le aprì una per una e mi abbracciò. La paura si sciolse e mi lasciò l'animo leggero.

«Si viene al mondo con un respiro» cominciò a sussurrarmi portandosi le nostre mani unite al petto.

Il suo torace si alzava e si abbassava con un ritmo costante. Trattenendo il fiato, accostai la fronte alla sua, era fresca e liscia. Chiusi gli occhi e cercai di riposare appoggiandomi a lei. L'aria fluiva dalla sua bocca senza rumore, un soffio profumato e lieve che si spandeva tutto intorno. La imitai e piano piano i nostri cuori si accordarono.

«Hai respirato con me fin dal primo attimo della vita» mi mormorò all'orecchio. «Dentro alla mia pancia senza capirlo, fuori senza sentirlo.»

Una frescura leggera si spalmava sulla mia bocca, si scaldava nella gola e si faceva strada dentro di me.

«Soffia» mi disse.

L'aria venne fuori lentamente. Ancora, con un piccolo movimento delle coste, anche l'ultima riserva al fondo del torace uscì. I nostri aliti tiepidi si fusero.

«Respira, Genziana, sentila la vita.»

Il mio petto si alzava e abbassava insieme al suo, gonfio d'amore.

«Dentro e fuori» ripeteva lei accompagnando le parole con un gesto sinuoso della mano, «è un movimento senza pause. Non trattenerlo il respiro, che alla vita non ci si oppone.»

L'addio a Mimosa fu il primo grande dolore che mi trovai ad affrontare. Per fortuna c'era la mamma a rendere sopportabile la sofferenza. Le sue parole, dolci e profonde, mi spiegarono la morte e mi aprirono alla vita. "Quanta forza ci vuole per diventare una donna" pensai spesso nei giorni successivi e mi rassicurava il pensiero di essere ancora figlia.

19

Dal 23 gennaio al 18 aprile del 1943 una pioggia d'acciaio scardinò l'architettura della città felice.

Tra i primi edifici a crollare ci fu palazzo Riso, insieme con la Casa del Fascio, come a suggerire una rovina che si prospettava inesorabile. Le sirene suonavano di continuo, la gente correva con il cuore in gola ai rifugi. Si trattava di cantine e sottoscala rinforzati alla meglio con sacchi di sabbia e travi di legno che non offrivano una protezione adeguata, i finanziamenti per costruirne di veri erano svaniti nel nulla.

Viola rimaneva a casa con il marito, dentro a quei sotterranei umidi e maleodoranti aveva paura di fare la fine del topo. Ma lasciava liberi Genziana e Ruggero di ripararsi nel rifugio di piazza Pretoria, o meglio ancora in quello di piazzetta Sett'Angeli, che aveva fama di essere uno dei più sicuri.

La paura le faceva perdere il controllo e, nella stanza illuminata a giorno dai lampi, cercava riparo nel corpo di Roberto. L'angoscia allentava i freni inibitori e facevano l'amore con una passione mai provata. Il marito, ancora sensibile alle sue grazie, benediva i colpi di mortaio che avevano dato nuovo impeto al suo matrimonio. Nel rumore infernale le loro urla di piacere, o forse di dolore, trovavano legittimazione. Il sibilo delle sirene si mescolava a quello dei loro respiri ansimanti, il rombo degli aeroplani accompagnava i gemiti. Passò l'inverno, arrivò la primavera, nessuno fece caso al passare delle stagioni.

A marzo del 1943, mentre la maggior parte dei palermitani sfollava nelle campagne e nelle borgate, gli Olivares rimasero al loro posto. Tanto, secondo Roberto, era questione di pochi giorni ancora e la guerra sarebbe finita.

Medoro non aveva aspettato che gli avvenimenti precipitassero, dopo la morte di Mimosa era sparito dalla circolazione, senza una spiegazione né un saluto. Dovevano aspettarselo, lui era vento furioso e fiume inarginabile, mare senza orizzonte, terra sconfinata. Il rassicurante parlottio nella camera di Ruggero cessò d'un tratto, e Genziana dovette fare i conti con quella nuova separazione.

Per contrappunto riapparì la zà Maria. Come una furia, una mattina d'aprile entrò in casa Olivares senza chiedere permesso: «Principessa, senza se e senza cusà, ora voi me lo dovete dire!».

«Calmati e spiegami che è successo» rispose Viola. Non dava retta a nessuno, ma per quella donna aveva sempre un occhio di riguardo.

«Medoro, quel figlio di buttana! Con tutto il rispetto per sua madre, che sono io, guardate che ho trovato.»

Viola afferrò un pezzetto di carta stropicciato e lesse a voce alta: «"*Na curazzata / la nostra armata / si scuntrò cu' na pignata / e arristò tutta ammaccata. / Cu?/ 'A curazzata!*" Ma questa è una poesia di Peppe Schiera» disse ridendo. A lei quel morto di fame che urlava contro il Duce piaceva assai. «Guarda che pure io ne ho una, me la regalò Peppe in cambio di una tazza di caffè. Senti che dice: "*Quannu 'u re era re / mancava 'u cafè. / Ora è 'mperaturi / e manca 'u caliaturi. / E si pigghiamu n'atru statu / manca puru 'u surrogatu*". Non è da ridere?»

«Principessa, ma dove campate voi? Se a Medoro lo trovano con questi pizzini lo sapete che succede? Pure a noi ci fa passare i guai.

Io li ho presi, tutti quelli che ho trovato, e li ho bruciati. Lui allora se n'è andato di casa e non è più tornato. Ora sono due mesi che manca...»

Viola guardò fuori dalla finestra, era primavera e lei non se n'era accorta. Da qualche giorno i bombardamenti erano cessati. La pausa alimentava le speranze di tutti sulla fine imminente del conflitto. La città aveva tanto sofferto che il governo l'aveva proclamata "mutilata di guerra" e le aveva conferito una medaglia. Di lì a pochi giorni, il 9 maggio, avrebbero consegnato l'onorificenza in una cerimonia ufficiale a piazza Bologni.

«Zà Maria, caffè non ne ho» disse con aria distaccata.

«Perciò ve l'ho portato io!» rispose la donna tirando fuori dallo sciallina un mucchietto scuro. «Ho passato la giornata cantunere cantunere per trovarlo.»

Viola si alzò lentamente, mise il bricco dell'acqua sul fornello. Si guardò intorno, le mancava qualcosa.

«'Unn'è Provvidenza?» domandò brusca.

«A casa.»

«Sula?»

«Sìssi, non è chiù una picciridda, nove anni ha.»

«Ma perché non l'hai portata?»

«Accussì arrisetta la casa.»

«Rustica sei, e grevia. Tieni, portale due pezzetti di zucchero. La dovresti tenere in una burnia e invece la fai travagghiare come una grande.»

Viola si dominò per smettere di rimproverarla, quell'incosciente della zà Maria. Pensava a Mimosa: "Se fosse viva, avrebbero pressappoco la stessa età" sospirò. «Non sono buoni, perciò non garantisco» disse indicando i chicchi. Tuttavia li macinò, preparò il caffè e si apprestò a compiere il rituale senza alcun entusiasmo.

Prima che iniziasse la lettura, Genziana entrò in cucina e prese posto al tavolo. La madre la osservò: sul suo viso passava un'espressione dolente.

«Che c'è?» domandò.

116

La ragazza rimase in silenzio.

«Che novità è che ti presenti quando ho clienti?»

Genziana abbassò gli occhi, respirò profondamente, si prese di coraggio e parlò tutto d'un fiato: «Mamma, pure io voglio sapere dov'è Medoro».

Anche Ruggero, acquattato nel corridoio, si mise in ascolto. Ne avevano parlato quasi ogni sera di andare via, ma non pensava che il suo amico facesse sul serio. Ci vuole coraggio per tagliare i ponti con la propria famiglia, la città, e poi al Nord la guerra era bastarda.

«Medoro ha un grande destino» cominciò Viola.

«Questo me l'avete già detto.»

«Sì, ma te lo devi tenere bene a mente, perché il picciotto non lo puoi trattare come uno qualsiasi, quello è pieno di passione, ha forza. Talìa questo fuoco quant'è grande. Pure tu, Genziana, guarda qua. Se fai ruotare la tazza sembra che si muova, e questi due anellini intrecciati... voi, parlo pure a te» disse puntando il dito contro la figlia, «pensate che uno così si sta chiuso ai Quattro Canti?»

Il simbolo dell'infinito sfiorava una grande fiamma che si allungava sulla parete della tazza.

«Ma a noi chi ci pensa?» si lagnò la zà Maria.

«Vi dovete arrangiare.»

«Ma se uno ha famiglia...»

«Non è certo prigioniero di guerra!» la interruppe Viola bruscamente.

Forse quel tono duro, così insolito quando esercitava la sua arte, era riservato a Genziana. Da giorni aveva notato la lacrimuccia che le premeva all'angolo dell'occhio: era meglio che se lo scordasse subito quel ragazzo.

«Che vi ho fatto, principessa?» domandò la zà Maria sorpresa.

Viola aggrottò la fronte, qualcosa in quella tazza la turbava e le rendeva impossibile guardare in viso la sua interlocutrice.

«Zà Maria, fatevene una ragione: Medoro se n'è andato lontano e non tornerà, almeno finché non finisce la guerra.»

La donna, amareggiata, prese la via del ritorno. Lo sguardo fisso alle balate, attraversava la nube di polvere che i raggi del sole non riuscivano a penetrare.

Pochi giorni dopo, il tepore della primavera risvegliò Ortensia dall'inerzia in cui si era rifugiata. Si guardò intorno, in quella casa si perdeva tempo in cose inutili. Decise che bisognava mettere all'aria i materassi e lavare le tende, così nere che sembravano drappi a lutto. Cominciò a spolverare cantando: «*Era de maggio e te cadeano 'nzino, / a schiocche a schiocche, li ccerase rosse. / Fresca era ll'aria, e tutto lu ciardino / addurava de rose a ciento passe...*».

Non c'era più nessuno ad ascoltare i suoi canti accorati, ma lei insisteva: «*Era de maggio, io no, nun me ne scordo, / na canzone cantavemo a doje voce. / Cchiù tiempo passa e cchiù me n'allicordo, / fresca era ll'aria e la canzona doce*».

Quel 9 di maggio era domenica, Viola si alzò presto, mossa da una inquietudine che non le dava tregua.

Quella domenica, 9 maggio 1943, saremmo andati a piazza Bologni per la cerimonia di consegna della medaglia alla città di Palermo. Mamma non ci voleva andare, si sentiva al sicuro solo dentro casa.

«È tanto che non usciamo tutti insieme. Vedrai che ci farà bene.» Papà aveva insistito tanto che alla fine lei aveva acconsentito.

«Mamma, io vado a messa alla cattedrale e poi vi raggiungo» le dissi accarezzando il suo vestito buono.

«Va bene, Genziana, ma per favore prima di uscire raccogli il bucato.»

Andai volentieri in terrazza, mi piaceva guardare la strada dall'alto. Tra le piante fiorite e le lenzuola stese mi ero ritagliata un angolo di normalità. La balaustra era un solido sipario aperto sul quartiere. Con i gomiti puntati sul marmo annerito, lasciavo vagare per ore lo sguardo tra tetti e strade. Da un lato piazza Bellini, dall'altro la via Roma: era quella la mia prospettiva preferita. Cercavo di indovinare il nome dei passanti dalle loro sagome. Qualche volta un pantalone lacero, due gambe forti mi riempivano di speranza, il pensiero correva a Medoro e il cuore sobbalzava.

Il sole era tiepido quella mattina, la luce offuscata dalla polvere che si alzava dai palazzi bombardati. I pompieri non facevano in tempo a spegnere i roghi che dopo poco si riaccendevano come per un sortilegio.

Mi infilai tra le lenzuola che sventolavano all'aria, danzando come fantasmi giocherelloni. Cominciai a togliere le mollette a una a una, a tirare via i panni e a sistemarli nella cesta. I miei gesti erano lenti, le braccia si sollevavano a fatica, ero preda di una debolezza malinconica. Mi attarda-

vo, correndo il rischio di perdere la messa. Tra i panni profumati provavo una meravigliosa sensazione di pace. Sprofondavo pigramente nel mio sogno preferito: la putìa di nuovo linda e luminosa, il magazzino pieno di sacchi di caffè, le burnie lucide colme di caramelle, Orlando che soffiava e sbuffava, la sua bocca spalancata che sputava chicchi odorosi, le voci allegre degli operai, le imprecazioni di Giovanni, la gente che andava e veniva, il fumo denso che si sprigionava durante la tostatura. E poi io, vestita per bene, con una tazza di caffè fumante tra le mani, appoggiata al bancone.

All'improvviso il sole si oscurò, il cielo sembrò abbassarsi, ebbi l'impressione di poterlo toccare. Mi assalì una paura violenta, le gambe presero a tremare come corde in tensione e crollai a terra. Provai a rimettermi in piedi, non ne avevo la forza, le ginocchia erano molli e senza vita. Mi trascinai fino alla cesta e lì mi accucciai. Tra i panni puliti mi illusi di essere al sicuro, chiusi gli occhi. Il rombo degli aerei, le fortezze volanti le chiamavano, diventava sempre più intenso, si stavano avvicinando.

«Mamma!» provai a urlare, la voce restò imprigionata nel profondo della gola. Le mani trovarono il lembo di un lenzuolo e me lo tirai fin sopra la testa, come quando la notte facevo brutti sogni.

A mezzogiorno si scatenò l'inferno.

20

Nel palazzo le voci si levarono tutte insieme. La gente si riversò fuori dagli appartamenti, i passi rimbombavano per le scale con un suono cupo, foriero di disgrazia. Si levò nell'aria un appello accorato, le donne chiamavano a raccolta i figli e all'ordine i mariti: "Fifì, Totò, Tetella, Salvuzzu, Uccio, Maruzza...", una fioritura di vezzeggiativi echeggiò da una casa all'altra.

Al primo piano la tragedia era commedia: «Mamà, che fai, l'appello? E che semu, a scola?».

Al secondo la paura si vestiva di eleganza: «La camicia verde, dove l'avete messa?».

«Che t'interessa, in questo minuto?»

«No, senza la camicia non mi muovo!»

Al terzo piano l'amore era una sciarpa fuori stagione: «Talè a chistu, pari *santu Vintulino*. Mettiti il fasciacollo, che sei sempre raffreddato».

Uscivano dal portone con furia selvaggia e si avviavano per piazza Bellini, disperdendosi nella via Maqueda per raggiungere il rifugio più vicino.

Genziana sprofondò dentro la cesta: non ci sarebbe andata al ricovero questa volta, in fondo anche sua madre preferiva le mura di casa alle cantine che puzzavano di piscio.

Non era un canto ammaliante quello delle sirene, ma un boato che emergeva dal mare e rimbombava sulle montagne attorno alla città. I bombardieri scortati da caccia pesanti arrivavano da Termini Imerese come un nugolo di api sciamato dall'alveare e si avvicinavano alla città, i muri del palazzo cominciarono a tremare. La contraerea sparava colpi secchi in successione, che nulla potevano contro quello stormo che volava troppo alto.

Salvuzzo aveva due gambe secche e storte che uscivano dai pantaloncini larghi insieme a un rivolo di urina. Caterinedda con una mano si stropicciava gli occhi annebbiati dalle lacrime, con l'altra si stringeva una coperta attorno alle spalle, fuggendo seminava le balate polverose di pezze colorate, i vestiti della sua bambolina. Fifì s'ammucciava nelle tasche un pezzo di pane rubato. Ezio si annacava nella sua camicia verde. Carmeluzza teneva per mano il figlio che ancora non parlava, e che non avrebbe parlato mai.

«Genzianaaaaa!»

Soffocata dalla preoccupazione, Viola cercava la figlia. La sua voce si confondeva con le urla dei vicini. «Figlia mia, dove sei?»

«Doveva andare alla messa in cattedrale, da lì sarà corsa al rifugio» la rassicurò Roberto. «Dài, andiamo anche noi.»

«No, vacci tu, io senza di lei non mi muovo.»

«Sarà lì di sicuro. Corri!» insistette Roberto tirandola per un braccio.

«Se devo morire, allora è qui che voglio stare, nella mia casa, tra le mie cose.»

«Dobbiamo sbrigarci, corri!» la incalzò il marito, a corto di parole.

«Genziana, chicchicedda mia, che fine hai fatto?», piangeva, mescolando lacrime e parole.

«Sicuro è lì, a piazzetta Sett'Angeli, quello è il rifugio più vicino alla cattedrale. Sai che facciamo? Invece di andare a quello di piazza Pretoria, andiamo anche noi là. Però ti devi sbrigare, che c'è un poco di strada da fare. E poi con tua madre che cammina lenta...»

«Genzianaaaaa!» gridò ancora lei.

«Andiamo Viola, andiamo.»

Comparvero sul portone, trascinandosi dietro Ortensia con la bocca spalancata in un canto sciocco: «*E diceva core, core! / Core mio, luntano vaje, / tu me lasse e io conto ll'ore... / chi sa quanno turnarraje?*».

«Fammi il favore, Giovanni, sali a casa e controlla che le finestre siano chiuse, poi mettiti al riparo pure tu» gli aveva detto il padrone portandosi via moglie e suocera. «Se vedi Ruggero, digli che noi siamo al rifugio di piazzetta Sett'Angeli, è quello più vicino alla cattedrale, magari Genziana è andata lì. Io mi devo sbrigare, che la vecchia cammina lenta!»

Viola singhiozzava, appesa al braccio del marito: «Non trovo mia figlia!».

Era la prima volta che la vedeva così fragile, Giovanni ne fu turbato.

«Principessa, non vi preoccupate, sarà al rifugio» l'aveva rincuorata. «Andate, che se è nascosta nel palazzo ve la trovo io.»

Le strinse la mano con foga inusuale, in condizioni normali non l'avrebbe mai fatto. La donna trattenne fra le sue le dita ruvide dell'operaio, e lo fissò negli occhi. Passò tra loro una corrente d'intesa, Giovanni sorrise con un'espressione bonaria sulla faccia molle di solitudine, scosse la testa: «Fidatevi di me» sussurrò. «Alle vostre cose ci penso io», poi la guardò andare via.

Viola teneva la testa rinserrata nelle spalle e i suoi piedi piccoli accarezzavano con delicatezza le balate della piazza: sembrava non toccasse terra, tanto era leggera.

"È fatta di aria, come gli angeli" pensò l'operaio. Quando l'ultimo svolazzo della sua gonna sparì, l'uomo si riscosse e imboccò il portone del palazzo. Sentiva ancora rumori. "Magari Genziana è rimasta dentro" pensò. Al primo piano, appoggiata al corrimano, trovò la signorina Carmela, paralizzata dalla paura. Mormorava giaculatorie a santa Rosalia e impetrava il perdono delle anime sante del Purgatorio.

«Signorina, andate al rifugio, questa ve la porto io» le sussurrò Giovanni sollevando dal pavimento la borsa che Carmela aveva lasciato cadere. Le staccò con dolcezza le dita dalla balaustra e l'affidò al lattoniere dell'ammezzato.

«Mi raccomando, lì dentro c'è tutta la mia vita» gli aveva detto lei prima di affidarsi alle braccia dell'altro: era la prima volta che si abbandonava a un uomo.

«Quanto sa essere gravosa l'intera esistenza!» commentò Giovanni soppesando la borsa, e si avviò all'ultimo piano. Come d'abitudine si fermò sulla porta d'ingresso, Viola gli era apparsa come una visione nella sua vestaglietta rossa, con i capelli sciolti e svolazzanti. A giudicare dal fragore, gli aeroplani dovevano essere già al porto, ma appena l'operaio varcò la soglia lo accolse un silenzio irreale. Si mosse nel corridoio, un profumo di cipria gli mozzò il respiro. Si rese conto di aver superato un confine proibito, il sangue cominciò a scorrere tumultuoso. In cucina, mosso da un istinto sconosciuto, afferrò il bricco e la tazza e se li infilò nelle tasche, poi raggiunse la camera da letto. Arrossì davanti ai cuscini ordinati e impilati da un solo lato del letto, in lui si risvegliò un desiderio segreto. Aveva faticato tanto per negarlo a se stesso, ma quella mattina di maggio non poté più ignorarlo. Il suo corpo era scosso da un'onda violenta, le gambe molli come gelatina, crollò sul bordo del materasso e affondò la testa dentro ai guanciali morbidi. Inspirò con forza, una fragranza sensuale gli allappò la bocca e gli scaldò il petto. La vestaglia rossa a piccoli ricami era poggiata sulla testata di ferro. Giovanni allungò la mano per accarezzarla, fece scorrere il dito tozzo dall'unghia smozzicata lungo il bordo del collo e si fermò alla cintura.

«No, non posso» sussurrò. Poi allargò tutte e cinque le dita dentro alla vestaglia. Il suo respiro si fece più corto, strinse quel tessuto lucido e scivoloso tra le braccia e fu investito da un'onda di voluttà.

Perse ogni inibizione, la fantasia galoppò tra le pieghe della stoffa morbida mentre la sua mano s'insinuava nelle tasche, tormentava la cintura. Sentì la guancia morbida di Viola sulla sua, i capelli ondulati gli solleticavano il naso, il collo aggraziato si approssimava alle sue labbra.

Non aveva mai osato tanto, i suoi gesti si erano sempre limitati all'offerta dei chicchi la mattina. Altro che devozione, lui Viola l'amava con passione! Il senso di precarietà che provava in quel momento lo rese spavaldo. Ruppe gli argini del pudore, la sua immaginazione si colorì di lussuria. Poi il pavimento prese a muoversi, come scosso da singhiozzi, tirandolo fuori dallo stupore liquido in cui era caduto. Appallottolò la vestaglia e l'infilò sotto alla camicia, quindi corse verso la porta, spaventato per quello che aveva appena fatto.

Il guano di uno stormo di corvi d'acciaio aveva cominciato a cadere sulla città, accompagnato da scoppi e lunghe fiammate gialle. Intorno a lui i muri venivano giù senza far rumore, come fiocchi di neve farinosi, i mattoni ridotti in briciole volteggiavano nell'aria. Un nuvolone spesso si era condensato sul quartiere e toglieva visibilità. Giovanni si rese conto che era impossibile ormai raggiungere il rifugio. Entrò nella putìa, Orlando era un'ombra rassicurante al centro della stanza.

«Solo tu mi puoi aiutare» disse al drago, e in un attimo s'infilò dentro alla sua pancia di ferro. Se fosse venuto giù il palazzo il mostro non l'avrebbe certo salvato, ma nelle sue viscere, immerso in un odore stantio di caffè, quantomeno si sentiva protetto. Con il viso affondato nella vestaglia di Viola dimenticò la paura e provò il piacere della tenerezza, dell'amore.

"Se devo morire" pensò, "questo è il momento giusto", poi la tensione che lo teneva all'erta si dileguò, lo colse una stanchezza profonda, la stessa che s'impadronisce dell'amante dopo l'amore. Si addormentò stretto al simulacro di Viola.

21

Non c'è modo di scegliere quando né dove finire i nostri giorni: se ne accorsero il 9 maggio del 1943 i palermitani che morirono dentro al rifugio di piazzetta Sett'Angeli, proprio quando la guerra sembrava alla fine. Nessuno sopravvisse al crollo di quei muri risibili, tirati su in fretta e furia con sacchi di sabbia e segatura tanto per giustificare i finanziamenti ricevuti dal governo centrale.

Nella pancia di Orlando Giovanni dormì come un bambino. Aveva un animo semplice quell'uomo, e la grande tranquillità che è conseguenza di una coscienza pulita. Se non fosse stato per l'avventura nella camera di Viola, non avrebbe avuto alcun peccato da raccontare. La principessa era stata carne e pelle tra le sue braccia, il sogno così intenso da sembrare vero. In quella culla di lamiera Giovanni l'amò con tutto se stesso, le sue mani la coprirono di delicate carezze, riuscì persino a immaginare i suoi capelli radi fondersi con i riccioli argentei di lei, le sue gambe arcuate attorcigliate come rami alle cosce bianche, alle ginocchia puntute, alle caviglie sottili.

Quando fu sazio aprì gli occhi. Le sirene tacevano, il rombo degli aerei era scomparso. Era salvo. Dal suo nascondiglio si mise in ascolto di suoni nuovi, inusuali. Erano i tonfi sordi di tetti che crollavano, lo scricchiolio dei muri che cedevano, il sibilo sinistro del vento libero di soffiare fra le travi sconnesse, le finestre sventrate, le pareti bucate.

Le giunture gli dolevano, le braccia formicolavano, provò a uscire. Come aveva fatto a cacciarsi lì dentro? Il vano nel quale si era infilato senza sforzo era piccolissimo. Tentò di allungarsi, ma gli mancò l'appiglio per fare leva.

"Guarda se mi tocca morire qua!"

Si piegò su se stesso e, strisciando come un serpente, cambiò posizione. Spinse la testa contro lo sportello e i gomiti sulle pareti scurite dal fumo, mille punture di spillo gli bucarono la pelle, urlò per il dolore. La mano cercava a tentoni una sporgenza. Trovò la maniglia del navettino e riuscì a issarsi fuori fino all'ombelico. Metà del lavoro era fatto. Ignorando il bruciore, sputò fuori l'aria fino all'ultima bolla, tirò, spinse, e con un urlo potente sgusciò all'esterno, come un feto dal ventre materno. Ringraziò Dio di essere ancora vivo e corse per strada. Sull'intero quartiere aleggiava un polverone denso, una tempesta di sabbia nera. Tossì, sternutì, le particelle solide di quella pioggia silicea gli chiudevano la gola.

"Forse sono morto e non lo so" pensò. A causa dello spostamento d'aria le campane intorno si muovevano producendo un suono lugubre. La chiesa di Santa Caterina era in piedi, il refettorio del convento era venuto giù come un castello di carte. L'istinto gli suggerì di raggiungere la terrazza del palazzo degli Olivares: dall'alto avrebbe avuto una visuale ampia.

Le scale coperte di calcinacci sembravano salde. Salì i gradini saggiando la tenuta di ciascuno, nel timore di un crollo tardivo. Sotto le scarpe scricchiolavano le schegge di vetro dei lunotti. Scavalcò le porte scardinate, gettò lo sguardo all'interno degli appartamenti desolati. Il cancello dei lavatoi si era incastrato nella mostra, lo buttò giù con un colpo di spalla. Valutò la tenuta del lastrico e s'inoltrò in terrazza. Sotto di lui il quartiere distrutto. Le inferriate divelte pendevano dalle finestre simili a denti nella bocca di un vecchio, le travi spezzate pencolavano nell'aria, le pareti monche non avrebbero più offerto riparo.

In terrazza invece le lenzuola erano ancora attaccate ai fili, come se nulla fosse successo. Giovanni provò una stretta di nostalgia. La guerra aveva spazzato via i piccoli gesti di ogni giorno: la biancheria a mollo nelle fontane, il profumo del ragù che borbotta sui fornelli, il braciere colmo di tizzoni rossi incandescenti, le bucce secche di mandarino, le voci delle mamme che chiamano i ragazzi per la cena, le litigate tra comari, i sussurri dei fidanzati, lo schiocco dei baci sulla punta delle dita...

La cesta per terra era piena di biancheria polverosa. Riconobbe il grembiule azzurro di Genziana, lo scialle di Ortensia, tra le pieghe disordinate spiccavano due scarpette rosse che a tratti sussultavano. Ne fu incuriosito, sollevò con delicatezza un orlo e scoprì due piedi dentro alle calzature.

«Genziana!» urlò, ed era così felice di averla trovata che quasi si commosse.

La sollevò e tenendola in braccio tornò all'appartamento. La depose con delicatezza su una sedia in cucina, voleva darle dell'acqua ma dai rubinetti usciva un liquido melmoso. Nella vetrinetta della cucina vide una bottiglia di rosolio e gliene versò un bicchierino. Lei rimase in silenzio, gli occhi e i pugni stretti, i capelli disordinati sparsi attorno alla faccina spaventata: una statua scolpita nel porfido. Negli occhi si era depositata un'ombra cupa e sembrava cresciuta. La ragazzina acerba si era trasformata in una donna, ma non era maturata, piuttosto era stata derubata della giovinezza.

"Assomiglia alla madre" pensò. "Viola... sarà contenta di me, ho mantenuto la promessa, gliel'ho trovata la figlia."

Il petto gli si gonfiò d'orgoglio, ma subito dopo si chiese perché gli Olivares non fossero ancora rientrati, l'allarme era cessato già da un pezzo. Ebbe un presentimento, lo scacciò come un insetto molesto.

«Genziana, stattene tranquilla qua, io vado a cercare tua madre.»

Si fece largo tra i calcinacci, scavalcò mucchi di pietre, balate, pezzi di cornicioni, cantari fumanti, finché raggiunse corso Vittorio. Evitò di soffermarsi sulle macerie e immaginò gli occhi di Viola addolciti dalla felicità, lo sguardo del padrone reso più profondo dalla gratitudine.

"Non vedo l'ora di dirglielo" si ripeteva per mettere a tacere l'ansia che cresceva come una valanga. "Era così disperata quando se n'è andata! E pure le sue cose sono al sicuro dentro a Orlando, la casa è sana, giusto la polvere... minchia, la vestaglia! Devo rimetterla a posto..."

Non aveva ancora deciso se proseguire o tornare a casa che si trovò circondato da una folla che correva e urlava. Inglobato nel flusso di quella corrente solida percorse i pochi metri che lo dividevano dalla cattedrale. Fu spinto nel vicolo che portava al rifugio. Riuscì a intravedere la parte posteriore dell'abside, la trina elegante dei mosaici grigi e neri era integra. Ma al centro della piazza si ergeva una montagna di detriti, pietre, corpi, braccia, schegge: epilogo di una guerra che non avrebbe avuto né vincitori né vinti.

Ci volle del tempo prima che Giovanni si arrendesse all'evidenza, dopo aver scavato con le mani nude per ore urlando, piangendo, vomitando.

LA FUGA

(1943-1950)

Da una pianta di nero caffè
un cosino piccino scappò,
lo rincorsi, lo presi, gli dissi:
«Non fuggire, ma resta con me...»

Chiccolino chiccolino di caffè,
non andare in Brasile e sai perché?
Se ti vede un piantatore a Santa Fé
ti confonde con un chicco e pianta te...

T. MARTUCCI, *Chiccolino di caffè*
(Zecchino d'oro, 1962)

Sento qualcuno sollevarmi con delicatezza, non ho il coraggio di guardare in faccia il mio salvatore, ma mi accorgo che ha braccia forti e fiato tiepido. Ho ancora nel naso l'odore del sapone e sulla pelle la rugosità delle lenzuola cotte dal sole, quando apro gli occhi nella cucina di casa. Giovanni mi sta parlando, le sue labbra si muovono, la lingua sguscia tra i denti, ma io non lo capisco: il rumore degli aeroplani, il fragore delle bombe mi hanno fatta precipitare in un silenzio artificiale. Sono seduta sulla sedia della mamma e ho assunto una posa sguaiata. Le braccia flosce scivolano sul grembo, la mia testa è abbandonata sul collo.

Nel dolore vero, non so perché, gli esseri umani mettono da parte il pudore. Il corpo sembra non appartenermi più e nulla mi importa di me. I muscoli tremanti si rifiutano di ubbidire ai miei comandi, arrivo anche a pensare di essere già morta. Attorno a me altre creature attonite. Camminano lente come fantasmi, una polvere scura e spettrale cade su tutti noi.

«Non esisto più» dico.

La voce risuona dentro di me roca e gracchiante. Stento a riconoscermi in quel timbro sgradevole, che tuttavia mi instilla il dubbio di non essere morta. Di fronte ho una ragazza magra e pallida, seduta anche lei con le gambe larghe e le braccia abbandonate. I nostri arti sono perfettamente simmetrici, il capo ugualmente reclinato da un lato, le mani intrecciate sopra al ventre, le spalle curve, le cosce spalancate. Mi sorprende il fatto che ci sia uno specchio in cucina. "Come sono brutta" penso, guardando quella che credo sia la mia immagine riflessa. I miei ricci non scendono più in onde morbide lungo le spalle, ma sono un cespuglio crespo e ispi-do che svetta verso l'alto. Sarà stata la paura?

La porta di casa è aperta come quando la mamma riceve i clienti. Lo zù Minico entra senza bussare, tiene stretto tra le mani lo scalpellino e mi fissa. Vecchio bavoso, che ci talii? Sento che le mie guance avvampa-no per la vergogna. Lesta tiro giù l'orlo della gonna, controllando che an-che la camicia sia a posto. L'immagine nello specchio rimane immobile. "Che storia è questa?" mi chiedo impaurita. Ma poi capisco che c'è un'al-tra ragazza seduta di fronte a me, in carne e ossa. Allora allungo il brac-cio e tiro giù la sottana anche a lei.

1

Nel Sud della Sicilia, dopo la pioggia di metallo, comparve un arcobaleno multicolore. Un nugolo di paracadutisti scese dal cielo, imbracciando armi come ramoscelli d'ulivo.

Il 22 luglio del 1943 Palermo tornò a essere occupata. La parola d'ordine era: *"Calati junco che passa la china"*, e i palermitani cedettero, senza alcun imbarazzo: non erano i primi invasori, probabilmente non sarebbero stati gli ultimi.

Gli americani sembravano molto diversi dai tedeschi: simpatici, ciarlieri, generosi. Scherzavano, si prendevano confidenza, inquietavano le signorine, regalavano sigarette, *ciunche* e latte condensato. I soldati non rimasero a lungo, giusto il tempo di nominare i nuovi amministratori e poi si diressero verso la Sicilia orientale, da dove il 3 settembre, firmato l'armistizio, cominciarono a risalire la penisola. Subito dopo iniziò a soffiare un vento provvido che trasportò le nubi al Nord, dove le bombe continuarono a cadere ancora per tutto l'inverno. Mentre nell'isola si festeggiava la pace, nel resto dell'Italia la guerra andava avanti.

La vita ricominciò in tutta la città e anche nei Quattro Mandamenti. Prima di tutto si mise mano alle chiese, che senza l'aiuto di Dio non si andava da nessuna parte. Dopo toccò alle famiglie, che si ricomposero alla meglio: mancavano molti pezzi insostituibili. Si colmarono i buchi come si poteva. Ognuno cercò di ritrovare un luogo, un'attività, un senso, sperando in una qualche continuità con il passato.

Giovanni tornò da Orlando: aveva trascorso tutta la vita dentro la putìa, gli sembrò naturale rimettere in piedi le due stanzette.

Di Raimondo e Rodolfo si erano perse le tracce, ma l'operaio era convinto che fossero vivi. «Torneranno» ripeteva a Genziana. «Quelli hanno capito tutto, e vedi che hanno fatto bene a scappare.» Ruggero era stato trovato disorientato e folle nella cappella di San Giuseppe Falegname dentro alla facoltà di Giurisprudenza. La mattina del 9 maggio stava ascoltando la messa quando le sirene avevano iniziato a suonare. C'erano solo lui e padre Riccardo, il cappellano degli studenti, che agli universitari interessavano più le lezioni delle preghiere. Il cancello d'accesso si era incastrato e loro erano rimasti chiusi dentro. Si erano così affidati a quel Cristo di legno piantato sull'altare che, finito il bombardamento, aveva fatto sì che la serratura scattasse con un semplice soffio di vento. Ruggero si era salvato la vita ma ci aveva lasciato la ragione tra i marmi rossi e i pannelli di legno fiammato. Lo dovettero portare a casa di forza, spaventato per com'era si rifiutava di attraversare la strada. Poi la sua agitazione si era sciolta in un delirio profetico all'apparenza minaccioso, ma nel complesso pacifico. Era diventato l'ombra di Giovanni, lo seguiva passo passo tempestandolo di domande: «Come ti chiami tu?».

«Giovanni» rispondeva l'altro senza mai mostrare segni di impazienza.

«E sei santo?»

«No, però ho tanta fede e sono certo che faremo ripartire la torrefazione come un tempo.»

«Mio Padre è nei cieli» continuava Ruggero.

«Hai ragione, e da lassù ti guida», ma uno parlava di Dio e l'altro di Roberto Olivares.

Il giorno dopo ricominciava: «Come ti chiami?».

«Giovanni.»

«E sei santo?»

«No, ma Dio è dalla mia parte.»

«E che ne sai tu?»

«Lo so perché l'ho visto in sogno.»

«E hai aperto i quattro sigilli?»

Ruggero aveva sviluppato una fissazione per l'*Apocalisse* di san Giovanni.

«Ma certo, e anche il quinto, il sesto, il settimo... Senti, Ruggero, se te ne stai un poco tranquillo, appena ho finito preghiamo insieme.»

Lui ubbidiva, si metteva in un angolo, ma dopo poco riattaccava: «Come ti chiami?».

«Giovanni.»

«E sei santo?»

«No, ma mi ci stai facendo diventare!»

La ragazzina impolverata che Genziana aveva scambiato per la propria immagine riflessa era la figlia della zà Maria di vicolo Brugnò. Giovanni l'aveva trovata sul sagrato della cattedrale, seduta tra le pietre, stringeva tra le mani una bambolina di pezza. Aveva riconosciuto i suoi capelli crespi come quelli di un'africana, i denti aguzzi e triangolari. Certo che la madre fosse morta nel rifugio, l'aveva portata a casa Olivares, maledicendo quel Dio che separava i genitori dai figli.

Giorno dopo giorno, Provvidenza si era ritagliata uno spazio centrale in casa, dedicandosi alle faccende domestiche. Sembrava più piccola dei suoi nove anni, ma forse era semplicemente denutrita. Si muoveva tra fornelli e catini con esperienza e buon senso: grazie a lei la casa venne pulita, gli armadi furono riordinati, in cucina le stoviglie tornarono al loro posto e la biancheria profumò di nuovo di zagara. Aveva perso del tutto la memoria e coltivava con ostinazione l'amnesia, che evidentemente la preservava da un dolore insopportabile per una bambina della sua età.

Genziana però era convinta che se Provvidenza avesse ricordato qualcosa, forse avrebbe potuto avere notizie di Medoro, perciò non si rassegnava.

«Provvidenza, di unni veni?» le chiedeva a tradimento.

La ragazzina inseguiva nell'aria un'immagine sfocata, la bocca si apriva, la parola sembrava presentarsi sulla punta della lingua, le sillabe nuotavano nella saliva, ondeggiavano avanti e indietro tra i denti e la gola. Talvolta un nome si affacciava sulla soglia delle labbra, ma non faceva in tempo a pronunciarlo che quello tornava indietro come per un improvviso pentimento.

Provvidenza aggrottava la fronte, socchiudeva le labbra, comparivano in sequenza gli incisivi sovrapposti e i canini aguzzi, gli occhi si sgranavano impazienti, poi concludeva rassegnata: «E chi sacciu, m'attruvò Giovanni».

«Ma non lo vuoi sapere chi è tua madre?» insisteva Genziana, del tutto priva di delicatezza.

«Nonsi, io sono contenta così, mi basta occuparmi della casa.»

«Chi si accontenta gode» concludeva Genziana, e lei, che non si accontentava di essere viva, non era mai soddisfatta.

2

Giovanni desiderava fortemente che la serenità tornasse in casa Olivares. Sgomberò la putìa da vetri e calcinacci, diede una parvenza di ordine al piccolo ufficio di Roberto, raccolse in un baule quaderni, alambicchi e tutti gli oggetti che gli erano appartenuti, ripromettendosi di metterli al loro posto una volta avviata la torrefazione. Il lavoro era l'unica normalità che conosceva.

«L'importante è ricominciare» diceva a Ruggero. «Alle cose di fino ci pensiamo dopo.»

Il suo volto portava i segni della guerra: due solchi gli erano spuntati sulla faccia, così profondi da sembrare ferite, e attraversavano le guance per tutta la loro lunghezza. Ma se il viso era invecchiato, il corpo invece pareva nuovo: le braccia erano muscolose, lo sguardo aveva acquisito profondità e gli occhi si muovevano rapidi.

Ora che era subentrato a Roberto nella conduzione della putìa, i modi esitanti erano stati soppiantati da una maggiore intraprendenza, la voce aveva smesso di tremare, persino la postura era mutata e le spalle si erano raddrizzate di colpo. Quel ruolo lo lusingava, sebbene la nuova responsabilità certe volte lo spaventasse, ma *ogni ligno avi 'o sò fumu*. E quando accese la caldaia, il cuore gli batteva forte come se fosse la prima volta che lo faceva. Nonostante l'inattività, Orlando non lo tradì: riprese a sbuffare con vigore e l'operaio tostò il primo caffè con una gioia trepida nelle membra.

Il profumo si diffuse nel quartiere regalando speranza e promettendo a tutti una nuova vita.

Le giornate passavano veloci e lentamente le cose tornavano al loro posto. Le burnie s'erano rotte tutte e aveva dovuto sostituirle con barattoli di metallo. Nel quartiere mancavano la luce e l'acqua, lavare un pavimento era un'impresa lunga e faticosa. Erano ricomparsi i vecchi operai, che Giovanni riassunse nel ruolo di apprendisti, di più non poteva fare. Lavorando tutti insieme giorno e notte, riuscirono a far riaprire i battenti alla torrefazione.

Tornarono anche i primi clienti, stufi di surrogato e cicoria. Il caffè non si trovava con facilità, le vie di comunicazione erano ancora interrotte. Perciò Giovanni trascorreva molto tempo al mercato nero. Il più delle volte finiva per acquistare grani piccoli, smozzicati, ammalorati. Lo stesso s'impegnava a tostarli, neanche fossero Jamaica Blue Mountain.

I risultati non erano lontanamente paragonabili al famoso caffè Genziana che aveva fatto la fortuna di Roberto. La gente assaggiava e storceva il naso.

"Sciacquatura dei piatti", "Acqua di *purpu*" erano i commenti più benevoli. Provò pure a tostare in modo diverso, abbassando la temperatura della caldaia.

«Com'è? Come vi pare?» chiedeva ai lavoranti che facevano da cavie.

Loro schioccavano la lingua, si asciugavano la bocca con il dorso della mano: «'A verità?».

«Perciò! 'A verità.»

«Ma... bono nunn'è, però megghiu chissu ca la cicoria.»

Giovanni non aveva la sensibilità olfattiva del padrone, che in ogni caso si era portato nella tomba i suoi segreti. Alla fine la gente si abituò a quel caffè acido e inconsistente, e poi la torrefazione Olivares era l'unica che funzionava, l'uomo riuscì lo stesso a guadagnare qualcosa.

L'autunno del '43 tardava ad arrivare, a novembre l'aria era ancora tiepida. Colpa degli incendi che divampavano spontanei, o forse di san Martino che trovava così il modo di scaldare i poveri. Si lavorava sodo, la gente era ossessionata dal bisogno di riparare e costruire. L'intero quartiere Tribunali risuonava di martelli, seghe, scalpelli.

Nella casa degli Olivares il sole splendeva. Genziana, pallida sotto alla tonalità bronzea dell'incarnato, era assorta nei suoi pensieri, le capitava spesso di estraniarsi dalla realtà. Aveva una gran confusione nella testa e un dolore fondo in tutto il corpo.

Giovanni irruppe nella cucina con gli occhi traboccanti di gioia. Aveva trovato dei chicchi di buona qualità e li stringeva tra le mani come gemme preziose. Guardò quella ragazza di appena diciassette anni, notò le labbra che tremavano e lo sguardo distaccato, ebbe un moto di tenerezza. Posò il caffè sul tavolo: «Ora ti toccherà il titolo di principessa» le disse con enfasi per incoraggiarla.

Lei non si mosse.

«Guarda, ti ho portato anche dei clienti» continuò Giovanni indicando la porta.

Dalle scale proveniva un brusio disordinato. Alcune voci si levavano sulle altre:

«Aiutaci.»

«Abbiamo bisogno di sapere.»

«Mio figlio non si trova dal bombardamento...»

«Da quattro giorni la picciridda non vuole mangiare.»

«Mio marito è sparito...»

«Chiudi la porta!» urlò Genziana.

La paura le attanagliava le viscere, mentre il torace, come gravato da un peso, stentava a espandersi e il respiro le si bloccava in gola.

«Non li puoi deludere, nessuno sa da dove ricominciare, dagli tu una mano» disse l'operaio mettendole i chicchi sotto il naso.

Genziana li annusò, il profumo evocò il ricordo della sua famiglia. Risentì il respiro affannoso di Mimosa, le canzoni della nonna, gli scherzi dei fratelli, lo sguardo severo del padre... le mancavano così tanto. Sospirò, sarebbe morta di nostalgia.

«Dobbiamo fare tutti la nostra parte, anche tu» la incalzò Giovanni, cercando di tirarla fuori dal gorgo della tristezza. Lei non rispose, aveva l'espressione immusonita e la bocca secca, piena di inutili recriminazioni. Allora Giovanni fece scorrere i grani tra le dita e, cercando negli occhi di Genziana lo sguardo dolce della sua Viola, esclamò: «Che bello, eh?». Lei non rispose.

"Se questa è la vita che la mamma ha immaginato per me" pensava la ragazza, "non so come farò a soddisfare i suoi desideri."

Ricordò il sorriso della madre, gli occhi che si muovevano attenti sul bordo della tazza. Considerò che forse prendere il suo posto poteva essere una risposta alla nostalgia che le si era insediata nel cuore. Si alzò improvvisamente dalla sedia e uscì dalla cucina. Tornò poco dopo, aveva addosso la vestaglia della madre, i ricami dorati brillavano alla luce del mattino.

«Cominciamo allora?» disse, spiazzando tutti.

Provvidenza era pronta da un pezzo, il bricco sul tavolo, le tazze impilate una sopra all'altra. Era grata a Genziana per averla accolta in casa e per la protezione che le offriva, ma aveva sempre paura di indispettirla, perciò non si faceva mai cogliere di sorpresa.

«Provvidenza, dammi il caffè.»

Ruimmmmm, ruimmm, il macinino rumoreggiò come una profumata macchina del tempo. Quando Giovanni chiamò il primo della fila si levarono esclamazioni di gioia.

«Finalmente!» urlarono in coro.

E lui, sorridendo: «Ava', che si ricomincia!». Non era una constatazione, ma un'esortazione.

Per alcuni anni Genziana non ebbe né la forza di reagire né la voglia di guardarsi dentro. Chiusa in casa, si sforzò di fare la caffeomante: come un pesce in un acquario, nuotò a lungo nella stessa acqua. La finestra aperta le garantiva ossigeno a sufficienza per non morire, ma non abbastanza per vivere.

Il quartiere è irriconoscibile, un labirinto di detriti nel quale ho paura di perdermi. Preferisco stare in casa, dove sembra che nulla sia successo. I mobili, di cui conosco ogni venatura, sono sempre al loro posto, nei cassetti c'è ancora il profumo della mamma. Al chiuso, tra le pareti spesse, il respiro talvolta si inceppa in fondo al petto. Allora salgo in terrazza per catturare un soffio d'aria. I miei occhi vagano smarriti: scomparsi cupole e campanili, la linea dei tetti è stravolta. Davanti a me non ci sono più facciate, ma lunghe gallerie che si snodano tra i muri sgretolati e arrivano fino al mare. Fisso l'orizzonte che muta di continuo e il mio sguardo si incanta. Nello spazio aperto mi assale un'ansia che ha il sapore del ferro.

Ora che mio padre non c'è più, sono io la padrona della putìa. Nulla mi impedisce di realizzare il mio sogno. Potrei diventare l'imperatrice del caffè, io sono Zauditù! Ma subito ricaccio indietro quel pensiero, non si può disubbidire ai morti. Il cuore vuole tornare a sognare e litiga con la ragione, che non molla le redini del controllo.

La battaglia infuria per tutto il giorno finché a sera, stanca, mi ritrovo a desiderare solo di dormire. Il lettone dei miei genitori oggi mi appartiene per intero. Sprofondo nei materassi soffici e penso con rammarico che nessuno viene più a mandarmi via.

Il sonno mi coglie all'improvviso e procede a spezzoni, popolato da incubi dolorosi ma anche dai sogni più belli. La mia coscienza attraversa le tenebre in frammenti, ma quando si ricompone nella luce dell'alba c'è la mamma ad aspettarmi con la sua tazza di caffè, pronta a sorridermi tra i vapori profumati.

Mi calo nei suoi panni, mi è più facile interpretare le astratte figure che si stagliano nella tazza che attraversare lo spazio di libertà che mi separa dalla putìa.

Cerco rifugio allora nella vestaglia ricamata. La seta scivola sul mio corpo e gira in larghe pieghe attorno alle gambe magre. Rimangono scoperti i polsi e le ginocchia, che io e la mamma siamo fatte in modo diverso: lei piccola e grassottella, io alta e ossuta. Allo specchio mi sembra di essere ridicola, con quelle braccia secche che spuntano dalle maniche risicate e i seni puntuti che guizzano tra i revers dorati. Inoltre il colore rosso, che sulla pelle candida della mamma bruciava di passione, sulla mia, scura quanto il caffè, si smorza come braci moribonde. È così evidente che non sono nata per fare la caffeomante, non ne ho nemmeno l'aspetto. Tuttavia quel tessuto morbido, che mi avvolge nella sua carezza, è rassicurante come tutte le cose familiari. E invece di affrontare la realtà una volta per tutte, mi lascio trascinare in un mondo di fantasmi.

Il caffè lo trovo già sul tavolo al mattino, ora posso berne quanto voglio, ma non immaginavo che potesse avere un sapore così cattivo, è amaro e intriso di rimpianto. Neanche questo mi ferma e inizio a ricevere i clienti.

Ogni giorno, seduta in cucina, recito con ciascuno la stessa pantomima, dimenticando che potrei avere una vita mia. Le incertezze degli altri prendono il posto delle mie, l'importante è svicolare dal dolore. Mi pare che questa sia la strada più sicura, non ci sono sorprese dietro l'uscio. Le persone vanno e vengono dalla mia casa e sperano di conoscere il futuro.

Io scruto dentro ai fondi e rimango ferma nel passato.

3

Alivuzza, la sartina di via Rua Formaggi, entrò assestando spintoni a Totò il carrettiere e a sua moglie Franchina, che le volevano rubare il posto.

«Schiiiii, schiiii» gridò smanacciando a destra e a sinistra. «Vastasi, tocca a mia, la volete finire?»

Nella confusione qualcuno forse le palpò il sedere magro. Alivuzza avvampò, sollevò un braccio per colpire nel mucchio: «Non ve l'hanno insegnata l'educazione?».

«Genzianù» esordì appena seduta.

«Principessa, prego» la interruppe Provvidenza con il cipiglio del direttore d'orchestra.

«Genzia'» continuò lei, come se la servetta non esistesse.

«Poche confidenze, per favore: *principessa*, per tutti» ribadì Provvidenza.

«Principessa, glielo dite alla serva di farsi i fatti suoi?» esplose la sartina.

Provvidenza tacque soddisfatta: poco importava che l'avesse chiamata serva, l'importante era che avesse finalmente riconosciuto il titolo alla sua padrona.

«L'inferno *vitti*» cominciò allora la sartina, «e arristavi sula! Vulissi moriri...»

«Tutti abbiamo un problema, la guerra non ha risparmiato nessuno» la rintuzzò Genziana visibilmente annoiata, non aveva l'em-

145

patia di Viola e non riusciva a mettersi nei panni della gente. «Alivu', qua chi ricorda cerca di dimenticare e chi ha dimenticato si sforza di far luce nel buio della memoria, perciò dimmi che vuoi sapere e sbrigati.»

La sartina tacque, le guance si fecero cupe, di un verde scuro sottobosco, il viso era tirato.

«Senti, bevi stu cafè e capiamo di che si tratta, che fuori dalla porta la fila è lunga.»

Il residuo nella tazza era denso, un grumo solitario si era addossato alla parete vicino al manico. L'alone si arrampicava e si spingeva a macchiare di nero il bordo destro.

«Bi bi bi, che vedono i miei occhi...»

L'incarnato di Alivuzza diventò ancora più terreo, quasi violaceo, come la pelle di un cadavere a mollo da parecchi giorni. Si agitò sulla sedia, puntò i piedi, sollevò il sedere piatto e avvicinò la testa alla tazza. Le guance erano scosse da un tremolio ansioso. Si rinchiuse nelle spalle, le mani afferrarono la parte superiore delle braccia, la strinsero.

«Bi bi bi, ma allora c'è una giustizia su questa terra...» continuò Genziana in tono misterioso.

Alivuzza ricadde sulla sedia con rumore di ossa.

«Bi bi bi, talè, Provvidenza, che bella questa...»

Provvidenza si avvicinò e guardò nel fondo del caffè, ma non vide niente.

«Alivu', ma ti vedi ancora con quell'americano?»

«Nzù» rispose lei con un cenno della testa.

La gente nel corridoio rumoreggiava: «Ava', tardi è!», «E quanto ci mettete?», «*Alivuzza è, no peri d'aliva!*».

«Comunque qua dice che torna e ci farai pure un figlio.»

La poverina sbiancò: «Ma mi sposa?».

«Aspe'. Provvidenza, apri la finestra che c'è poca luce» urlò Genziana, quindi lasciò da parte la tazza per occuparsi del piattino: quello raccontava il futuro lontano.

«Non si capisce, a dire la verità. C'è un figlio, lo vedi? Anzi, fi-

146

glia: *cucchiara è*. Ma non so... c'è una nuvoletta di fumo che non mi convince. Però lui torna. E ora *susiti* e fai andare avanti la fila.»

La sartina avrebbe voluto chiedere dell'altro, ci sperava da tanto tempo di trovare un marito, ma Provvidenza le tolse la sedia da sotto e lei fu costretta a lasciare il posto.

Franchina e Totò si presentarono insieme.

«Uno per volta» disse Genziana.

«La domanda è la stessa: vogliamo notizie di nostro figlio.»

«Va bene, ma chi se lo beve il caffè?»

«Iddu» disse Franchina.

«Idda» esclamò Totò, nessuno dei due voleva assumersi la responsabilità di una cattiva nuova, così ne bevvero un sorso per uno, passandosi la tazza come se scottasse.

Genziana gettò uno sguardo sommario a quella croce scura che si era evidenziata in prossimità del manico: «Non torna» rispose lesta, e li congedò con un gesto brusco.

Viola non avrebbe mai pronunciato una sentenza così dura e in modo così brutale, lei aveva un gran cuore. A Genziana pareva che gliel'avessero strappato dal petto. Quella della caffeomante era una missione, come fare il medico o il prete, invece per Genziana si trattava di un obbligo. Non era cattiva, ma, priva del controllo dei genitori, manifestava senza freni le sue tendenze: non era portata all'ascolto, sembrava piuttosto nata per l'azione.

Franchina cominciò a piangere: «Guardate meglio» la supplicava, Totò era rigido come un basilisco.

«Io ci vedo benissimo, *chista è 'a zita*!» rispose sgarbata. «Avanti il prossimo!» gridò per chiudere quel dialogo inutile.

«A mia tocca.»

«No, c'ero prima io!»

La fila si rompeva e si ricomponeva, serpeggiava un malumore fatto d'impazienza. Piccoli bisticci scoppiavano guastando antichi rapporti di amicizia. Il quartiere abbisognava di coesione e Genziana con la sua ruvidezza non aiutava a riportare l'armonia.

147

Il vocio continuava a crescere d'intensità, finché a un certo punto la protesta esplose: «Torna indietro!», «Talè, stu vastasu», «L'ultimo sei, che io arrivai all'agghiurnari».

Tra la gente avanzava uno sconosciuto.

«Ti senti forte, ah?», «Camina, camina e torna *narreri*.»

Qualcuno lo strattonò anche, ma quello, incurante, raggiunse la cucina. Era alto, muscoloso, riempiva la stanza. Una nuvola di ricci neri gli calava sulla fronte. Genziana si era alzata per rintuzzare la protesta, lo riconobbe subito. Non aveva certo dimenticato i suoi occhi, due gocce di fuoco, che ardevano di passione e spiccavano tra le linee decise del viso. Lui tese le braccia, lei, intimidita, gli porse una mano. Le loro dita si strinsero, Genziana ritrovò il calore che l'aveva consolata la notte in cui era morta Mimosa. Ma questa volta fu una fiamma vigorosa a propagarsi nel suo corpo, dal braccio al petto e poi giù nella pancia, fino al ventre che si contrasse in un crampo di desiderio. Erano l'uno di fronte all'altra, due giovani adulti, belli e pronti per l'amore.

Medoro emanava un odore di muschio, di legno verde, di sottobosco a primavera. Genziana respirò il suo profumo, che come un'onda la attraversò e, raggiunto il cuore, si trasformò in una tempesta furiosa. Ebbe l'impressione che dentro al suo corpo una diga si fosse rotta e l'acqua si agitasse all'interno con fragore. Le venne voglia di toccarlo, di abbracciarlo, di sfiorargli le labbra. Arrossì per quel sogno impudico, strappò via la mano. Il braccio di lui, teso nell'aria, non subì alcun contraccolpo, né tremò. I pettorali gonfiarono la camicia candida. La gente riprese a urlare: «Ma che fa? Balliamo la tarantella oggi?».

«E cu ciù portò a chistu?»

«Talìa che nova.»

«'U turcu ci mancava!»

«Ava', amunì, che dobbiamo travagghiari.»

La servetta per farli tacere agitò una mappina come se volesse cacciare un nugolo di insetti.

«Medoro sono» disse lui, la sua voce profonda aveva un timbro secco e allo stesso tempo dolce. Ma la rivolta ormai era partita e Fanny la *bardascia*, una rossa dal carattere e dai capelli fiammeggianti, si staccò dalla fila e si mise tra lo sconosciuto e Genziana: «Ava', ci vogliamo smuovere?».

Intervenne Provvidenza e la spintonò verso le scale: «Che prescia che hai, che il futuro non si vede di botto. Siediti e aspetta».

«E guarda la serva com'è prepotente!» continuò la rossa agitando il capo e mandando bagliori anche dagli occhi.

Poi avanzò di qualche metro, strappò dalle mani di Provvidenza la mappina e la fece schioccare nell'aria come fosse una frusta.

Medoro bloccò il braccio della rossa e la guardò fisso negli occhi: «Che modi sono questi», le tolse lo straccio dalle mani e lo restituì alla ragazza. Le sorrise, possedeva un magnetismo unico: il fatto è che il carisma è qualcosa d'innato e lui ne aveva da vendere già quando, sporco e malvestito, usciva dall'androne di palazzo Riso.

Provvidenza si rivolse alla bardascia e digrignando i denti l'apostrofò: «Se non ti sta bene te ne puoi andare. Anzi, sai che c'è di nuovo? Per oggi abbiamo chiuso».

Piegò la mappina e la mise nella tasca. L'uomo approfittò della tregua, si girò verso la gente che si accalcava sulla porta della cucina: «Ecco. E voi non vi preoccupate che non rubo il posto a nessuno. Sono il figlio della zà Maria di vicolo Brugnò, sono appena arrivato dal continente».

Il brusio diventò un urlo di gioia. Il turco era di nuovo a casa, e sa Iddio quanta speranza regalava a quella povera gente un ritorno inaspettato.

La notizia del ritorno di Medoro fece subito il giro del quartiere.

Giovanni arrivò trafelato, Ruggero lo seguiva passo passo, ripetendo i suoi soliti anatemi: «Io sono salito lassù e ho visto le cose che devono accadere...», ma appena scorse Medoro si azzittì. I suoi occhi cominciarono a vagare da un punto all'altro senza pace, sembrava cercasse nel disordine della mente un nome, un fatto. Le sue mani affondarono nei capelli dell'amico, le labbra si torsero in un sorriso affettuoso.

«Ruggero, amico mio.»

Si abbracciarono, l'Olivares si chetò. Abbandonato sul suo petto forte, si sentì al riparo. Lo sguardo gli si addolcì, la fragilità di sempre irruppe al fondo dei suoi occhi. Ruggero recuperò improvvisamente la sua fisionomia delicata e l'espressione tentennante che la follia aveva congelato in un cipiglio severo. Anche Genziana sembrò ritrovare l'allegria della sua infanzia, prima della guerra. L'integrità di un tempo si faceva spazio dentro di loro.

Medoro abbracciò la sorella, Provvidenza rimase rigida come uno stoccafisso, cercando tra i ricordi un indizio che la rendesse partecipe di quella commozione generale. La sua memoria era liscia come sassi di fiume e il suo cuore trovò un unico appiglio nella voce di quell'uomo, che vibrava alla stessa frequenza della sua. Un soffio di vento irruppe nella stanza, le imposte sbatterono l'una contro l'altra, l'odore del caffè si dissolse nel profumo di mare. La primavera del 1946 si annunciava dolce e polverosa.

«Dove dormi? So che la tua casa è crollata...» glielo domando con gli occhi pieni di speranza.

Lui allarga le braccia come per dire "Boh?", e io vorrei infilarmi dentro ai suoi muscoli tesi.

«Fermati da noi» gli propongo cercando di tenere a bada l'emozione. «Puoi dormire nel letto di Raimondo o di Rodolfo... i miei fratelli non sono più tornati.»

Lui fa la faccia dispiaciuta, io me lo mangerei di baci. E quando si avvia per sistemare le sue cose nella stanza, lo seguo trattenendo a stento la voglia di saltare.

"Com'è strana la vita" penso, "cinque minuti fa mi piangevo addosso e mi strofinavo le spalle intirizzite dall'inverno, ora invece mi sembra già primavera."

Lo lascio solo, ma dopo poco ritorno con un caffè caldo. Lui ringrazia e sorride. Il corridoio è pieno del suo odore, è forte, virile, sovrasta tutti gli altri. Non riesco a stargli lontano, lo raggiungo portando degli asciugamani puliti e poi ancora gli offro da mangiare.

Sono eccitata e mi sento addosso un'energia nuova. Il cuore batte forte nel petto, le gambe vibrano di piacere, sono solide nonostante il tremito. Ho voglia di cantare, di ballare. Persino la vestaglia, che mi fa sentire ridicola, ora è come un elegante abito di seta. Davanti a lui muovo i lem-

151

bi come fossero ali e ostento dalla scollatura i miei seni piccoli. Sono tornata a essere me stessa, sono Genziana Olivares.

La mia camera è contigua alla sua, solo un muro ci divide. Le testate dei nostri letti poggiano sulla stessa parete, perciò mi illudo di dormire insieme a lui. La notte sto sveglia, i sensi così all'erta che mi pare di sentire il suo respiro: è un vento caldo che soffia costante e regolare. Talvolta lui si alza, sento il rumore dei passi sul pavimento e il cigolio delle imposte. Vado anch'io alla finestra, scosto le persiane con tocco leggero e mi avvicino, cauta. Nel buio il suo profilo è una linea scura e irregolare, le labbra sono una fessura chiara e si stringono attorno a una sigaretta. Il fumo esce in anelli che via via si allargano nello spazio vuoto e si accartocciano in volute disordinate. Provo a risucchiarlo e uno sbuffo torna indietro, s'insinua nella mia finestra. Io me ne riempio la bocca, ha un sapore dolciastro, come di cioccolata. Se provo a respirarlo, quel fumo, mi viene da tossire. M'infilo sotto le lenzuola per non farmi scoprire e poi sorrido di me stessa.

Al mattino mi sveglio languida, passo dal sonno alla veglia di colpo, sono spariti i fantasmi che accompagnavano i miei sogni mattutini. Dormo poco, ma quieta. Non sono più scossa dai sobbalzi che facevano cigolare il letto, né indugio sotto le coperte, ho fretta di vederlo. E poi l'aria è tiepida, alzarsi è un piacere, non è come d'inverno, quando lo scarto di temperatura rattrappisce le membra. Da un po', ma è cosa recente, il respiro è tornato limpido. Sollevo il torace senza alcuna fatica, proprio come faceva la mamma, che ora sento più vicina. È come un'energia affettuosa che si incanala nel mio corpo e fluisce dal fuori al dentro, da un mondo a un altro.

In cucina aspetto trepida che lui compaia. Quando i suoi ricci appaiono sulla porta, subito mi si accende il desiderio di un bacio, una carezza. Lui è gentile ma taciturno, sempre indaffarato, scappa via dopo il caffè e sta fuori tutto il giorno. Appena sola mi viene il dubbio che qualche cosa non va e mi chiedo dove sbaglio.

"Forse devo essere più modesta" mi dico, "o più sfrontata, più loquace o più silenziosa." I miei atteggiamenti oscillano tra due estremi. Parlo a voce troppo alta e l'abbasso di colpo, diventa un bisbiglio e nessuno mi ca-

pisce. Tengo lo sguardo al pavimento e risulto sfuggente, oppure lo fisso negli occhi come per sfidarlo. Gesticolo troppo, mi atteggio, rosicchio vorace le unghie. Certe volte lo accolgo affettuosa e lo tempesto di domande, altre a stento lo saluto e faccio la scucivola. Alterno speranze e disillusioni.

Ci vorrebbe la mamma per insegnarmi come si fa a farsi amare.

4

Medoro si stabilì a casa Olivares e occupò uno dei due letti vuoti in camera di Ruggero. La sua presenza modificò le abitudini che erano state a fatica ripristinate.

Genziana sembrava aver ritrovato una indefinita felicità. La sua mente era costantemente occupata da quell'amore. Ora che lui era così vicino, cominciò a sognare a occhi aperti e s'ingegnò a trovare scuse per stargli accanto. Decise di sospendere le consultazioni mattutine, non aveva né la testa né la voglia di pensare agli altri. Ripose la vestaglia rossa e cercò nuovi vestiti che la facessero bella agli occhi dell'amato. Ne aveva ripescati alcuni in fondo all'armadio, ma le stavano stretti e corti. I vecchi grembiulini a quadretti coprivano a stento le ginocchia. Le gonnelle di mussolina a fiori tiravano sui fianchi larghi, le camicette di cotone bianco si aprivano di continuo sui seni generosi. Cercò tra gli abiti di sua madre, ma Viola era più bassa e grassottella.

Si specchiava di continuo alla ricerca di conferme, ma il suo aspetto trasandato la rendeva insicura. Avrebbe voluto essere affascinante come certe signorine che ricordava di aver visto al cinematografo. Iniziò a scimmiottare le movenze delle attrici e a profumarsi i polsi con l'acqua di zagara che Provvidenza usava per la biancheria. Chiese a Giovanni di comprarle al mercato nero delle calze di nylon con la cucitura rilevata che si arrampicava dritta lungo le gambe e s'infilava sotto l'orlo della gonna. Acconciò i capelli in un tuppo gonfio sulla sommità del capo, mise un fiore dietro l'orecchio. Non erano certo questi accorgimenti a renderla interessante, piuttosto la promessa di accudimento che emanava dalla sua pelle ambrata.

Strana storia è quella della femminilità, talento posseduto da ogni donna fin dalla nascita, ma che si rivela solo grazie allo sguardo di un uomo.

Genziana aspettava trepida che Medoro si svegliasse. Appena sentiva i suoi passi correva a versare il caffè e gli porgeva la tazza con un sorriso ammaliante.

Lui non era un tipo ciarliero, perciò spesso rimanevano in silenzio fino a che non usciva per le riunioni di partito.

La ragazza moriva di curiosità, ma Medoro si era limitato a dirle cose che in parte già sapeva.

«Te lo ricordi a Peppe Schiera? Fu lui con i suoi pizzini a cambiarmi la vita. E poi ero insofferente di mio. Tutti mi davano ordini: il barone, i fascisti, mia madre. Un pupo volevano che fossi, e loro erano pronti a tirare i fili. Perciò me ne andai, per non avere nessuno sulla testa. Mi sono rifugiato in Svizzera, lì sono entrato in un gruppo di antifascisti. Subito dopo l'8 settembre sono rientrato in Italia, a Milano ho combattuto nei GAP. La guerra è durata di più che da voi. Mentre a Palermo erano già entrati gli americani, da noi c'erano ancora i tedeschi. Comunque meglio non ricordare... è stato brutto.»

E correva via dopo averle sfiorato la guancia con un bacio. Genziana ricambiava atteggiando la bocca a un broncio di delusione. Ogni volta era uno strappo terribile, quella separazione, e lei aspettava la sera trattenendo il fiato. Medoro rientrava al tramonto con passo energico, la faccia segnata dalla fatica, la voce arrochita dalle lunghe conversazioni e dagli interminabili comizi, solo allora lei ritrovava la fluidità del respiro.

Anche Ruggero aspettava ansioso il ritorno dell'amico. Con lui si sentiva sicuro. La sua mente era un gomitolo di pensieri di cui nessuno trovava il bandolo e il suo cervello una superficie di cristallo pronta a frantumarsi al primo inconveniente. Medoro agiva come un collante su quel corpo nervoso fatto di organi in disaccordo.

Provvidenza aveva frugato nella sua memoria, ma non aveva trovato tracce di quel fratello che cercava di aiutarla aggiungendo ogni giorno nuovi particolari: «La mamma ti pettinava i riccioli sulla porta di casa quando c'era il sole, e tu piangevi. "Mi fai male!" ripetevi, e cercavi di scappare. Lei ti teneva stretta tra le ginocchia e quando trovava un nodo lo afferrava con due dita: "Talìa, chistu ti struppia, no la mamma"».

Provvidenza avrebbe preferito non sentirlo. Il cuore in quei momenti le batteva forte e la testa sembrava sul punto di scoppiare. Perciò si metteva a strofinare forte le pentole, o si copriva le orecchie e cominciava a cantare.

Fu Ruggero a fermarlo: «Lasciala in pace» gli disse una notte.

Erano sdraiati, la luna piena inondava di luce la stanza e le lenzuola bianche si stagliavano come un sudario sotto i raggi d'argento. Dal mare arrivava un odore pungente.

«Lo devo fare, per il suo bene» rispose laconico l'amico.

Ruggero respirava profondamente per arginare il turbamento che gli veniva da quella conversazione. Non gli piaceva agire, le sue certezze erano tutte interiori: fuori dalla sua anima si spalancava l'ignoto e lui ne aveva paura. Ma voleva bene a Provvidenza e si sforzò di fare qualcosa per lei.

«Te lo ripeto, lasciala perdere. Facciamo quello che possiamo, non quello che vogliamo, e nemmeno quello che dobbiamo.»

Medoro si lasciò persuadere e non parlò più. Provvidenza riprese a sorridere con i suoi dentini sporgenti.

5

Quel 9 maggio fu un giorno particolarmente difficile per Genziana. Il ricordo del bombardamento l'aveva tormentata per tutta la notte, impedendole di prendere sonno. Si era alzata con gli occhi gonfi e le guance livide. Medoro era in cucina, lo sentiva parlare, il suo timbro profondo si intrecciava con quello sottile di Provvidenza. Avevano la stessa *enne* nasale, la medesima *esse* sibilante: si capiva che erano fratelli. Li raggiunse, desiderosa di dimenticare la tristezza, e sulla porta si sforzò di sorridere.

«Buongiorno» disse con voce flautata, i due tacquero all'improvviso, come se li avesse colti nel mezzo di una conversazione intima. Genziana si sentì esclusa e provò una fitta di gelosia. Ciononostante sorrise di nuovo, rivolgendosi a Medoro.

«Hai preso il caffè?»

«Me l'ha fatto Provvidenza» rispose lui, gelido.

Quella ragazza era sempre in mezzo, Genziana si lambiccava il cervello per trovare un gesto, una parola, qualcosa per attirare l'attenzione di lui. Non era capace di sedurre un uomo, dell'amore lei conosceva solo l'accudimento materno, e sperava di conquistarlo con quel tipo di approccio.

«La camicia mi pare sporca, dammela che te la lavo.»

Medoro, dal canto suo, nulla sapeva di cure materne: le premure di Genziana gli sembravano posticce.

Di fronte alla tenerezza di lei, un fastidio sconosciuto gli montò dentro al petto, che la zà Maria era stata una donna severa, lo aveva cresciuto a minacce e scappellotti, perciò Medoro provava per quelle moine un'antipatia spontanea.

«No, grazie, ne ho un'altra pulita» rispose senza guardarla negli occhi.

«Che ti piacerebbe mangiare?»

«Non lo so.»

«E questi pantaloni sono così *munciunati* che pare che c'hai dormito dentro. Te li stiro?»

Lui si alzò e si avviò giù per le scale. Lo fece lentamente, senza dire una parola.

«Ti aspetto per mangiare.»

«Smettila di farmi da madre!» rispose allora con la faccia dura. «Non è di quello che ho bisogno», e uscì senza salutare.

Genziana si guardò intorno, Provvidenza si era dileguata e lei, visto che era sola, si concesse il lusso di piangere.

Medoro tornò poco dopo, pentito per quella sparata. Non avrebbe dovuto trattarla in quel modo, lei voleva solo dimostrargli affetto, era lui che non sapeva accettarlo con semplicità. Aveva un pacchetto e se lo girava tra le mani, aspettando che lei lo prendesse.

«Ti ho portato un regalo.»

Genziana faceva l'offesa, ma gli occhi sorridevano di soddisfazione.

«Dài, prendilo e facciamo pace.»

«Non posso accettare» disse, sforzandosi di fare la sostenuta.

«E dài, Genziana. Chi non accetta non merita.»

La ragazza afferrò il pacco avvolto nella carta stropicciata. Le sue dita sfiorarono quelle di Medoro, di nuovo l'onda montò e lei fu subito pronta ad archiviare il battibecco... ah, le donne innamorate dimenticano in fretta. Strappò la carta con gesti veloci e si trovò tra le mani una palla di vetro con dentro il Colosseo. L'agitò e la neve argentata prese a vorticare. Quindi l'avvicinò al viso, gli occhi le si incrociarono alla radice del naso, come se fosse strabica.

Medoro scoppiò a ridere: «Pari il picciriddo dello Yomo, ti ci manca la bottiglia del latte e sei precisa».

Lei fece una smorfia, indecisa se offendersi o no, quella pubblicità ancora non l'aveva vista.

Lui le scansò una ciocca di capelli dalla fronte: «Pace?» domandò con espressione di resa.

«Pace» gli rispose stringendo al petto la boccia di vetro.

6

«Ti devo parlare», Medoro si rivolse a Genziana con un'espressione seria. «Ma qua c'è troppa gente, usciamo.»

«Chiudiamo la porta, chi vuoi che ci senta?» replicò Genziana, che non ne voleva sapere di uscire dal palazzo.

«È una giornata così bella... dài che ti porto al mare!»

Lei esitò, la realtà le faceva paura e solo in casa si sentiva al sicuro. Medoro la prese per mano e Genziana si affidò con il cuore che le batteva forte.

Sul portone, spaventata dallo scenario che le si apriva davanti, la ragazza s'impuntò come un mulo. Erano caduti i palazzi all'angolo di via degli Schioppettieri, il refettorio del monastero di Santa Caterina; un conto era osservarli dall'alto del suo terrazzo, un conto trovarsi direttamente a contatto con i cumuli polverosi che premevano ai bordi della strada.

Medoro la tirò per la manica, proprio come si fa con le bestie riottose, e in pochi passi si trovarono dentro a una sorta di foresta mummificata. Le case rimaste in piedi avevano un aspetto marmoreo, come pini e betulle che, sepolti da una frana, non si decompongono per i secoli a venire. Le macerie formavano ovunque alti cumuli, dune di un deserto bizzarro. Il continuo passaggio della gente aveva scavato tra loro un viottolo irregolare, che "i sentieri si tracciano camminando".

Lui inforcò una bicicletta arrugginita, spolverò la canna con la sua mano grande e la invitò a prendere posto con un sorriso accattivante. Genziana salì serrando le ginocchia e istintivamente si appoggiò al manubrio. Le loro dita si trovarono appiccicate nello spazio arcuato tra il campanello e i freni. Il contatto con il metallo freddo la calmò. Riprese il controllo di se stessa, il respiro rallentò, il cuore invece continuava a battere forte. La bicicletta ondeggiava sul fondo accidentato e a ogni pedalata le loro gambe si sfioravono, suscitando in lei un fremito di dolcezza che mitigava l'angoscia che il paesaggio circostante le procurava. Percorsero uno stretto budello e sbucarono in via Roma. All'incrocio con il corso Vittorio si fermarono a guardare le assurde architetture venute fuori casualmente dallo scoppio delle bombe. Le loro teste si toccarono con un rumore di zucche vuote. Anche la chiesa di Sant'Antonio era stata danneggiata, e la campana pretoria, che era servita a convocare il popolo, in quelle condizioni non avrebbe più potuto suonare.

La guerra aveva lasciato ovunque i segni della sua indiscriminata violenza: Palermo non era più una signora aristocratica dalle guance di porcellana, ma una prostituta ammalata e contagiosa. Era mancato ai medici che l'avevano soccorsa il coraggio di una cura drastica. La malattia era progredita velocemente, ma senza intaccare gli organi nobili: il cuore dove pulsa la vita e il cervello che ne regola le funzioni erano nel '46 provati, ma ancora forti. C'era energia in quel corpo che si decomponeva lentamente, ma il respiro stentava nei polmoni saturi di gas venefici. Le macerie, come ascessi non drenati, si incistarono nell'organismo delicato che era a quel tempo la città, e ancora oggi resistono in alcune vie: silenziose testimoni di un'epoca che nessuno ricorda.

Genziana osservava con stupore le porte divelte, le finestre pericolanti, le gallerie scavate nei muri di confine. Si scandalizzò dei bambini che improvvisavano giochi sui mucchi pietrosi e cavalcavano scivoli vertiginosi fra travi in bilico su residui di esplosivo.

La bicicletta filava veloce in discesa, Medoro scansava abilmente buche e sassi. Uno dei due bastioni di Porta Felice era venuto giù insieme al loggiato di San Bartolomeo, che prima chiudeva il Cassaro. La balaustra di arenaria che segnava il limite del lungomare era ridotta in pezzi, e il mare davanti al Foro Italico arretrato. L'acqua non lambiva più la passeggiata, ma si fermava molti metri prima, gli scogli muschiati spariti sotto metri di materiali di risulta.

La naturale entropia della città veniva assecondata da una classe politica priva di un progetto. Gli amministratori designati dall'AMGOT decisero di non ripristinare le vecchie architetture e fecero sparire interi isolati dietro palizzate e reticolati, comportandosi come una servetta pigra che inganna la padrona nascondendo la polvere sotto il tappeto. Cancellarono in questo modo un'identità costruita nel corso dei secoli.

Le chiese invece le tirarono su velocemente, non ce l'avevano il coraggio di fare un torto al Padreterno in cielo e ai suoi emissari in terra. Ma i sobri rivestimenti bronzei furono sostituiti con piastrelle azzurre e gialle, restauri sommari come rustici rattoppi su un elegante abito di raso. Non più tramite fra terra e cielo, le cupole colorate abdicarono alla loro missione spirituale, sollecitando piuttosto desideri carnali.

Superata Porta Felice, Medoro e Genziana piegarono a destra, trovandosi su un viottolo che correva parallelo a un binario tortuoso, occupato da un insolito treno. Molto simile ai convogli in uso nelle miniere, lo strano millepiedi faceva il giro dei quartieri e caricava le macerie, che poi riversava in mare senza andare troppo per il sottile. Colonne scultoree, preziosi mosaici, marmi mischi, affreschi, tasselli, intarsi, pezzi di opere d'arte, stucchi delicati, statue lignee giacevano in fondo all'acqua insieme a cantari sbreccati, cassetti sfondati, mattoni sbriciolati.

Chiacchierando e tossendo, che l'aria era carica di polvere, arrivarono al deposito delle locomotive, un capannone grigio allungato tra il porto di Sant'Erasmo e la foce del fiume Oreto. La zona degli orti si era trasformata in una strada di passaggio per i camion dell'esercito alleato che scaricavano le bombe inesplose a Mongerbino, sotto l'arco degli amanti, un ponte roccioso teso tra il cielo e il mare. Mezzo secolo dopo la gigantesca balena dal respiro affannoso l'avrebbe rivomitato quello stesso tritolo, umido ma ancora in grado di seminare morte su una città desiderosa di redimersi.

Seduti su un mucchio di mattoni, i due ragazzi rimasero per un po' in silenzio. Medoro riprendeva fiato dopo la lunga pedalata, Genziana era stordita dal puzzo di morte che aveva respirato lungo il tragitto.

«Ho bisogno di te» disse lui posandole una mano sulla spalla. La ragazza, equivocando quel gesto cameratesco, si ammollò come un *gelo di mellone* al sole.

«A bello cuore» rispose quasi balbettando. Sicura che quello fosse il preludio a una dichiarazione d'amore, era emozionata e carica di aspettative.

«È finita la dittatura, adesso finalmente possiamo scegliere!» continuò lui con una voce impostata che non lasciava presagire nulla di romantico.

La faccia di Genziana si accartocciò, tra le gote arricciate e gli occhi strizzati si disegnò un'espressione stralunata: non riusciva a capire cosa stesse succedendo.

Lui, del tutto sordo ai richiami del cuore, continuò a parlare con foga crescente: la guerra, i partigiani, la libertà, la democrazia, la costruzione del Paese, il voto...

«Il voto alle donne!» gridò e, roteando le braccia tutto intorno come pale di mulino, scattò in piedi.

Nella luce abbacinante del mattino, Medoro era un'ombra sconosciuta. La ragazza ne sentiva la voce altisonante e percepiva con fastidio l'enfasi del suo periodare retorico, come se recitasse un discorso imparato a memoria. "Dov'è finito quel ragazzo coi ricci aggrovigliati e i denti bianchi come mandorle?" pensò delusa. Lui la guardava in attesa di una reazione.

«Non t'è passata la fissazione per le parole difficili! Il vocabolario ci vuole per capirti» disse allora Genziana, contrariata. E riandava con la memoria agli sguardi malandrini che lui le lanciava davanti a palazzo Riso, a quella stretta tenera che si erano scambiati nella stanza di Mimosa. "Possibile che abbia dimenticato quello che c'è stato tra noi?"

«Lo sai cos'è un referendum?» chiese lui all'improvviso.

«Ci trasi con l'utopia?»

«Mi hai ascoltato mentre parlavo con Ruggero, vero?»

Intenerito, Medoro le fece una carezza sui capelli, le sue dita giocarono con le ciocche mosse dal vento.

"Non mi sono sbagliata" si rincuorò la ragazza.

«Allora non sei proprio babba come sembri» aggiunse lui.

Genziana scattò in piedi come una molla: "Ma chi si crede di essere per darmi della cretina?" considerò, ed era già pronta al litigio. Lui le scansò una ciocca dalla fronte con un gesto colmo di dolcezza. "Forse ho capito male" pensò, del resto si sentiva come intontita. Tutta quell'aria, il sole, l'emozione di trovarsi a contatto con la devastazione provocata dalla guerra.

«Che vuoi fare da grande?» continuò Medoro, cambiando di colpo tono di voce e assumendo un atteggiamento paternalistico.

«Io sono già grande, che fa', scimunisti?» Genziana gli agitò una mano davanti al naso. Abbassò gli occhi e si assicurò di avere le ginocchia coperte. La gonna tendeva a sollevarsi a ogni refolo di vento, e lei incastrò l'orlo sotto le cosce. Non fu un gesto di pudore, semmai di civetteria. Sebbene fosse più ingenua delle sue coetanee, aveva una sensualità naturale che a tratti la faceva apparire una donna fatta e finita.

Lo fissò con trepidazione, il suo corpo prese una postura morbida e accogliente. Sposarsi e fare famiglia, come aveva fatto sua madre e come prospettava suo padre: a quello pensava, e intanto accavallava le gambe, si aggiustava i capelli, sbatteva le palpebre e socchiudeva le labbra, provando a sedurlo senza saperlo.

Medoro dal canto suo era refrattario a quel tipo di malia, irrigidito com'era in una razionalità fatta di rivalsa sociale. Nella clandestinità di avventure ne aveva avute, ma le sue compagne di battaglia, temprate dal pericolo, non conoscevano né batticuore, né sospiri o lacrime. Leste a prendere dall'altro un po' di calore per esorcizzare la paura della morte. Pronte a superare momenti di scoraggiamento, ma immuni alla tenerezza, avevano assunto i modi spicci degli uomini e, come loro, erano disponibili a far l'amore così come veniva e senza giri di parole.

In quegli abbracci ruvidi, nei baci senza sapore, Medoro aveva certe volte avuto la sensazione di stringere un amico. Sconcertato, le aveva baciate con gli occhi aperti, ne aveva palpato i seni con foga, ma ora, in tempo di pace, il suo gusto atrofizzato non era più in grado di apprezzare la sapidità di una femmina.

Perciò ignorò le moine di Genziana e continuò a inseguire il filo dei pensieri: «Ammesso e non concesso che è vero quello che dici, allora dimmi che stai facendo».

«Nel senso?»

«Chessò, lavori? Studi? Aiuti a casa?»

Genziana frugava nella propria testa alla ricerca di una frase intelligente e si accaniva contro i capelli, costringendoli dietro le orecchie con un movimento carico di inconsapevole incanto.

«Vedi, non lo sai, ho ragione io.»

«E invece lo so! Farò famiglia, troverò un marito...»

«E come lo vuoi questo marito?»

Lui le accarezzò le guance con un'espressione di compatimento. Accecata da un amore infantile che le impediva di vedere davvero l'altro, la ragazza ancora una volta travisò il gesto e rispose d'impeto: «Scuro, con gli occhi neri e i denti bianchi... e si chiama Medoro» aggiunse abbassando la voce, così che le ultime parole rimasero inascoltate.

«Vero ti vuoi sposare?»

«Femmina sono, tutte le femmine cercano marito.»

Gli occhi di lui fissarono il mare, una pozza di turchese che si apriva verso l'orizzonte in una distesa blu notte. A riva i detriti si addensavano in chiazze gialle e rosse dalle forme mostruose.

«È questo il punto: tu, Genziana Olivares, proprio tu, no la femmina che c'è dentro di te, tu che ti aspetti dalla vita?»

«E tu lo sai?» lo rimbeccò lei con una vocetta stridula che tradiva insofferenza: quelle domande ficcanti la facevano sentire stupida.

Medoro allargò le braccia, poi si batté una mano sulla fronte. "E che parlo, a una sorda?" pensò, tuttavia si rimangiò l'impazienza e cercò di spiegarsi meglio.

«Sì, certo che lo so. Del resto io sono un uomo.» Il suo petto si gonfiò come quello di un galletto che sta per lanciare il chicchirichì: «E non perché ho *quello* tra le gambe...».

Il cannolo! Non ci pensava più dai tempi della scuola. Genziana si mise a ridere, poi arrossì: un conto erano le sue amiche, un conto lui.

«Ah, no? E allora io sono fimmina. Ma no perché c'ho le minne.» Questa volta era stata lesta a ribattere.

«Torniamo alle cose serie» la rimproverò lui, che non aveva nessuna gana di scherzare. «Sono uomo perché scelgo quello che voglio e quello che mi piace.»

«Ma me lo dici che cosa c'entra il ref... come si chiama?»

Non faceva in tempo a sentirsi una donna che di nuovo lui la ricacciava in una condizione di immaturità infantile. Quell'oscillazione tra due piani affettivi discordanti che si inseguivano e si scavalcavano come nuvole nel vento esasperava la sua solita insicurezza.

«Referendum. Serve per scegliere il governo che vuoi.»

«Tanto per dire» intervenne lei con aria da saputella, «se io voglio don Mimì a sindaco tu fai il... come si chiama?»

«Tu mi vuoi cugghiunare.» Ignorò la stupida considerazione di lei e continuò, deciso: «Il 2 giugno si vota. Montano nelle scuole le cabine, mettono una specie di paravento di legno, lì dietro non ti può vedere nessuno. La cosa più importante è che il voto è segreto. Tu vai al seggio e ti danno una scheda dove ci sono disegnate due figure. Una è per quella chiavica dei Savoia...».

«Ma non erano i Borboni?»

Questa volta lui la fulminò.

«Oh, non si può più *babbiare* con te! *Mutu cu sapi 'u joco.*» Genziana promise di non interromperlo più.

«L'altro, quello bello, è per la repubblica, e lì tu ci devi mettere una croce. Perché è la repubblica che vuoi, no?»

Lei calò la testa, non si azzardava più a dire nulla.

«Se scegli la repubblica, sei libera...»

«Ma l'utopia?»

«Se stai zitta c'arrivo. Te lo ricordi il barone che abitava a palazzo Riso? Quello che mi dava un soldo a timpulata? E io me li prendevo gli schiaffi, perché dovevo portare i soldi a mia madre. Ecco, ora pagnuttuni non ne voglio più, né a pagamento né aggratis, e non voglio più essere comandato da nessuno. Ora i baroni devono lavorare come noi, questa è la democrazia. E quando diventeremo tutti uguali, questa è l'utopia. Hai capito ora?»

Genziana era perplessa, ma fece segno di sì.

«Mi devi aiutare a convincere quelli del quartiere a votare per la repubblica.»

«E come?»

«Quando vengono a farsi leggere i fondi del caffè, tu gli dici che se torna il re finisce il lavoro, calano di nuovo i tedeschi, addio sigarette e ciunche, i mariti glieli mandano al confino... chessò, con tutte le minchiate che racconti...»

«Minchiate? Ma come ti permetti?» urlò la ragazza.

Era disposta a tollerare il compatimento di lui, ma la caffeomanzia l'aveva imparata da sua madre e quella non la doveva toccare. Si alzò di scatto, lo spinse lontano: «La principessa dei Quattro Mandamenti ha tenuto in piedi un quartiere intero, dava speranza, consolava, sosteneva. Lo dovresti chiedere alla tua, di madre, che una mattina sì e l'altra pure veniva a chiedere aiuto a casa mia. La zà Maria entrava come la Madonna addolorata e se ne andava piena di speranza come una Maddalena pentita. E lo sai perché? Per merito di quelle che tu chiami *minchiate*. Se fosse qui te lo racconterebbe lei stessa».

Poi tacque, stupita da una furia che non sapeva di possedere. Dentro di lei scorreva il sangue di Viola, quel sangue pazzo che divampava come un fuoco in un campo di restucce secche e non si placava finché non riduceva in cenere l'ultimo filo d'erba.

«"Madre" per me è una parola senza senso», la voce di Medoro era bassa, dimessa, sconfitta. «Se mi guardo indietro, nella mia infanzia ci sono solo urla e scappellotti. La mia famiglia è il partito.»

Genziana si placò, ebbe pena di lui. Lo guardò negli occhi, erano colmi di solitudine. Ricordò il ragazzo lacero che stazionava nell'androne di palazzo Riso, la mascella contratta, i pugni serrati, sempre arrabbiato, ma a ragione: nessuno gli aveva voluto bene, nessuno l'aveva mai accarezzato. Genziana lo strinse a sé come si fa con un bambino spaventato. Il cuore di entrambi batteva disordinatamente, ma per ragioni diverse. Lui era infastidito da un passato che lo aveva fatto soffrire, lei fiduciosa di poter realizzare il suo sogno.

«Erano altri tempi» gli sussurrò nell'orecchio.

Medoro si abbandonò sul petto morbido di lei, provando un senso di protezione. Tra quelle braccia esili trovò sicurezza, e per la prima volta desiderò mostrarsi con le sue debolezze. Ma abituato alla ruvidezza della lotta ricacciò indietro, nella profondità dell'animo, i suoi sentimenti.

«È vero, era un'altra epoca» convenne Medoro con voce tremula, «per questo ora siamo chiamati a scegliere, per dare un corso nuovo alle nostre vite.» E poi aggiunse, ritrovando la consueta saldezza: «Lo so che mi vuoi bene, e anch'io te ne voglio. Aiutami, e se non ti importa niente fallo per me».

Era un ricatto bello e buono, ma Genziana per la quarta volta equivocò e pensò si trattasse di amore. Perciò tirò su con il naso e senza aprire gli occhi – guardarlo in quel momento non poteva proprio – mormorò un sì tanto dolce che qualsiasi uomo l'avrebbe baciata. Qualsiasi uomo, ma non Medoro.

I miei petali rossi, i più profumati, io glieli sto offrendo ora, mentre ci inoltriamo nell'immenso tappeto di cocci che si estende dal Foro Italico a Romagnolo.

La nuova città è una giungla di ferri che sporgono a tradimento. Le travi dei solai sono ridotte a paletti acuminati, le decorazioni sono un'unica poltiglia indistinta, i marmi frammenti taglienti. Rigogliosi rovi di metallo crescono sulle architetture arabe, intorbidiscono le fonti trasparenti del monte Grifone e il lago di Maredolce. I nuovi quartieri poggiano le fondamenta tra le spire del serpente velenoso generato dalla guerra. Cresce nei canali sotterranei un mostro dall'alito putrido che ammorba l'aria e succhia l'amore che ha fatto di Palermo una città felice, condannandola oggi alla disperazione e all'odio. Potremmo ucciderlo, quel mostro, prima che cresca. Basterebbe che noi sopravvissuti, struppiati e tuttavia vivi, scegliessimo di tornare all'antica bellezza nella quale siamo cresciuti. Si può ancora raddrizzar le schiene e vivere la vita a testa alta. E invece: "Calati, junco...".

Anch'io non reagisco, nonostante l'esempio di mia madre, e accetto di assecondare Medoro in questo inganno. So che me ne pentirò, ma non riesco a ribellarmi ai suoi occhi malandrini.

«Guarda» *esclama lui muovendo con la punta della scarpa alcuni cocci colorati,* «pare una pittura di santa Rosalia.»

I pezzi di una vetrofania della Santuzza sporgono tra le pietre. Sono riconoscibili la ghirlanda di rose e il teschio: lugubre e ghignante, riesce ancora a lanciare il suo monito silenzioso.

Medoro lo schiaccia sotto i piedi, poi con un calcio secco lo fa volare verso il mare e ride della mia espressione impaurita. Quando sono certi di essere amati i maschi fanno i gradassi. Accende una sigaretta e tossisce.

«Non hanno il filtro.»

Ma io so che non è colpa del fumo se gli manca l'aria, sono io che trattenendo il respiro lo condanno all'apnea. Così scopro di non essere quella sprovveduta che lui crede, io lo so che c'è qualcosa di grande dentro di me, me lo diceva la mamma: «Femmina sei, piena di potenza, e non solo perché puoi partorire, che per quello basta una gatta, ma perché è il tuo respiro che può tenerli in vita tutti quanti sono: mariti, figli, fratelli». Trattengo ancora una volta il fiato, di nuovo lui si strozza e cerca ossigeno. Aveva proprio ragione lei!

Sulla strada del ritorno mi tengo un po' discosta, che il suo corpo mi turba. Ma le ruote sobbalzano sui sassi e io scivolo sul suo torace, il mio cuore si scioglie come zucchero nel caffè bollente. I nostri respiri hanno lo stesso ritmo: lui inala con forza e io lo assecondo con dolcezza. Il suo alito caldo s'insinua tra i miei capelli, raggiunge la nuca, cade lungo la schiena. Le mie cosce allora si stringono dandomi un brivido. Più volte il mio desiderio scavalca il confine immaginario, una sorta di limite di sicurezza che io stessa mi sono imposta: oltre quello la possibilità di farmi male diventa certezza. Il mio polso s'infila cauto nello spazio neutro dell'ascella, le dita incontrano il suo avambraccio teso a governare il manubrio.

«Talìa» dice, e mi costringe a girare la testa da un lato.

La cancellata della villa Giulia è divelta, la casina gialla abbandonata e le persiane pencolanti, i muri deturpati da macchie scure come gocce di sangue rappreso. Lì dentro c'era il comando generale tedesco.

«Guarda che disastro» mi dice indicandomi gli alberi violati dai carri armati.

Le foglie dei banani, intessute di fili preziosi come stoffe delicate, sono stracciate in più punti; i frutti piccoli, verdi, già secchi prima di maturare; i tronchi scultorei delle palme deturpati dalle schegge metalliche delle bombe alleate. Brulicano, quelle ferite, di ragni verdi e rosse pulci carnivore.

Il mare è dietro di noi, la gonna svolazza e mi scopre le gambe, la pelle setosa e lucida. Un caldo improvviso ci viene incontro alla via Roma. Il vento né penetra le alte torri di macerie, né circola tra i palazzi vuoti, come il sangue non scorre nelle vene di un corpo senza vita. La polvere è un banco di nebbia bassa. Da poco il trasporto è affidato ai cavalli, sono tanti, e alcuni girano liberi. L'afrore del letame ha cominciato a scalzare il puzzo dei cadaveri e si è portato dietro nugoli di mosche.

Di tanto in tanto la bicicletta s'impenna su un sasso sporgente o scivola in una buca traditora, i nostri corpi si appiccicano per il contraccolpo. Mi sento un'oliva in un frantoio, lui è la macina che spreme la mia carne, facendo colare un olio umido e denso. Tremo, una lava infuocata cresce nel mio petto, un magma incandescente che non so come incanalare.

Davanti al convento ci fermiamo.

«Siamo d'accordo?» mi chiede.

L'aiuterò, certo, anche se mentire non mi piace. Le bugie sono un'arma che ferisce chi la impugna.

«La scelta è una sola nella vita» mi disse la mamma un giorno felice e non lontano, «fare appattare il cuore con la testa, tutto il resto verrà di conseguenza.»

So che dovrei darle retta e rifiutarmi di assecondare Medoro, ma è più forte di me: per una volta che può succedere? Ignoro le raccomandazioni della mamma e separo l'uno dall'altro i miei organi nobili.

7

Il bricco di rame scurito dall'uso se ne stava pacioso sul fuoco. Al suo interno l'acqua bolliva e la polvere di caffè si agitava formando un vortice scuro.

Genziana, con la testa appoggiata sul tavolo, lo fissava assorta. "Certo, sempre le stesse cose ci sono dentro alla tazza: salute, amore, travagghiu, fortuna. Però non è che il caffè te lo dice chiaro e paro quello che sarà, ci vuole intuito." La madre le aveva passato la propria arte, ma non c'era stato il tempo di sperimentarla sotto la sua guida.

Inoltre si rendeva conto di non possedere quell'empatia che aveva fatto di Viola la più preziosa delle caffeomanti, ma non sapeva come porvi rimedio. C'era stato anche qualche dissapore con la gente del quartiere, e ora Medoro le chiedeva di convincerli a votare per la repubblica... "Mah, speriamo che mi credano."

Avvolta nella vestaglia di seta rossa, Genziana non si sentiva per niente tranquilla. La promessa fatta a Medoro aveva suscitato interrogativi a cui non riusciva a dare risposta. "Ma se il destino è scritto al fondo di una tazza di caffè, perché mia madre si è lasciata trascinare dentro al rifugio quel maledetto 9 maggio? Avrebbe dovuto prevederlo che lì sarebbe caduta una bomba."

La perdita dei suoi genitori era ancora una ferita aperta.

"Forse la vita è davvero un mistero che si può conoscere solo a cose fatte e ha ragione Medoro: sono tutte minchiate."

Sospirò, e accarezzò la seta lisa per cercare protezione. Il suo petto ebbe un fremito prolungato, i seni piccoli e aggraziati fecero capolino dalla scollatura. Mosse le mani verso di loro per acquietarli, il corpo parla anche quando la bocca è muta, e il suo raccontava un amore insoddisfatto.

Sapeva in cuor suo che lo avrebbe aiutato, ma gli insegnamenti di Viola erano ancora vivi nella sua memoria e le tormentavano la coscienza. La madre si sarebbe arrabbiata se avesse saputo che intendeva usare la caffeomanzia per manipolare gente ingenua.

"Bisogna vedere poi se si convincono, non è che le persone sono pupi e io muovo i fili! Se non c'è fiducia..."

Il conflitto tra i suoi organi nobili l'aveva sfinita, un profondo senso di stanchezza si era impossessato di lei. Guardò l'orologio, era tardi, non poteva più indugiare.

«Ogni promessa è debito» disse allora a voce alta, e chiamò Provvidenza perché l'aiutasse.

La servetta era intenta a stirare. Le piaceva lisciare le maniche delle camicie fino a quando le pieghe sparivano e la stoffa diventava una spianata di farina. Girava con delicatezza attorno ai bottoni di madreperla per non annerirne i bordi. I colletti li inamidava tanto che stavano in piedi da soli. Pressava con determinazione orli, tagli e cuciture. Scattò appena sentì la voce della padrona e posò il ferro, che sfrigolò sulla piastra di ghisa.

«Sono tutti dietro la porta, li faccio entrare?» domandò.

«No, aspetta un attimo. Voglio iniziare da te. Visto che non ti ricordi niente, nemmeno da dove vieni, beviti sto caffè, così ne sapremo di più.»

«A me non interessa conoscere da dove vengo, mi basta sapere quello che devo fare.»

«E che devi fare?»

«Lavare, stirare, spolverare e cucinare.»

«Dài, bevi, vediamo se è vero che pulire è il tuo destino.»

«Non mi piace il caffè» si ostinò lei con tono impertinente.

«Che testona sei! Passato non ne hai, almeno il futuro ti dovrebbe interessare. No che ti fai bastare il presente.»

«Ho altro da fare io che inseguire i sogni e le speranze, sono cose senza senso. Mi accontento delle mie certezze: una camicia inamidata, una gonna pulita, un lenzuolo profumato.»

Poi aprì la porta ai questuanti: «Avanti, avanti, cominciamo la giornata» urlò brandendo la mappina come fosse una frusta e lei il domatore.

«Baciamo le mani» salutò lo zù Minico. Un raggio di sole colpiva proprio al centro la sua pelata bianca e liscia, su cui ci si rifletteva come in uno specchio.

«Mettetevi la coppola, che mi *alluciate* così!»

Provvidenza si avvicinò, strappò il cappello dalle mani del mastro e glielo ficcò a forza in testa lanciandogli uno sguardo d'intesa.

«È già abbastanza grevia di suo» sussurrò allontanandosi dal tavolo.

Lo zù Minico si portò una mano alla fronte, si calò il berretto sugli occhi e mormorò delle scuse forzate: «Con vostra madre, buonanima, era un segno di rispetto, ora con voi... bah, non si capisce più niente».

«Mettetevela, è un ordine, e state bene a sentire, che dobbiamo parlare di cose serie.»

Genziana gli spiegò il significato della repubblica facendo ricorso alle parole che aveva imparato da Medoro, poi chiuse gli occhi e cominciò a muovere le labbra senza pronunciare suoni, come se parlasse a un'entità invisibile. Annuì più volte.

«Va bene, va bene» concluse alzandosi in piedi e, facendo un inchino, salutò agitando la mano nell'aria. «Scusate, era la fantasima di mia madre che se ne stava andando e ci teneva a dirmi che sì, pure lei è d'accordo, al referendum votate repubblica», le ultime parole le urlò in direzione della fila.

«Io veramente sto cercando lavoro, è di quello che voglio parlare. Sapete com'è, la famiglia aumenta, mia figlia è incinta...»

«Ne avrete di lavoro, non preoccupatevi! Un mastro scalpellino come voi non resta con le mani in mano. Guardate qua, la vedete questa macchia che pare una bandiera?» L'uomo si avvicinò, piegò la testa in avanti. «Ecco, questa è la repubblica, perciò...»

«Ma se io ci ho sempre voluto bene al re, che poi è pure masculo. Voi lo sapete che i maschi stanno bene tra di loro, e sapete pure come vanno le cose. Prima di tutto c'è la principessa, come vostra madre che, con rispetto parlando, non c'era nessuna che ci poteva *lustrare le scarpe di sutta*. A seguire la duchessa, la marchesa, la contessa, la baronessa, e alla fine, che non conta più una minchia, a repubbrica: fimmina, manco a dirlo! E secondo vossia, io che sono masculo mi faccio comandare dall'*ultimo scaluni a scinnuta*? Volete mettere 'u bello re!»

Lo zù Minico se ne andò senza salutare.

«La troppa confidenza finisce a malacrianza» commentò Genziana. Le donne si lasciarono convincere più facilmente, bastò agitare davanti agli occhi la promessa di realizzare i loro sogni segreti.

«Lo volete rivedere a vostro marito?»

Cosima abbassò la testa con energia: «Sì, sì, sì e sìssi!».

«E allora quando andate a votare dovete mettere la croce sulla repubblica, perché se vince il re a vostro marito se lo tengono i tedeschi.»

Mimmina aveva lo sguardo stupito di una bambina e un paio di baffi da brigadiere.

«Lo vuoi trovare un fidanzato?»

Lei sorrise, puntellò i gomiti sul tavolo, poggiò la faccia sulle mani aperte, il labbro superiore diventò un ricciolo scuro.

«Mimmina, se ti vuoi sposare devi fare tre cose: prima, raderti quei baffi.»

«Bedda matre, non è che posso andare dal barbiere.»

«Non ti preoccupare, ti aiuto io. Provvidenza, piglia il rasoio di Ruggero.»

«Tutto, tutto faccio per un marito» disse lei con la mano sul cuore.

I baffi saltarono via insieme a due piccoli lembi di pelle, una goccia di sangue le macchiò il mento appuntito e si trasformò in un neo scuro che le impreziosì il volto.

«Ora, sentimi bene: la seconda cosa è che il 2 giugno devi votare per la repubblica, che quella ci fa tornare tutti gli uomini a casa e così il quartiere si riempie di tanti bei giovanotti. Terzo comando: non ne devi parlare con nessuno, che i desideri confessati restano irrealizzati.»

Mimmina promise di farlo. Con molti altri non ci fu bisogno di perdersi in chiacchiere: «Mezza parola... sarà servita, per la fiducia che avevamo in vostra madre».

Lo zù Minico tornò a bussare alla porta di casa Olivares alcuni giorni dopo.

«Principessa, sono preoccupato per mia figlia, deve sgravare...»

«E a mia che mi cuntate, che sono, levatrice?»

Era seccata Genziana, non aveva dimenticato l'aria superba che il mastro scalpellino aveva tenuto l'ultima volta che si erano trovati faccia a faccia dentro alla cucina.

«Ava', non fate così, queste sono cose di femmine.»

«Ora vi sta bene avere a che fare con le femmine.»

«Vi chiedo scusa.»

Genziana traccheggiò un poco, voleva fargli allungare il collo. Poi con sussiego guardò nella tazza.

«Non è cosa facile prevedere la data di un parto, ci vuole pure di conoscere la luna e poi ci sono di mezzo le maree.»

«Magari, orientativamente...»

«Ancora c'è tempo. Prima sgrava la mucca della commare Teresa. E così avrete pure il latte per la picciridda.»

«E che ne sapete che è femmina?»

«Di questi tempi, maschi? Non ce ne sono più» rispose con una sicumera che sapeva di sfottò.

«Ma come, femmina? E io a chi ce lo insegno il mestiere?»

«Di nuovo?» lo rimproverò Genziana.

«Il fatto è che a casa mia di maschi non ne nascono.»

«Perché il Padreterno vi vuole bene, per non farvi soffrire vi manda femmine, isse non vanno in guerra.»

«Ma ora è tempo di pace, ci sono i miricani.»

«Seee! Questo lo dite voi. C'è il re, e con lui la guerra è sempre in pizzo.»

«Gesù, Giuseppe e Maria, non sia mai!»

«Lo volete un nipote maschio?»

«Sìssi.»

«E allora dovete votare per la repubblica.»

«Principessa, mi volete fare fesso?»

«Zù Minico, se c'è il re si va in guerra, con la repubblica no! Perciò fatevi i conti voi.»

«Ci penso.»

Rimase in silenzio a guardare fuori dalla finestra, la faccia impassibile da basilisco. Le campane di Santa Caterina suonarono la mezza.

«E allora? *Allistitivi*, che tra poco si mangia.»

«No, è che ormai avete detto che è femmina. Nella pancia i figli non si possono cambiare.»

«Il Padreterno può fare quello che vuole.»

«Masculu o fimmina, allora da che dipende?»

«Dal referendum!»

«Mi avete convinto, voto repubblica, ma se m'avete preso in giro...», lo zù Minico serrò i pugni.

«Tuttu bono e binidittu! E poi pure mia madre è venuta dall'aldilà per questa storia del referendum. Se non vi fidate di me, almeno a lei potete dare retta.»

«Salutiamo, principessa», lo zù Minico si tolse il cappello, la sua pelata brillò, accecandola.

Rimasta sola, Genziana si tolse la vestaglia, si massaggiò le palpebre e sospirò. Ne aveva raccontato di balle, e poi fingere di avere accanto il fantasma di Viola per rendere credibili le sue fandonie... e tutto a uso e consumo di Medoro! Avrebbe voluto scomparire.

«E brava Genziana!»

La voce di Ruggero la strappò ai suoi pensieri. Il fratello la guardava con espressione compiaciuta: «Pure io la penso come te, ci vuole un po' di democrazia in questo Paese. Certo scomodare la mamma per questo referendum mi pare eccessivo, ma in guerra e in amore...».

Quelle parole la fecero sentire peggio, era un'imbrogliona. E se le sue bugie fossero state scoperte? si chiese con angoscia. Cominciò ad arrovellarsi attorno a un unico pensiero: doveva rimediare.

"Mando Provvidenza a chiamarli" si disse. "Quando sono tutti qua, gli dico che ho babbiato, gli spiego che la democrazia è veramente una cosa buona, anzi, meglio l'utopia, perché è bello essere tutti uguali, magari mi scuso pure. Tutti possono commettere degli errori, non è che per questo mi possono ammazzare. Magari mi faranno i complimenti per il mio coraggio, ce ne vuole di fegato per ammettere uno sbaglio, e così potrò tornare a essere la chicchicedda di sempre. Ma Medoro come reagirà?"

La paura le attanagliò le viscere.

Piuttosto che perdere l'amore preferì radicarsi nell'inganno.

8

Nei giorni che precedettero il referendum l'aria era satura di elettricità. La gente confidava in quel voto per ottenere il pezzetto di felicità che le era stato promesso. Nelle case, nei circoli, nelle strade non si parlava di altro. Tutti avevano capito che il suffragio universale era un punto di non ritorno. Le donne preferivano non sollevare direttamente la questione, tanto il voto era segreto e nessuno poteva controllarle.

«Che voti?» domandavano i mariti ansiosi.

«Quello che dici tu» rispondevano loro.

Gli uomini invece ne avevano discusso fino alla nausea, la questione era di vitale importanza. Libere di votare, le femmine avrebbero alla fine voluto anche scegliere, magari anche studiare e, una volta *allittrate*, riportare all'obbedienza quelle teste dure sarebbe stato impossibile! I palermitani, che di fronte ai cambiamenti tirano calci come i *muli nella muntata*, cominciarono a paventare una catastrofe peggiore della guerra. Perciò in molti, la notte prima del voto, rinchiusero le mogli e le sorelle dentro casa.

«Cu si guardò si salvò» dicevano accarezzando le chiavi nascoste nel panciotto. Ma i lucchetti non bastarono a frenare le donne, che all'alba si trovarono tutte davanti ai seggi.

La zà Crucifissa mostrava orgogliosa un labbro gonfio. Il marito aveva cercato di convincerla a rinunciare al nuovo diritto a forza di schiaffi. E lei, per la prima volta nella vita, aveva reagito assestandogli due calci negli stinchi. Ora, consapevole della propria forza, che la gamba gliel'aveva quasi rotta, se lo trascinava al seggio, e lo spingeva e lo incitava – «ah, ah, aaah» – come se l'uomo fosse uno scecco e lei un carrettiere.

Alivuzza fremeva di rabbia, lo stava pagando caro quel suo amore americano. "Donna pubbrica" l'aveva definita il parrino, e lei sperava che la democrazia l'aiutasse a riabilitarsi agli occhi dei benpensanti. «*Ci fazzu abbiriri iu a sti babbiuna*. Repubblica, senza se e senza cusà, almeno è fimmina come me» diceva con le mani poggiate sulla pancia sporgente.

Una folla multicolore stazionava per le strade. Le giovani indossavano il vestito della festa e stringevano tra le mani borsette di rigida pegamoide. Le anziane avevano la testa coperta da una veletta di pizzo, come alla festa del Corpus Domini. Le *burgisi* avevano petti palpitanti sotto ai coralli rossi di Sciacca. Alcune azzardavano un cappellino, altre un fazzoletto colorato al collo. Le più povere erano infagottate in misere vestagliette di percalle dal fondo azzurrino tempestate di macchie d'unto. Dalle scollature spuntavano, non trattenuti, i seni floridi; quelli avvizziti se ne stavano rintanati tra pancia e cuore. Le braccia, secche o tonde, pendevano ugualmente abbandonate lungo i fianchi pudicamente immobili. Tacchi, zeppe, pianelle, tappine calpestavano le balate davanti al collegio del Giusino. C'era persino una sposa che, in attesa di passare dalla tutela del padre a quella del marito, si chiedeva con preoccupazione se quel primo gesto di autonomia avrebbe messo a rischio il suo virginale candore.

E poi bambini capricciosi strattonati da madri impazienti, neonati attaccati a minne gonfie di latte e tenere come fasceddi di ricotta. Qualcuna s'era anche colorata le labbra.

«Levatevelo il rossetto!» urlava un fimminone sventolando una bandiera tricolore. «Se leccate la scheda arresta macchiata. 'Nzamaddio annullano il voto. E comunque ricordatevi che non è busta di lettera, ma scheda elettorale. E fate attenzione, che nessuno lo deve sapere dove la mettete la croce.»

Quel voto era il primo segreto collettivo. Finalmente si poteva fare qualcosa di nascosto dal marito o dal padre. Che bella, sta repubblica!

«Sciù sciù sciù, quanti fimmini ca ci su'» cantavano dei giovanotti che volevano fare gli spiritosi. E già i primi effetti di una democrazia *in itinere* si vedevano negli sguardi fieri delle donne più consapevoli, nel tono leggermente più alto delle loro voci che vibravano di speranza.

Il portone si aprì cigolando sui cardini. Un ultimo sguardo alla scheda, a quel profilo delicato circondato da rami di alloro, e finalmente furono libere di esercitare un diritto che profumava di amore per loro stesse e per le proprie figlie.

In Sicilia i Savoia ebbero la meglio, nonostante la regia occulta del turco e la malafede della Olivares. In continente vinse la repubblica, perché le cose alla fine vanno come devono andare.

La notizia arrivò il 12 giugno, le persone si riversarono in strada urlando. I tamburi rullavano, i tram erano carichi come durante le fiere.

Genziana, orgogliosa del risultato, perché se la repubblica aveva vinto era anche merito suo, aspettava alla finestra che Medoro si facesse vedere. Lui non arrivava e, in preda all'ansia, la ragazza scese alla putìa. Sulla porta osservava la folla scomposta. Passò lo zù Minico: «Siete contenta, principessa? Ha vinto la repubblica, la mucca di Teresina ha partorito, e ora, per il bene vostro, speriamo che sia masculo».

Alludeva al nipote, che ormai scalpitava per venire al mondo. Genziana si strinse nelle spalle e non rispose. Sfilavano intanto per Discesa dei Giudici i suoi clienti, alcuni ammiccavano, altri sorridevano. Quando l'attesa le divenne insopportabile, si risolse a raggiungere anche lei la piazza.

Giovanni la trattenne per un braccio: «Lascia perdere, non è cosa per te» le disse con uno sguardo di rimprovero.

«Ma di che stai parlando?»

«Lo sai di chi sto parlando!»

«No, non lo so», e cercò di divincolarsi.

Giovanni la strinse ancora più forte: «Medoro ha bisogno di una compagna, vuole una donna pari a lui. Tu invece hai bisogno di uno a cui affidarti e che ti sollevi dalle responsabilità. Pure che ti mette sotto, per te non ha importanza, anzi meglio».

«Sei geloso!»

«Te lo ripeto, lassalu perdiri.»

Genziana diede uno strattone e corse verso l'angolo di piazza Bellini. Medoro era lì, ubriaco di felicità, arringava la folla alla cantunera di Peppe Schiera. Lo ascoltò attentamente, seguendo l'ondeggiare delle sue mani forti, fissando con desiderio la sua bocca espressiva.

"È stato troppo impegnato con la politica" pensò con sollievo, pronta a giustificare la sua assenza.

Lui continuò a parlare, indifferente, e, quando finì, si accodò al resto della compagnia, accennando appena un gesto di saluto verso Genziana. Lei rimase pietrificata. "Che mascalzone! E magari se la fa pure con quella *stràcchiola* che gli sta appiccicata al fianco!"

L'umiliazione le fece venire voglia di piangere. Ora era ancora più sola di prima, che nemmeno alla buonanima di sua madre poteva rivolgersi dopo quello che aveva fatto.

Rossa quella: il vestito, le labbra, le unghie. Nera io: gli occhi, le guance, il cuore. In mezzo lui, candido, come se non c'entrasse nulla. Urlano, ballano, cantano, si abbracciano. Quella gli afferra i capelli e lo tira a sé, lui fa resistenza, alza una mano come se volesse colpirla e invece la bacia e guarda tra la folla. In quel momento i nostri occhi si incontrano. L'umiliazione è una fiamma che brucia dentro al corpo, la gelosia il vento che l'alimenta. Lui ha un sobbalzo, ma non si tira indietro e affonda la sua bocca come se volesse mangiarla. Il rosso di quella gli tinge le guance. Mi viene da piangere e allora abbasso lo sguardo, che sazio manco a Dio! Poi corro verso casa.

I gradini li faccio a quattro a quattro e intanto maledico il caffè, la repubblica, qualche santo, il destino che mi ha tolto la famiglia, il passato e il presente, i maschi: padri, fratelli, fidanzati, parenti, amici che sono tutti uguali. Hanno sempre una scusa per andarsene e un'altra per tornare, arrivano di furia, come vento di scirocco calano di botto. E si scotòlano dei vivi e si scordano dei morti. Ma soprattutto ce l'ho con lui, Medoro che d'un colpo m'ha tolto l'avvenire. Urlo e la mia voce sembra provenire dalle viscere della terra, è come una vibrazione cupa e strisciante, presaga di disgrazie. Accorre Provvidenza: «Ma che hai? Che fu?», e poi Giovanni: «Te l'avevo detto».

Ah, quell'inutile considerazione, che rimarca il mio fallimento, mi scuote nel profondo e come fosse una miccia fa divampare la bomba.

Mi si annebbia la vista mentre mi accanisco contro tutto quello che mi

183

capita a tiro. Stoviglie e pentole rimbalzano contro le pareti con un suono metallico, i bicchieri s'infrangono, le ceramiche scrosciano, sono una cascata impetuosa. Rovescio sedie e cassetti. La grandinata di oggetti si abbatte sul pavimento, scheggiando qualche mattone e aggiungendo nuove crepe a quelle già esistenti. Soffio dalle narici, le gote violacee e gonfie, il mio respiro è affannato. La cucina è un tappeto di cocci, ma non sono ancora paga.

Ho qualcosa di molto importante da fare per chiudere per sempre il capitolo Medoro. Vado nella mia stanza, è sul cassettone, i raggi del sole l'attraversano. La luce si frange nella polvere d'argento e disegna un arcobaleno sul piccolo Colosseo brunito. L'afferro con tutte e due le mani e la scaglio contro il muro. Il vetro si frantuma, la neve, finta come tutto quello che appartiene a lui, è un grumo grigio che si allarga sui mattoni di graniglia. Ci passo sopra con i piedi, finché non rimane che una macchia scura. Non ho finito ancora. Prendo la vestaglia della mamma e mi avvicino alla finestra. Voglio buttarla via: altro che protezione, mi ha portato solo guai.

«Quella no» mi dice Giovanni in un sussurro.

Come una pila che all'improvviso esaurisce la carica, il mio braccio scivola lungo il fianco, la furia scema di colpo e lascia il posto allo sconforto. Svuotata di ogni energia, mi appoggio alla parete come un sacco floscio.

Maledetta vita che non riesco a cambiare.

9

Proclamata la repubblica, cominciò a soffiare un vento di sciroc-co che rimase sulla città di Palermo per quasi due mesi. Il caldo non dava tregua agli abitanti del rione Tribunali. Ancora senza acqua corrente e senza energia elettrica, la gente era diventata in-sofferente e cercava qualcuno da incolpare. In mancanza del re, non ancora avvezzi alla repubblica, finirono per prendersela con Genziana.

«Ma come, doveva arrivare un'orda di masculi e invece pure gli ultimi se ne stanno scomparendo?» mugugnavano le comari piene di rabbia. Contadini e artigiani, già alla fine della guerra, si erano mossi verso il continente attirati dal miraggio di un posto in fab-brica. La terribile ondata migratoria aveva lasciato a bocca asciut-ta le ragazze in età da marito, che ora ne chiedevano conto alla caf-feomante: «Non vale il dito mignolo di sua madre».

«Vero è!» aveva convenuto lo zù Minico. «Mia figlia sgravò e in-dovinate un po'? Femmina.»

Anche Mimmina aveva qualcosa da rivendicare, che i baffi le erano rispuntati e lo zito non l'aveva ancora trovato.

Il viavai nella cucina degli Olivares cessò e le comari tolsero il saluto a Genziana.

«Chi non mi accetta, non mi merita» si consolò lei e fece spalluc-ce, tanto di quell'arte non voleva saperne più.

Piano piano le persone iniziarono a riprendere in mano le loro vite.

Alivuzza mise in piedi una sartoria e si specializzò in abiti da cerimonia e da sposa, sperando di archiviare una volta per tutte la miseria che l'aveva resa simile a un *passulune* infornato. L'idea era buona: nel giorno più bello della vita nessuna donna, nemmeno la più povera, rinuncia a tulle, pizzo e ricami. Le mani della sartina volteggiavano aggraziate tra chilometri di stoffa bianca, volute, strascichi, cimose e cuciture.

La sua vita affettiva però non filava liscia come il lavoro e il respiro non era libero di fluire e si bloccava spesso in assurde apnee. Non immaginando a cosa andava incontro, Alivuzza si era portata il miricano dentro casa. Desiderava tanto indossare il prezioso abito bianco che custodiva nell'armadio, ma disperava di poterlo fare, che lui sempre più spesso era insofferente e diceva di voler tornare nel suo Paese. La consolava un esercito di apprendiste, che cucire era tornata a essere l'attività principale delle donne. La ventata di libertà che aveva loro spalancato le porte nel periodo dell'emergenza andava esaurendosi. Ora si doveva tornare alla normalità, perciò tutte a casa.

E se proprio ci tenevano a lavorare, potevano fare le ricamatrici, le bustaie, le biancheriste, le sarte, perché una brava femmina: «"Sorveglia l'andamento della casa e non mangia pane oziosa. Si procura lana e lino e li lavora volentieri con le mani." Così è scritto nel *Libro dei Proverbi*!» diceva Ruggero, che da quando Medoro era sempre in giro, era tornato alla sua vecchia fissazione per le Sacre Scritture.

Di Rodolfo e Raimondo non si avevano più notizie da anni e Giovanni si chiedeva se fosse il caso di inoltrare domanda al tribunale perché ne fosse dichiarata la morte presunta.

Genziana si abbandonò a una tristezza cupa e, sebbene fosse un fiore resistente, reclinò il capo come una rosa di santa Rita senza l'acqua benedetta e si avviluppò in un manto di apatia.

La più felice sembrava Provvidenza. Nel presente lei ci stava bene e per intero: tra la casa da rigovernare e Ruggero da accudire, il cuore le batteva con ritmo costante, senza tonfi improvvisi né interruzioni. E l'assenza di Medoro non le pesava nemmeno, perché tanto non ricordava di avergli mai voluto bene. A dodici anni, età in cui il corpo delle donne inizia a manifestare la propria femminilità, Provvidenza era ancora acerba, come una mela destinata a rimanere verde. Il torace era piatto come quello di una bambina, però era diventata alta. I suoi capelli si erano allungati e ricadevano liberi sulla schiena ossuta. Si muoveva leggera, tradendo un'intima soddisfazione che irritava enormemente Genziana.

"Che c'avrà da essere contenta?" Di punto in bianco la ragazza ebbe voglia di attaccare briga, di strapparle quei fili ispidi che le si aggrovigliavano sulle spalle, di ricacciarle in gola quel sorrisetto pacifico.

Cominciò a osservarla mentre rigovernava la casa, cercando scuse per rimproverarla: «Pulisci qua che è ancora sporco» le urlava a due centimetri dal viso.

Provvidenza non reagiva. Le bastava uno sguardo, un movimento rapido delle sopracciglia, un sospiro, per capire l'aria che tirava. Furba e dotata di un forte senso pratico, strofinava il pavimento ancora più forte. La rabbia di Genziana, non riuscendo a suscitare reazioni, esplose.

«La pasta fa schifo», «Il caffè è meglio che lo faccia io»: un demone crudele sembrava abitarla. La *criata* si comportava come un cane randagio, leccando la mano che era pronta a colpirla. I suoi scodinzolamenti irritavano ulteriormente la padrona.

Solo una volta Provvidenza azzardò una reazione: «A quello chissà *dove ci lucinu l'occhi*» disse riferendosi a Medoro. «Fai come me, io non ci conto proprio su di lui. Mi viene fratello, è vero, ma non lo calcolo e vado dritta per la mia strada.»

"Ma come si permette quest'orfana senza memoria di accomunarmi a lei?" pensò Genziana, e dalla sua bocca si riversarono ingiurie e maledizioni, che come liquami si sparsero tutto intorno. Gli schizzi maleodoranti colpirono a casaccio, le persone a lei più vicine ne furono coperte. Non fu risparmiato nemmeno Giovanni che, rintanato nella putìa, pensava di essere al sicuro.

«Che fa, avanzasti?», «Ti senti il padrone, eh?», «Non ci pensi più a mia madre, te la scordasti la devozione per gli Olivares?»

L'operaio incassava in silenzio, aveva promesso a Viola di occuparsi dei suoi figli e non sarebbe venuto meno alla parola data. Quando ne ebbe abbastanza, in una pausa tra un'invettiva e l'altra, le cinse le spalle con un braccio e le parlò con la voce intrisa di pietà: «Masculu è, non ci potevi dire di no».

Lei lo fissò interdetta.

«Vero è che non ti ha costretta con la forza» continuò l'uomo. «Ma tu femmina sei, cosa potevi fare?»

La giustificazione che Giovanni le aveva appena fornito la sollevava dal senso di colpa, Genziana si aggrappò a quelle parole e si sentì più leggera.

Una nuova tenerezza prese dimora nel suo cuore pacificato e lei modificò il proprio comportamento verso chi le stava accanto. Le parole si addolcirono, i pensieri diventarono delicati. E siccome i circoli virtuosi si comportano come quelli viziosi – colpiscono a casaccio e si estendono a macchia d'olio senza risparmiare nulla e nessuno –, la ragazza da quel momento si scoprì più capace di esprimere l'affetto che le gonfiava il cuore. Prima di tutto verso Ruggero, logico, era suo fratello, ma anche per Giovanni, che in fondo cercava di far girare Orlando e la putìa, finendo con Provvidenza, che d'istinto conosceva il verso della vita.

10

L'estate volgeva alla fine, Genziana l'aveva trascorsa a ciondolare in terrazza tra le piante. Liquida nell'animo e languida nelle membra, le capitava spesso di fluttuare in una dimensione irreale densa di fantasie e desideri, e si perdeva nel fuoco del tramonto e nel lucore tremulo delle stelle. Stesa sul lucernaio si addormentava guardando il cielo. La svegliavano prima dell'alba le campane di Santa Caterina. Intirizzita, scendeva le scale e rientrava nella casa silenziosa. Con gli occhi semichiusi si dirigeva nella sua stanza, sulla porta della cucina sostava come davanti a una stazione della Via Crucis. Viola era ancora lì e le sorrideva con tenerezza.

«Ciao, mamma» mormorava, instupidita dalla nostalgia. Avrebbe voluto aggiungere delle spiegazioni, dirle che l'aveva fatto per somigliare a lei, per non disattendere i suoi desideri, ma le parole le morivano in gola, mentre il corpo rotondetto di Viola si dissolveva come una bolla di sapone.

C'era un sole tiepido quel pomeriggio. Genziana era come al solito in terrazza tra i panni puliti. Il profumo delle pomelie era così intenso da vincere l'odore di cenere che spirava dalle lenzuola stese. Tra i rami punteggiati di ciuffi colorati si intravedevano i campanili di San Domenico, che svettavano contro il cielo azzurro.

Gli occhi le bruciavano a forza di inseguire le fughe dei coppi color mattone che s'incrociavano con le linee dell'orizzonte. Abbassò le palpebre a cercare sollievo sui muri già ingrigiti dalle ombre del pomeriggio e lo vide: arrivava dall'angolo della via Roma.

Avanzava a testa alta, si era fatto più bello. I capelli ricci si sollevavano in onde ribelli e ricadevano disordinati sulla fronte e sulle orecchie. I piedi scivolavano sulle balate, le gambe si allungavano elastiche, seguite dal torace, infine arrivavano le braccia che oscillavano avanti e indietro. Il suo corpo sensuale prometteva amore a ogni passo e si rimangiava la promessa a ogni sguardo. Medoro aveva un'aria seria e teneva stretta una valigia consumata agli angoli e chiusa con dello spago: ne emanava una miseria tale che pure la sua bellezza ne risentiva. Genziana ebbe un sobbalzo. L'apatia nella quale si era rifugiata si incrinò, poi si frantumò come il guscio di un uovo. Nascosta tra le piante, lo seguì con gli occhi finché lui entrò nel palazzo degli Olivares. Il cuore le batteva all'impazzata.

Provvidenza aprì la porta e invitò Medoro a entrare con un gesto ampio. Premurosa, gli strappò dalle mani la valigia, era così leggera da sembrare vuota.

«Il partito mi ha richiamato a Roma, sono venuto a salutare» disse lui compunto. Poi aggiunse con orgoglio: «Il mio compagno di brigata è diventato ministro della Giustizia e io gli devo guardare le spalle».

Ironia della sorte, Medoro si trovava ancora una volta a fare lo spicciafacenne per qualcuno. Certo, il palazzo molle e insidioso del potere romano era ben diverso da palazzo Riso, e soprattutto pareva offrire molte più occasioni di riscatto sociale.

«Salutamela tu alla tua padrona» aggiunse calcando l'accento sulla parola "padrona".

«Aspetta che te la chiamo» rispose Provvidenza.

«Lascia perdere che ho premura» disse lui trattenendola per un braccio.

«E se poi quella se la piglia con me?»

In quel momento Genziana entrò in cucina e lo guardò con espressione inerme.

Si fissarono in silenzio, finché lei sollevò la valigia dal pavimento e la soppesò tra le mani.

«Niente pesa un'utopia» commentò con tristezza.

«Parto» rispose lui guardandola con aria di sfida.

Ma perché gli uomini quando dovrebbero chiedere scusa diventano spocchiosi?

«Ti saluto, Medoro» rispose la ragazza, addolorata dal suo tono. «E tanta fortuna» aggiunse, ma l'augurio suonò come una maledizione.

Provvidenza si affrettò ad atteggiare le dita in un paio di corna dentro le tasche del grembiule. Medoro tese la mano e Genziana sentì di essere sul punto di piangere. Avrebbe voluto mostrarsi fredda e distaccata e invece le gambe avevano preso a tremarle. Per non dargli soddisfazione scansò quel braccio ancora fermo a mezz'aria e corse via. Si infilò nel letto, si tirò il lenzuolo sulla testa, si tappò le orecchie con le mani, proprio come aveva fatto il giorno del bombardamento, e si abbandonò alla disperazione.

Provvidenza, a forza di fantasticarci su, si era affezionata a quel ragazzo che diceva di essere suo fratello. Vederselo lì, con una valigia in mano, le fece venire un'idea.

«Portami con te» disse con tono risoluto.

«Non è possibile. Devo lavorare, e poi non ho ancora una casa, dove ti lascio?»

«Figuriamoci, sono abituata a tutto. Mangio poco, cucino, pulisco, stiro, e poi dove mi metti sto.»

«Guarda che lo faccio anche per te, che futuro abbiamo qui? Tu serva, io spicciafacenne, bell'avvenire!»

Provvidenza tacque guardandosi le scarpe.

«È tardi, accompagnami al porto» le chiese Medoro con un filo di tenerezza. Lei non protestò più.

Dalla sua finestra, Genziana li vide uscire e, spinta da una forza misteriosa, decise di seguirli, facendo attenzione che non si accorgessero di lei. Si fermava alle cantunere con il cuore in gola, sporgeva la testa e, quando vedeva le loro sagome rimpicciolirsi, affrettava il passo. "Possibile che ancora continuo a corrergli dietro?" si domandava stupita della propria incoerenza.

I due fratelli si sedettero sul ponte di poppa. Le loro mani si sfioravano, i corpi erano rigidi e composti. Tutto intorno gli altri passeggeri si sbracciavano negli ultimi saluti. La città era lì davanti, cosparsa di piaghe che ancora non guarivano. Un sole tiepido tingeva Palermo di rosa, monte Pellegrino riluceva come una gemma incastonata nel paesaggio. La sirena suonò e gli accompagnatori scesero a terra.

«Mi raccomando» disse Medoro con quel tono pieno di enfasi che usano i siciliani quando stanno per pronunciare delle parole dal cuore. Avrebbe voluto aggiungere "ti voglio bene", ma dalle sue labbra uscì un "comportati bene", che suonò come una minaccia.

Provvidenza rimase attaccata al corrimano. Lui le cinse le spalle con un braccio e i muscoli possenti presero a tremargli come gelatina. Nella sua corazza si era appena aperta una crepa e affiorava, come un dipinto prezioso sotto una crosta di nessun valore, un affetto sincero.

«Tornerò, te lo giuro, e staremo insieme» le sussurrò scansando dall'orecchio di lei i capelli ispidi.

Se Provvidenza in quel momento gli avesse chiesto di non partire – e ne aveva tutto il diritto, sua sorella era –, lui sarebbe rimasto. Come una madre generosa che allontana da sé il proprio figlio e gli permette di camminare da solo, la ragazza non volle impedirgli di correre dietro alla sua utopia: «Non ti preoccupare» gli rispose guardandolo negli occhi con sicurezza, «che io sono come la malerba, non moro mai».

"Buon sangue non mente" pensò Medoro con una punta di orgoglio. Si abbracciarono. I loro petti si fusero, osso contro osso, pelle contro pelle, poi la sirena suonò per la terza volta e lei scese a terra.

Quando la nave lasciò la banchina, Medoro vide la città in tutta la sua grandezza. Lo assalì improvvisa la paura di dimenticarla, Palermo, come già era successo con la madre, che era solo uno scialle nero e dei capelli grigi al fondo della memoria. Le immagini delle macerie s'impressero nel suo animo e, trasfigurate dall'emozione, persero la loro carica di violenza. Una compatta muraglia nascondeva le arruffate strade del centro, gli alberi fioriti, le allegre carrozzelle. Le guglie delle chiese come spilli penetrarono il suo corpo. Rimase incantato a guardare il molo, dove la gente si accalcava e agitava le mani, farfalle che disegnano nell'aria una danza propiziatoria.

Tra loro c'era anche Genziana, i suoi capelli neri rilucevano di blu nel crepuscolo dorato. Il postale completò la manovra e Medoro si trovò a fissare il mare da una nuova prospettiva. L'orizzonte si apriva davanti ai suoi occhi, lo spazio immenso lo spaventò ed ebbe la tentazione di buttarsi in acqua. Ma non sapeva nuotare, perciò rimase seduto.

La spuma bianca gorgogliava sotto lo scafo, il fumo denso delle ciminiere si spargeva sui passeggeri annerendo i loro abiti. Lui chiuse nel cuore le palme del Foro Italico, il profilo sinistro del castello Utveggio, le casette dell'Acqua Santa che nel tramonto infuocato erano i cubi rossi di un gioco per bambini.

Quando la luce del faro fu un riflesso tremulo in un mare denso come olio, comparvero lungo il litorale le borgate: illuminate da lanterne gialle, erano un presepe di cartapesta ai piedi di montagne corrusche. Sopraffatto dalla vastità del paesaggio, alzò gli occhi. A rassicurarlo trovò l'ultimo pezzo di un cielo familiare: blu, trapunto di stelle luminose, sembrava la carta lucida che fa da quinta alla capanna con il bambinello.

I lampioni azzurri si accesero, Provvidenza si avviò verso casa. Genziana sulla banchina ci piantò i piedi fin quando fu scuro. Seguì con lo sguardo la scia che increspava l'acqua del porto, finché non si dissolse e rimasero solo le bollicine dei pesci che guizzavano, liberi come lei non si sentiva più da tempo.

"Sarebbe bello avere pinne e branchie" fu il suo ultimo pensiero prima che la nave sparisse ingoiata dal buio.

11

Quando la luce del sole cala e le prime ombre si allungano sui muri, gli uomini percepiscono la propria finitezza al confronto con l'universo già immenso, che pur si dilata ancora. Succedeva anche a Giovanni di scivolare in una malinconia subdola e paralizzante, ma non ne aveva colpa, è che alla sera l'anima si dispone al turbamento.

Durante il giorno l'operaio si buttava nel lavoro e accantonava così il senso di oppressione. Ma il suo era un equilibrio precario, e al tramonto, prima di spegnere le fiamme del drago, insieme al profumo del caffè scemava la sua sicurezza.

Quel pomeriggio di settembre, appena salutato Medoro, Giovanni tirò un calcio ai sacchi vuoti, si sentiva solo ed era pieno di rabbia. Tutte quelle responsabilità, che gli erano piovute sulle spalle dopo la morte del padrone, avrebbero finito per ucciderlo. Il ritorno del turco era stato motivo di sollievo: sperava nell'aiuto di quel ragazzo, non fosse altro per gratitudine, visto che gli aveva salvato la sorella. Quello invece preferiva la leggerezza dell'utopia al peso del lavoro e se n'era andato senza girarsi indietro. Guardò l'orologio, mancavano ancora due ore alla chiusura. Non avrebbe resistito un minuto di più con quel carico d'angoscia, perciò uscì. L'aria tiepida lo avvolse in un abbraccio affettuoso.

Cominciò a camminare con passo lento e a guardarsi intorno. Le montagne avevano le sfumature delle arance mature, lunghe ombre viola avanzavano sulla città. Aspettò con pazienza che il filobus arrivasse. L'enorme lumaca dal guscio argenteo e le corna vibratili si fermò con un fischio lamentoso. La vettura era piena di operai dalle mani grandi e gli occhi piccoli. Lui salì sul predellino, forzando le gambe svogliate. Prese posto vicino al guidatore e, non appena il mezzo iniziò a muoversi, il nodo di angoscia si allentò. Sentì i muscoli rilassarsi e la nuca distendersi: attraversare la città gli procurava un piacere viscerale. Al passaggio le ville di via Libertà si mostravano integre nei loro giardini pieni di fiori. Le bombe non erano arrivate fino lì.

«*Hic sunt leones!*» urlò il bigliettaio davanti ai leoni di arenaria che segnavano il confine tra la città e la campagna. L'uomo aveva studiato in seminario ed era conosciuto come "'u monzignore". Molti passeggeri scesero, chi rimase pagò il supplemento del biglietto. Quindi il filobus costeggiò il territorio della Favorita. I campi pietrosi si assottigliavano un po' ogni giorno. Giovanni ascoltava con invidia i ragazzi che scherzavano e parlavano di donne. Una coppia di fidanzati amoreggiava nei sedili alle sue spalle. Poteva udire il fruscio delle carezze, lo schiocco dei baci. Si sentiva molto solo.

La vettura girò bruscamente su viale Regina Margherita, una lunga distesa di alberi i cui rami si chiudevano in alto formando un tunnel ombroso e profumato. L'uomo si deliziò di quella frescura. Un fiume di pace esondava dal suo cuore e si allargava in tutte le membra, la bocca si stirava in un sorriso ebete. Poi in fondo alla strada comparve il mare, una striscia verde smeraldo che sfumava nell'azzurro del cielo. La sabbia, una sottile linea bianca, la si poteva indovinare. L'aria era intrisa di tiglio e nostalgia. I passeggeri sussultarono di meraviglia, dimenticarono la stanchezza, il respiro di tutti si fece lungo, profondo, sincrono.

Al capolinea Giovanni fu assalito da una indolenza sconosciuta. Avrebbe voluto addormentarsi, gli succedeva al contatto con l'aria aperta. Costretto fin dall'infanzia nello spazio angusto che divideva con Orlando, si ubriacava facilmente d'ossigeno e luce e poteva da un minuto all'altro precipitare in uno stato soporoso, come un ex alcolista che non tollera più neanche un sorso di vino.

«Capolinea!» urlò l'autista per invitarlo a scendere. «*Sacer est, aeternus, immensus, totus in toto*» mormorò 'u monzignore alludendo alla vastità dell'universo.

Giovanni si scrollò di dosso quella dannosa *lagnusia*, la sua pancia tremò, le ginocchia vacillarono, il tronco beccheggiò come un veliero dentro la tempesta.

Il tramonto era già calato, persisteva però un chiarore diffuso che insieme al bianco della sabbia rendeva il paesaggio diafano. Camminò fino allo stabilimento, un maestoso castello che mandava bagliori verso il cielo. La passerella davanti alla terrazza era un ponte levatoio che avevano dimenticato di rialzare.

Si era tolto le scarpe e l'umidità risaliva lungo i suoi calzoni, la palude di Mondello ancora non era stata del tutto prosciugata. Si schiarì la gola e respirò profondamente, come faceva da bambino. Glielo diceva suor Michelina quando alla domenica usciva a passeggiare con i suoi compagni.

«Puliziatevi i polmoni. Avanti, respirate, ancora, ancora...»

I bambini si gonfiavano il torace fino a scoppiare e poi cominciavano a tossire.

«Bravi, così se ne vanno le sporcizie e pure i pensieri cattivi!»

Giovanni si riempì il petto di aria, i polmoni si allargarono con un fruscio prolungato e persistente. Tossì a più riprese e sputò, quand'era bambino questo bastava a farlo sentire a posto, ora provava un senso di totale sperdimento. La sua vita somigliava a quella battigia umida che il mare rosicchiava durante l'inverno e restituiva d'estate, trattenendone una parte nel chiuso delle viscere.

Tornò al molo. I pescatori erano rientrati, i gozzi dai colori sgargianti ondeggiavano sull'acqua come bambini nella *naca*. Le reti trasparenti giacevano a terra in un groviglio inestricabile, un odore intenso di alghe aleggiava nell'aria. I pesci argentei ancora vivi boccheggiavano nelle ceste di vimini. Giovanni si sentiva come quelle triglie affamate di ossigeno e prossime alla morte. Il mare era così quieto, solido, era tutt'uno con la terra. Improvvisa brillò una luna birichina e lui di rimando le sorrise. Il cuore sembrò perdere colpi, finché con un gesto risoluto della mano l'uomo si risolse a cacciar via ogni malinconia.

"Sono ancora vivo" si disse, "vedremo come andrà a finire."

Il pessimismo che lo aveva condotto fin lì si dissolse, il suo naturale pragmatismo lo riportò alla realtà e finalmente i pesci si mostrarono per quello che erano: una magnifica frittura.

"Le cose sono come le vediamo noi" pensò. I momenti di introspezione erano per lui più faticosi del lavoro alla putìa. Era abbastanza sensibile da guardarsi dentro con onestà, però restava un sempliciotto e i ragionamenti troppo contorti lo mandavano in confusione. Acquistò un cartoccio di triglie e calamari e corse in piazzetta a prendere l'ultimo filobus. Pagò le quattro lire del biglietto: «Sacra fames», 'u monzignore indicò il pacco che colava.

«Frittura» rispose con l'acquolina in bocca.

Sulla strada del ritorno la testa gli si riempì di idee e il corpo di energia. Il mare è la migliore cura per qualsiasi malattia, si rammaricò di non aver portato con sé Ruggero. Vero è che era diventato più tranquillo, ma c'era in lui qualcosa che non lo convinceva. Nei suoi occhi fissi e sonnacchiosi brillava ogni tanto uno sguardo visionario, la fiamma della pazzia covava sotto un cumulo di cenere. Che brutta sorte era toccata a quei due ragazzi. Genziana aveva il cuore fragile, Ruggero la testa debole, ma lui aveva promesso a Viola di occuparsene.

«Fidatevi di me. Alle vostre cose ci penso io» le aveva sussurrato, ed entrambi sapevano che non stava parlando né del bricco, né della tazza.

Scese alla via Roma e proseguì verso casa seguito da una fila di gatti magri che speravano in una lisca. Come il pifferaio magico, se li trascinò fino al portone, che chiuse con sadismo sui loro musi affilati.

Il suo animo si disponeva ora all'abbandono. La casa era al buio e un silenzio insolito lo sorprese nell'ingresso. Dov'erano finiti tutti? Accese la luce e sobbalzò. Genziana e Provvidenza erano in cucina, sedute una di fronte all'altra, sui visi l'espressione addolorata di chi piange il morto.

«Che modo è questo di farmi scantare?» urlò seccato.

L'avevano colto alla sprovvista: quelle due non perdevano occasione per farlo arrabbiare. Ma dal momento che nessuna delle due rispondeva né si muoveva, si preoccupò.

«C'è nova?» chiese con la voce che tremava. Le ragazze risposero con un piccolo cenno del capo: «Nzù».

Allora, esasperato, alzò la voce: «Le fantasime del Massimo! Benedetto Iddio, ma vi smuovete?», e sbatté il pacco sulla tavola.

Colò lungo la tovaglia un rivolo roseo, la carta si aprì svelando il suo gustoso contenuto.

«Friggiamo sti pisci!» ordinò deciso. «Così parliamo una buona volta, che con la panza piena si ragiona meglio.»

12

Le triglie, paonazze, sembravano in preda a un attacco di rabbia. E come dar loro torto? Di lì a poco sarebbero finite nell'olio bollente. Alcune avevano le bocche spalancate in una maledizione: "Mannaggia a te!" era stato di sicuro il loro ultimo pensiero tra le maglie della rete. Altre con occhio torvo lanciavano dal lavandino la loro minaccia postuma: "Ti fazzu abbiriri io!".

Genziana si voltò dall'altra parte: «A me fanno senso».

«Ma come siamo sensibili...» commentò Giovanni.

Provvidenza invece ne prese una tra le mani e giocò con le pinne laterali: «Talìa, c'hanno le *scocche*, come quelle che si mettono nei capiddi delle picciridde».

«Maria santa!» urlò Genziana impressionata. «*Ma come ti spercia? E dopo che le hai guardate negli occhi, magari te le mangi pure!*»

«Certo che se le mangia» intervenne Ruggero. «I pisci del mare sono destinati a cu si l'avi a manciari», e si sedette a tavola pregustando la frittura.

«Che siamo sofisticate, questa sera. Principessa Zauditù, sono sicuro che te le sbaferai appena saranno cotte.» Giovanni, che nella cucina di Viola si sentiva a suo agio come il caffè nella pancia di Orlando, le faceva la ripassata.

«Pure io, ho una fame...» mormorò Ruggero «è da un pezzo che non si cucina in questa casa!»

Da quando Ortensia non c'era più in effetti un pranzo come si deve nessuno l'aveva più messo in tavola. Forse perché non avevano ancora finito di piangere i morti, o perché si sentivano in colpa per essere sopravvissuti, certo è che in quella famiglia monca non si faceva altro che pulire e disinfettare, al massimo si cuoceva, ma di cucinare non se ne parlava.

Vero è che Viola gana di cucinare non ne aveva mai avuta e Genziana di sicuro aveva preso da lei. In compenso Ortensia nella sua vita non aveva che impastato, cotto, dorato, nutrito. Un tempo la casa profumava come un piatto di sarde a beccafico. Tra sfrigolii delle padelle e borbottii delle pentole si erano rincorse le voci squillanti di Raimondo e Rodolfo, le querule richieste di Mimosa, le direttive perentorie di Roberto.

Giovanni aprì con un gesto secco la bocca della cucina economica, e smadonnò. Le sue mani incartapecorite dalle fiamme di Orlando si erano sensibilizzate al calore. Infilò i legnetti secchi e qualche pigna, il fuoco brillò, i bagliori colorarono le piastre brunite dei fornelli, una voluta di fumo si materializzò sotto la cappa come fosse un fantasma. Si diffuse un'essenza balsamica.

«Aaah!» sospirarono tutti insieme. Un tepore lieve li scaldò: fu come riprendere un discorso bruscamente interrotto.

Provvidenza impugnò un coltello *azzannato* e lo passò sui dorsi lucidi dei pesci. Le scaglie volarono nell'aria, si appiccicarono sulle pareti, diventarono complicati ghirigori sul ripiano di marmo, si annidarono tra la peluria delle sue braccia nude. Altre andarono a impreziosire i capelli di Genziana, tra i ricci scuri un piccolo giummo brillò, cangiante e trasparente come un fermacapelli alla moda.

Il fioccare disordinato di scaglie ed emozioni accompagnava i respiri di tutti loro, ora lunghi e profondi, ora superficiali e corti, talvolta energici e rumorosi, una sinfonia di molteplici melodie.

La mancanza di cibo negli anni della guerra aveva danneggiato sia i corpi che le relazioni familiari. Del resto gli affetti si nutrono di piatti caldi, gli amori crescono a forza di minestre profumate e si rafforzano tra le gocce di vino, le storie si scrivono con il ragù e s'intrecciano con gli aloni di grasso, i dialoghi nascono tra pentole fumanti e tavole apparecchiate. Giovanni, acquistando i pesci, si era mosso istintivamente nella direzione giusta e le voci che risuonavano nella cucina erano il segno tangibile del cambiamento.

«Come le fai?» chiese Genziana.

Aveva dimenticato la sensazione di ripulsa iniziale e pregustava la carne morbida e acidula delle triglie, quella soda e croccante dei calamari.

«Nà cinniri» rispose Provvidenza.

«Tutti cinniri dobbiamo ritornare!» ammonì Ruggero.

«Sì, ma per ora tocca alle trigghie» ribatté Giovanni facendo gli scongiuri.

Farcite le loro pance bianche con uno spicchio d'aglio e una foglia d'alloro, avvolti nella carta oleata, i pesci finirono tra le braci.

Genziana si offrì di preparare i calamari. Separò i lunghi tentacoli dai corpi affusolati che tagliò a rondelle, poi, dopo averli ricoperti di uno strato di farina, li immerse nel grasso bollente. Gli schizzi invisibili si irradiarono tutto intorno colpendole la pelle delle braccia come improvvise punture di spillo.

Quando si sedettero attorno al tavolo sembravano tutti felici. I cattivi ricordi erano svaniti come per incanto, Medoro in quel momento pareva non essere mai esistito e Ruggero aveva dimenticato la sua *Apocalisse*.

Giovanni tirò su dal piatto alla cieca, triturò sotto ai denti tutto insieme: carne, lische, pelle, senza fare distinzioni. Ruggero separò le teste dal resto, divise i corpi in tanti filetti, osservò a lungo quella strana disposizione cercandone il significato nascosto. Provvidenza ridusse i pesci in piccole mollichine che masticò per un tempo infinito, gustandone le sfumature di sapore. Scoprì che la carne vicino alla testa era più amara di quella della coda. Genziana piluccò i calamari, come se non avesse appetito, ma lentamente divorò tutto, persino le triglie. Tenne però gli occhi chiusi per non incrociarne lo sguardo.

Ai gatti buttarono le lische avanzate, ci fu baruffa nella strada, poi calò il silenzio e gli occhi di tutti si posarono su Giovanni.

«E allora? Che ci volevi dire?» chiese Genziana.

«Dobbiamo parlare del futuro.»

«Minchia, giustu giustu ora a guastarci la digestione» lo rintuzzò lei.

«E quannu?»

«Quannu 'u scecco va cacannu» lo canzonò Ruggero.

Era bastato un pasto caldo e profumato per farli tornare bambini.

«Ava', picciotti, finitela di babbiare, siete grandi.»

«Vabbè, parra» lo invitò Provvidenza.

«Gli affari vanno male» si lamentò. «Si guadagna poco, la gente piccioli non ne ha...»

«Ma quanti soldi ti entrano con il caffè?» chiese Genziana curiosa.

«Picca, niente, una minchia. Sono più i debiti che altro.»

«Sì, però hai gli operai.»

"Talìa che nova" pensò Giovanni. Lavorava come uno schiavo, lei non pensava a niente e lo criticava pure.

«Apprendisti» specificò risentito. «Si accontentano di questo.» Poi proseguì: «Genziana, io per devozione verso tua madre mi sono fatto carico di te e di tuo fratello, ma le cose vanno male, la gente dice che il caffè degli Olivares non è più lo stesso. Vostro padre, buonanima, m'insegnò a tostarlo, ma altro non mi disse. Io faccio del mio meglio».

Lo aveva evocato, e Roberto sembrò stagliarsi sulla porta, con la pancia grossa e i capelli radi, gli occhi colmi di rimprovero e l'espressione delusa.

«Comunque, tagliando corto, è del vostro futuro che dobbiamo discutere. Ruggero, tu che pensi di fare?»

«Niente, c'è la provvidenza e io me ne sto tranquillo, ci pensa idda.»

«Non può essere che idda se ne va e tu arresti con il cirino in mano?» osservò Giovanni, che tra la provvidenza e Provvidenza non faceva distinzione.

La ragazza si sentì chiamata in causa e sorrise.

«Ruggero, tu devi lavorare, solo così puoi avere qualche garanzia. Ma no un travagghiu vero, a tia serve uno stipendio, chessò, un posto governativo, di guadagno modesto ma di nessuna responsabilità.»

Giovanni tacque ma la risposta non arrivò.

«Vabbè, ho capito, a te ci penso io. E tu Genziana? Sei un bel problema.»

«E perché? Magari mi sposo.»

«E se non succede? Tu non sei tipo che ti accontenti di un cristianeddu beddu pulitu tanto per maritarti.»

«Allora vengo a lavorare alla putìa.»

«Mai Maria! Non può essere!» ribatté Giovanni.

Con il suo umore ondivago e le fisime che aveva in testa, quella ragazza avrebbe tenuto tutti a disagio.

«E allora si può sapere che minchia vuoi?» chiese Genziana.

«Io ho pensato che devi finire la scuola. Tua madre, buonanima, ci teneva tanto!»

«Ma se c'hanno promosso a tutti quando è scoppiata la guerra!» esclamò Genziana, che al pensiero di studiare sentì il fritto risalirle fino alla bocca.

«Vero è! Però hanno messo gli esami di equiparazione e tu non li hai fatti. Potresti andare al collegio del Giusino, tanto è qua vicino, lo sai 'unni sta?»

«Sì, certo.»

«Ecco, ci vai, ti segni all'esame e dopo si vede. Tu invece...» continuò fissando la servetta.

«Io che c'entro? Io devo stare qua, alla casa chi ci pensa?»

«Ma se la casa è vuota, tu qui che fai? Che ci talii, i muri?»

«No, ma pare brutto... una femmina ci vuole sempre dentro a una cucina, le case vacanti sono quelle dove non c'è famiglia.»

Giovanni ignorò quell'appunto e tirò dritto per la sua strada.

«Ho pensato che alla mattina, quando hai finito di mettere a posto, scendi alla putìa. Al travagghiu ci sei abituata, che pari allasimata ma sei forte. E poi sei orfana e senza dote, marito non ne trovi. Un poco di soldi ti possono fare comodo.»

Provvidenza allargò la bocca in un sorriso disordinato, i denti sporchi ancora di pesce.

«Ma non pensare che ti do subito i soldi. Prima t'insegno un mestiere, e poi ne parliamo. E levati dalla testa di guadagnare come un uomo, che lo sai che le fimmine hanno il temperamento salariale» precisò Giovanni.

«Che è, malatìa?» s'informò la ragazza.

«Una specie: le femmine, anche quando diventano grandi, lavorano come non fossero mai cresciute, perciò le pagano meno dei masculi e quanto i picciriddi.»

«Ma se teniamo le cose come sono?» chiese Genziana.

«Non può essere. Sei abituata a fare quello che vuoi, ora è arrivato il momento di fare quello che devi.» Poi tirò fuori dalla tasca due banconote di colore rosso vinaccia: «Hai bisogno di un vestito nuovo, così pari un'orfanella».

«Quella sono!» si lamentò lei.

«Sì, ma è meglio se non ci pari. Che chi pecora si fa, il lupo se la mangia. E poi magari trovi pure un marito a scuola, non lo sai che lì vicino c'è il convitto, che è pieno di bei giovanotti?» Ridacchiò, la cena l'aveva messo di buonumore. «E accatta un grembiule alla criata. Alla torrefazione ci deve venire vestita e sistemata.»

Provvidenza taceva, gli occhi offuscati da un improvviso turbamento. Il petto le doleva quasi fosse stato trafitto e in bocca le passava un sapore amaro come la cicoria di campo. Non era colpa delle triglie, semmai di un sentimento nuovo: l'invidia. Mentre la sua padrona si preparava a cercare un fidanzato, a lei che era una serva non era concesso di pensare all'amore.

13

Il Camarollo – chiamato "l'onorevole" perché aspirava a diventarlo – riceveva in uno studio arrangiato a via dei Lampionelli, la strada dove si fabbricavano le lucerne a olio che rischiaravano le case dei Quattro Mandamenti. Giovanni ci arrivò con due cuori. Uno, pieno di superbia, gli consigliava di non *addingare* a nessuno, che le cose lui era capace di farsele da solo. L'altro, compassionevole, lo incoraggiava a chiedere aiuto, che nel caso *non si toglieva di certo 'u tistale. Tampasiò* nell'attesa che uno dei suoi due cuori prendesse il sopravvento. Si fermò attratto dal manifesto scolorito di un vecchio film, *Bimbo in pericolo*. Non era biondo né paffuto, ma anche lui si sentiva in pericolo, e poi Bimbo era il suo soprannome.

Tutto intorno donne e bambini con le braccia sovraccariche di secchi, catini, bagnere, quartare andavano e venivano come formichine industriose da via dei Giardinacci per attingere l'acqua, che a tre anni dallo sbarco degli americani ancora mancava nel quartiere. Il tifo stava facendo più morti delle bombe.

«Niente, in questa città non cancia mai niente» constatò con amarezza, poi si decise a salire.

L'ingresso era pieno di uomini che occupavano una lunga fila di sedili ribaltabili, rubati al cinematografo. Guardò con malinconia le loro facce magre e mal rasate, i denti guasti, gli occhi infossati dall'espressione impenetrabile e tagliente come gli scogli che affiorano nel mare dell'Addaura.

«Schiavi siamo e schiavi resteremo» borbottava un vecchio sindacalista in un angolo.

«Zù Ciccio, che successe?» chiese Giovanni.

«Talìa qua, che sono beddi! Se ne stanno in fila, il cappello in mano, aspettando di chiedere il favore di un lavoro. Non lo sanno che il lavoro è un diritto di tutti? E io pure, come loro, qua a domandare grazia.»

Gli tremavano le mani allo zù Ciccio. Giovanni sentì i suoi due cuori battere all'impazzata, accese una sigaretta e uscì sul balcone a fumare. Tastò con passi incerti il marmo crepato in più punti e si guardò bene dall'appoggiarsi alla balaustra, i cui ferri pencolavano nel vuoto. Voci concitate si sovrapponevano e s'inseguivano nella stanza accanto. L'onorevole discuteva appunto di acqua e luce. Qualcuno prometteva, qualcuno minacciava, altri urlavano: «Perdio, non li possiamo tenere come bestie».

«E i piccioli? Lo sapete quanti ce ne vogliono?»

Poi le voci si abbassarono, infine tacquero.

"Si sono accordati" immaginò Giovanni, e rientrò nella sala d'attesa, giusto in tempo per vederne uscire alcuni uomini ben vestiti, con la coppola in testa.

«A vossia tocca», la criata gli indicò la porta.

«Baciamo le mani.»

Il Camarollo gli fece cenno di sedere, lui rimase in piedi per non sentirsi troppo svantaggiato.

«Parra.»

«Voscenza mi conosce, sono Bimbo della putìa Olivares. A vossia ci risulta che io non ci ho chiesto finora niente...»

«Vai avanti.»

«Il figlio grande degli Olivares si è scimunito con la guerra. È solo, famiglia non ne ha, e la sorella... ci vuole chi talìa a lei.»

«E che vuoi da mia?»

«Un posto.»

«Ma se è scimunito come dici tu, che lavoro ci faccio fare?»

«Nonsi, non è questione di travagghiu, ma di postu, lu postu governativu.»

Il Camarollo sorrise beffardo: i palermitani al travagghiu ci sparano e sono sempre pronti a lamentarsi. Era irritato, ma si avvicinavano le elezioni e non poteva certo scontentarlo, perciò fece una promessa vaga: «*Se acchiano, non c'è problema, per ora non haio chi ti fari*».

«Nonsi, ora deve essere, ma per i voti vossia non dubita...»

Il Camarollo fece la faccia da basilisco e si mise a pensare.

Giovanni, imbarazzato, abbassò gli occhi, che caddero su un giornale vecchio di qualche anno. In prima pagina la foto della firma dell'armistizio. Sotto la tenda, tra i miricani, Rodolfo e Raimondo che sorridevano felici.

"Vivi sono" pensò portandosi la mano alla fronte. In pochi secondi archiviò la domanda di morte presunta e valutò la possibilità che i fratelli Olivares tornassero a reclamare la loro parte di eredità. Ruggero doveva per forza lavorare, che i guadagni erano troppo scarsi per la famiglia al completo. Decise allora di giocarsi il tutto per tutto: «Scintiniune dice che voscenza è uno che aggiusta le cose rotte e, a quanto ne sa lui, siete pure bravo».

Il riferimento al capomandamento sortì l'effetto desiderato. L'onorevole si stampò in faccia un sorriso mellifluo: «E se ci diamo una pensione d'invalidità? Considerate le sue condizioni... è pure orfano di guerra!».

«Mai Maria! Quello ha bisogno di un ufficio dove stare. Così fa amicizia, i colleghi lo aiutano, se si sente male ci fanno compagnia. Magari trova pure una mugghiera, non bella ma con le mani d'oro.»

«Ma che ti pare, che il governo è balia?» rispose quello stizzito.

Giovanni ebbe un'impennata di orgoglio, il suo cuore superbo prese a galoppare manco fosse un cavallo arabo, lo sentiva battere contro il petto come se volesse sfondarlo: «Voscenza ha gana di babbiare. Il governo balia non è, ma manco noi siamo minne da mungere. E comunque alla torrefazione siamo tutti pronti a fare la nostra parte. Alla putìa ogni mattina ci passa tutto il rione Tribunali. E ora che votano pure le fimmini, vossia si fa il conto di quanti voti sono».

Il Camarollo rimase in silenzio. Allora Giovanni si calcò il cappello sulla testa e fece il gesto di congedarsi: «Mi hanno informato male, si vede che voscenza sa aggiustare solo le cose sane. Vi ringrazio lo stesso, però un consiglio ve lo voglio dare. Ho sentito che vi presentate alle elezioni con i qualunquisti. La Sicilia non è cosa per gente che se ne fotte. Megghiu l'autonomisti, almeno non ci vengono a scassare la minchia da fuori, ce ne stiamo per i fatti nostri, che qua non ci manca niente. Ma se volete davvero acchianare – lo dicono i parrini, no io che non passo e non cuntu –, allora chiù megghiu i democristiani. Ma ricordatevi che il pastore ha cura delle sue pecorelle».

«Bi bi bi, comu sta facennu! E chi ti dissi? Mezza parola. Salutami a Scintiniune e digli che sarà servito.»

«Voscenza ora esagera, semmai favorito.»

Soddisfatto, l'operaio tirò fuori dalla tasca un pacchetto, gentile omaggio del suo padrone defunto che: «Da lassù vi sarà riconoscente».

L'onorevole annusò la polvere: «Certo, quando c'era l'Olivares il caffè aveva un profumo e un sapore speciale, non si poteva livari di bocca. Ora è diverso, ma che fu?».

14

Sulla porta della putìa Genziana e Provvidenza ascoltavano le ultime raccomandazioni di Giovanni: «A Lattarini hanno un munzeddu di cose a buon mercato. E poi c'è l'amico mio, Scintiniune, quello vi trova tutto quanto vi serve».

«Scintiniune?» chiese Genziana. Sempre chiusa tra la terrazza e la cucina, non aveva avuto modo di conoscere i nuovi arrivati.

«'Nciuria. Lui dice che *si scintinìa la vita* da quando è nato... la gente fa presto.»

«Ma chi è?»

«Di preciso non lo so. Non è tanto che gira al rione Tribunali. Arrivò a Palermo con i soldati. Ma no che è sbarcato insieme cu' iddi. Parra 'ngrisi, ma miricanu non è. Lo riconoscete subito, c'ha un fazzoletto al collo con una *elle* arriccamata.» Poi abbassò la voce: «Dicono che è parente di Lucianeddu. È il re del mercato nero, però a voi non vi interessa. Vende pezze e questo vi basta».

«E affitta pure li *smochi* ai maestri di musica» aggiunse Provvidenza, che lo conosceva bene Scintiniune.

«E tu che ne sai?» la fulminò Giovanni. «Ti ho già detto di farti i fatti tuoi.»

Sì, è vero, glielo aveva ripetuto tante volte. Ma la cucchiara di tutte le pignate da quell'orecchio non ci sentiva, tantomeno ora che un pensiero segreto la muoveva, quello di trovare notizie della sua famiglia. Appena Giovanni girava gli occhi, la serva correva alla cantunera della via Roma a *ciuciuliare* con tutti.

«Fatti l'affari tò» l'ammonì ancora una volta l'operaio con un dito alzato, «e mi raccomando, ragazze, occhi a terra e radente radente muro.»

«Signorsì» risposero in coro, e si avviarono al mercato.

Lattarini, famoso un tempo per le spezie, dopo lo sbarco degli Alleati si era trasformato in un centro di stoccaggio di tutte le novità straccione e plastificate di un colonialismo apparentemente bonario.

Sparite le bancarelle profumate, le cantine erano state trasformate in botteghe dove si potevano trovare abiti bizzarri, stoffe sintetiche dai colori brillanti, pantaloni di tela ruvida in tutte le tonalità dell'azzurro, camicie intessute di fili d'argento, morbide e trasparenti calze di nylon, chilometri di seta recuperata dai paracadute degli Alleati, ottima per sottovesti e mutande, coperte militari di lana per confezionare caldi cappotti. La storia si vendicava: molti secoli prima erano stati gli europei a conquistare gli indigeni oltreoceano con specchietti e perline.

Genziana sdegnò le tradizionali camicie dai ricami a intaglio, e si innamorò delle maglie aderenti e sgargianti, che sul suo corpo si caricavano di elettricità e fremevano insieme ai muscoli, lasciandole addosso una scia di eccitazione. Entrò e uscì dalle botteghe un'infinità di volte, si avventò sui mucchi di abiti, li accarezzò, li sciorinò al sole e poi li rimise al loro posto. C'era sempre qualcosa che non le piaceva. Il colore: «Panza di monaco, cane che corre...», il modello: «Vistinazza, vistinedda, cammisedda...», o la stoffa: «Grossa come il matapollo, dura ca pari cartuneddu, fina e trasparente, una foglia di carta *palina*».

Infine, esaurite le bancarelle, arrivò allo *scioppo* di Angelino Morabito, detto Scintiniune. Quello sì era negozio! Ampio, con una grande vetrina in cui tessuti preziosi e vestiti alla moda strizzavano l'occhio alle acquirenti.

«Talìaaa!» urlò Provvidenza indicando un elegante abito rosso dalla profonda scollatura. Il tulle vaporoso era un vulcano che soffiava lapilli contro un cielo di velluto nero. Entrarono senza pensarci, attirate da quel lusso proibito.

«Buongiorno!»

Sembrava non ci fosse nessuno. Genziana afferrò l'abito, era soffice e leggero. Convinta di non essere vista, scivolò dietro una tenda e quando fu pronta uscì con una piroetta. La gonna si gonfiò e mandò tutto intorno bagliori di fuoco.

«Ti sta bellissimo» commentò Provvidenza con gli occhi colmi di ammirazione.

Genziana ruotò su se stessa, i fianchi oscillarono a destra e a sinistra, le cosce lisce e tonde fecero capolino, poi la stoffa ricadde a coprirle ginocchia e polpacci. Sospirò di felicità, quel posto era meglio di una *trovatura*. Provò un paio di pantaloni stretti che si aprivano all'altezza delle caviglie con due lampo dorate. Nessuna donna dei Quattro Mandamenti avrebbe osato tanto.

«Come mi stanno?»

Camminò avanti e indietro con le mani tra i capelli, pareva Alida Valli quando cantava *Ma l'amore no*.

«Accussì stritti? Nuda sei» protestò Provvidenza.

«Ma perché gli uomini sì e a noi fimmine vistine nivure, lunghe e senza forme?»

«Parli così perché non c'hai un marito che ti stocca le ossa o un padre che ti pigghia a timpulate.»

«Dio ni scansi e liberi!» urlò Genziana facendosi la croce con la mano manca. «Ci deve essere qualcosa di buono nell'essere orfana, o no?» Arrossì per quella considerazione cinica.

Scintiniune si materializzò all'improvviso. Nella penombra della bottega la sua camicia bianca brillò come una stella cadente nella notte di San Lorenzo. Avanzò lentamente, aveva braccia tozze, un torace possente. Si avvicinò alle ragazze con le mani nelle tasche, era alto, aveva un naso grande, la faccia larga, gli occhi neri e un'espressione volgare, ma il suo corpo emanava una sicurezza primitiva e una forza animalesca che lo rendevano attraente nonostante la bruttezza.

«Abbiamo bisogno di un vestito per la scuola e un grembiule per il lavoro» disse Provvidenza che stava sulle spine, quell'uomo la rendeva irrequieta. Genziana no: immobile, con lo sguardo vacuo, sembrava una lucertola incollata alle pietre del muro in un caldo pomeriggio d'estate.

«Allora dovete taliare qua» rispose lui indicando una fila di gonne scure e di camicie a fiorellini. Provvidenza tirò su una gonna e una camicia a caso e spinse la padrona nel camerino. La ragazza ne uscì dopo poco ancheggiando come una modella.

Ogni donna viene al mondo con un certo numero di talenti che, guidata dalla madre o emulando le sorelle più grandi, impara a esprimere nella giusta misura. Genziana pareva impastata con la seduzione, era quello uno dei suoi talenti, ma non sapeva come modularlo. Davanti allo specchio oscillò ora su un piede ora sull'altro, si passò le mani sui fianchi per stirare il tessuto, il venditore si sentì provocato. Fece scivolare uno sguardo carico di desiderio lungo il suo corpo: «Very bedda» esclamò puntando l'indice contro la guancia e facendolo ruotare.

«Ma così vuole dire "buono", no "bedda"» disse lei imitando il gesto.

«Bona?» ripeté lui malizioso.

«Sì, buona, good», Genziana non aveva capito l'allusione.

Allora lui spostò il dito alla fronte e picchiò leggermente sulla tempia: «Accussì "bedda"?».

«Accussì "pazza".»

Lui esplose in una risata gutturale e si avvicinò ancora un po'. Genziana sentì il suo fiato caldo che sapeva di basilico marcio, istintivamente si ritrasse. La gonna era così aderente che il passo fu piccolo e rigido, la stoffa pesante si tirò mettendo in evidenza le sue curve generose, la vita si strizzò e divenne più sottile, quasi la si poteva tenere tra due mani unite a cerchio.

«Pari n'attrice del cinemato'» commentò lui, e fissò lo sguardo sui seni che spingevano contro la camicetta.

La seta color avorio aderiva sul torace pieno di lei come una seconda pelle. Una coppia di rose ricamate ammiccava in prossimità dello scollo. Genziana sfiorò con le dita i petali in rilievo e lui lo prese come un incoraggiamento. Si avvicinò con un movimento studiato, come il cacciatore che avanza cauto per non spaventare la preda. Lei teneva il collo piegato in avanti, il mento era una piccola rotondità sporgente, il labbro inferiore copriva quello di sopra in una smorfia infantile. Con un balzo Scintiniune accorciò la distanza che li separava e si abbassò a toccare il pavimento, fulmineo afferrò l'orlo e lo portò alla bocca, poi i denti tirarono via il filo che teneva insieme la cucitura posteriore.

«Qua la devi tagliare, sennò *truppichi* quando cammini.»

Un piccolo spacco si aprì sui polpacci torniti della ragazza, lo sguardo rapace di lui si arrampicò fino a metà coscia: «Megghiu, no?».

Incapace di reagire, lei si dibatteva tra sensazioni contrastanti. Era fragile ma forte, preda e cacciatrice allo stesso tempo.

Provvidenza tirò la padrona per un braccio: «Truppicare non vuol dire cadere. Amunì, che è tardi».

«E un paro di calzette non ce le volete mettere sotto alla bella gonna?» chiese l'uomo trattenendola per un braccio.

Genziana in quel momento era come una bambina innocente ma incline alla corruttela, pronta a contravvenire al divieto di non accettare caramelle dagli sconosciuti. Lui sciorinò un paio di calze di nylon sottili, merce rara e costosa. Inumidì il pollice dentro alla bocca e lo passò sopra alla cucitura scura.

«Queste le dovete tirare bene, e fate attenzione che la custura deve essere bella dritta, sennò vi fa le gambe torte e sarebbe un peccato.»

Lei allungò la mano per toccarle, le sue dita rimasero impigliate nel pugno dell'uomo, che si serrò. La ragazza provò un piacere morboso, che la fece arrossire.

«Attenzione alle unghie lunghe che questo è nylon, si sfila subito.»

Dalle pieghe del collo taurino due gocce scivolarono dentro la camicia, si allargarono in un rivolo umido che scurì la stoffa.

Provvidenza allora decise di intervenire e spinse la padrona verso il camerino: «Amunì, che Giovanni ci aspetta per mangiare» disse tutto d'un fiato. Poi, rivolgendosi a Scintiniune, aggiunse: «Serve anche un grembiule per me, devo andare a lavorare alla torrefazione Olivares».

«Siete parenti di Bimbo, quello di Discesa dei Giudici?» domandò l'uomo, sorpreso.

«È... era l'aiutante di mio padre» rispose Genziana con un sussurro.

«Queste allora non sono buone per voi, troppo lasche», la sua voce si fece brusca, di malagrazia le strappò le calze dalle mani. Poi diede alla ragazzina uno striminzito camicino marrone dalle cuciture dorate e tornò a rintanarsi nell'angolo dal quale era venuto. Con Giovanni lui ci faceva affari e mischiare fimmine e *bisinesse* non gli sembrava opportuno.

«I conti li faccio direttamente con Bimbo» mormorò. Le due ragazze, disorientate, presero gli abiti e corsero fuori con il cuore che batteva forte e il respiro corto.

Genziana si sentiva accaldata come se avesse la febbre. Un fuoco di cui ignorava la natura le si era acceso dentro al corpo. Provvidenza lastimiava.

«Ma come ti vinni di inquietare a Scintiniune? Una *piritolla* parevi, no una Olivares!»

«E tu? Subito ad ammucciarti dietro a Giovanni, dici che non lo puoi vedere...»

«Un masculu ci vuole per tenere a bada un altro masculu.»

«Un masculu, no un *piritu* lascu!»

Quelle parole stonavano nella bocca di due ragazze, perciò si guardarono negli occhi e scoppiarono a ridere come bambine che l'hanno fatta grossa.

«E comunque a te chi te l'ha insegnate queste cose?» chiese Genziana tornando seria.

«Nuddu! Che ci vuole un maestro per sapere le cose della vita?»

L'autunno è quasi alla fine, ma fa ancora caldo e si può stare in terrazzo senza rabbrividire. Approfitto di quest'ultima coda d'estate per godere dell'angolo di verde che ho ricavato vicino al lucernaio. I fiori delle pomelie, azzurri, gialli, rosa fremono al passaggio del vento. Emanano un profumo intenso e dolce, talvolta con un sentore di marcio. La salvia, il prezzemolo e la maggiorana sono cespugli rigogliosi dentro ai vasi di coccio. Il basilico ha perso le foglie, rimangono gli steli rigidi e pochi pennacchietti polverosi. Tra cielo e terra, in questa sospensione che mi rasserena, ascolto sotto di me il quartiere respirare.

Se avessi coraggio potrei lasciare la mia tana e tornare in strada a parlare con la gente. A stare da soli c'è da diventare matti, ma nel rione ce l'hanno tutti con me. Giovanni un po' ha ragione: a scuola potrei farmi nuovi amici, però la scuola non mi è mai piaciuta, fin da bambina. Era la mamma a costringermi. Altro che libertà! Quando mai ho fatto quello che volevo? Prima ubbidivo a lei, e dopo ho compiaciuto Medoro. Ma se anche potessi scegliere, in fondo, io non saprei cosa fare.

La luna compare all'improvviso, è piena, così luminosa. Mimì, il canuzzo delle suore, comincia ad abbaiare, e la ruota dei dolci cigola. Ma chi è che compra dolci a quest'ora di notte? Mi sporgo dalla balaustra, c'è un'ombra che scivola lungo il muro del convento. Sembra Alivuzza. Impossibile, lei è in America. Sgrano gli occhi, ma ecco che la luna sparisce tra le nuvole. È tardi, comincia a fare freddo. Scendo le scale, è ora di dormire. Mi spoglio davanti allo specchio. Anche se il mio viso è pallido e le guance scavate, il mio corpo sembra sano, guarito. Le mie minne si sono fatte più grandi e pesanti, i fianchi si sono rimpolpati. I chili in più sono un segnale chiaro, che si dice "beddu grosso", no "beddu siccu".

«Ogni guarigione comincia dall'interno» diceva la mamma, e quando stavo male mi esortava a cambiare. «Si comincia dagli organi nobili» ripeteva, e cosa c'è di più nobile del cuore? Il mio, che taceva dalla partenza di Medoro, da un po' lo sento battere. Nel letto mi assale una languidezza che non so tenere a bada, qualcosa di molle e voluttuoso, che lo sguardo di Scintiniune mi ha fatto scoprire. Nel sonno mi avventuro tra sensazioni proibite, che da sveglia il coraggio mi manca. Le dita scorrono sulla mia pelle tiepida e liscia. Le mani sono all'erta come gechi a caccia di zanzare. Stiro le braccia e unisco le ginocchia, divento stretta e lunga come una canna d'acqua, i malleoli si toccano, le gambe se ne vanno una sull'altra. Mi muove un desiderio vago ma robusto e il ventre si contrae sempre più forte. Rotolo sulla pancia dentro alla buca calda che scavo nel materasso. Il seno si appiattisce e si allarga. La faccia sprofonda nel cuscino, gli occhi ancora aggrappati alle ombre dorate del sogno. Sospiro dentro alla fodera di lino, il fiato tiepido si spande tra i capelli.

Le dita vanno e vengono senza pudore, sanno da sole dove andare. Si muovono eleganti, prima lente poi sempre più veloci, mentre la schiena si allunga e si tende. Il respiro diventa affannoso, ed ecco che l'arco scocca la sua freccia. S'innalza verso zone segrete e colpisce al cuore il bersaglio. Cola tra le mie pieghe un umore dolce e appiccicoso. Poi crollo sulla pila dei cuscini.

La voce di mia madre la sento prima di svegliarmi. Sussurra parole che dimentico appena apro gli occhi. Il cielo è già chiaro tra le cupole della Martorana, lo indovino dalla luce che filtra dalle persiane. Il solito profumo sale dall'esterno e irrompe nella stanza. Lo respiro a pieni polmoni, il piacere che ne traggo è grande e mi soddisfa. Il mio sogno da bambina era quello di lavorare alla putìa, di tostare il caffè. Se mio padre me lo avesse insegnato, ora starei io al posto di Giovanni. Ma lui preferiva Ruggero, il primogenito. Per fortuna non può vedere com'è ridotto, ne sarebbe così deluso! Forse potrei provare a imparare il mestiere, che importa se Giovanni non è d'accordo, sono io la padrona, non mi può buttare fuori.

«*La tua fortuna saranno le femmine, la tua sicurezza il caffè*», ecco le parole che non riuscivo a ricordare. *E tutto d'un tratto mi sembra di veder chiaro nel mio cuore: la mamma me l'aveva detto quel 9 maggio, ma io non c'avevo fatto caso, avevo altro a cui pensare. Il mio futuro non ha nulla a che vedere con i fondi, ma proprio con il caffè. Come ho fatto a non capirlo? È dalla torrefazione che devo ripartire. Questo voleva dire!*

È qua che devo rimanere, nel mio quartiere, nella mia casa, nella mia putìa.

15

Il miricano se ne era tornato a casa rimangiandosi la promessa d'amore, né lui il primo e nemmeno l'ultimo. Alivuzza aveva ora un abito da sposa nell'armadio e una cicatrice sul cuore, in testa la convinzione di aver bruciato la propria esistenza, né lei la prima e nemmeno l'ultima.

Un giorno, di punto in bianco, Alivuzza aveva deciso di chiudere la sartoria. Le apprendiste avevano trovato i ritagli di stoffa impilati in uno scaffale, la macchina da cucire smontata, le spagnolette allineate per tonalità e gradazione di colore in una scatola, i gessetti ammucchiati a piramide, il tavolo sgombro, sul muro le forbici che pencolavano dai chiodi, il ferro spento, i carboni nel sacco.

«Che successe?» bisbigliavano, la bottega non era mai stata così ordinata.

«Parto, vado alla Merica dal mio zito.»

«La Merica è accussì luntana, c'è da passari lu mari. Non ti scanti?» le chiesero sbattendo le palpebre e spalancando la bocca.

Lei scrollò le spalle: «Fosse solo quello il problema...».

Una nota di amarezza le tremava nella voce, ma fu scambiata per commozione. Le apprendiste la festeggiarono con affetto e anche con un po' d'invidia: trovare marito era come vincere alla riffa.

«Auguri, auguri» avevano urlato in coro, «e figli maschi.» Le femmine, si sa, sono una perdita secca.

«E quando parti?»

«Chissacciu. Quannu mi manna lu bigliettu.»

Un giorno di luglio al numero 2 di via Rua Formaggi calò un silenzio destinato a durare.

«È partita» commentarono i vicini. «La Madonna l'accumpagna!»

Le pomelie profumate, così grandi e ramificate da ricoprire per intero il balconcino dove Alivuzza si attardava con il suo miricano, ingiallirono in una sola notte, le foglie pencolarono tristemente, i petali colorati si seccarono.

Suor Gesa, una monaca di casa che esercitava la carità ai Quattro Mandamenti, comparve una mattina tra le corolle avvizzite. "Gesa", nome proprio di genere femminile, stava per "Gesù" e lei, coerente con il suo nome, ne faceva di bene nel quartiere!

«Zà monaca, che ci fa vossia qua?» le chiesero i vicini.

«Alivuzza partì e mi disse di badarci alle pomelie, che se si seccano è malaugurio per la strada e per tutta la città. E poi un'occhiata ci vuole, 'nzamaddio trasi un surci e ci *spirtusa* i materassi.»

In casa la suora si muoveva con passo pesante, le comari talvolta la sentivano sussurrare.

«Che fa la zà monaca, parla sola?» si chiedevano curiose.

«Prega» rispondevano gli uomini per farle tacere, che poi le voci montano e le femmine si suggestionano.

Le pomelie rinverdirono, la gente si abituò a lei e si scordò pure di Alivuzza, che non si trovava alla Merica, come aveva detto, ma nascosta tra le mura della sua stessa casa a difendere un segreto vergognoso.

Nel ventre il miricano le aveva piantato un seme e lei se n'era accorta troppo tardi per impedirgli di germogliare. L'avrebbe partorito, l'intruso, e poi abbandonato all'orfanotrofio, questo era il piano che la sarta e suor Gesa avevano concertato. Quando la sua pancia si arrotondò e l'ombelico sporse in fuori come il picciolo di un'oliva la sartina sparì: mancavano ancora cinque mesi al parto.

La donna cercò di ingannare l'attesa ricordando i momenti belli della sua vita, erano così pochi che in due mezze giornate li consumò. Si accanì sui particolari più insignificanti: la barba ruvida, le guance lisce appena rasate, le unghie bianche, i capelli ricci e rossi, un ciuffo ispido nel quale le sue dita si infilavano curiose. Ripassò una per una le carezze che facevano male come schiaffi quando lui la sfiorava con sguardo assente; si commosse al ricordo del suo corpo pesante, che ancora sentiva gravare sul petto, del suo membro duro che non aveva finito di infiammarle il ventre. Talvolta abbandonava il letto e rimaneva inebetita a fissare l'impronta solitaria al centro del materasso. Era minuta la sartina, ma capace di contenere una nuova vita, e per ripararsi da quel destino avverso si accartocciava su se stessa come un gomitolo di lana. Se il cielo era limpido contava le stelle: per quanto le sembrasse incredibile erano tutte allo stesso posto. Viveva sospesa tra sogni e ricordi, mentre il suo equilibrio si logorava e i suoi piani, così ben definiti all'inizio della gravidanza, subivano continui cambiamenti: un momento voleva tenerlo quel bambino, un altro voleva ammazzarlo.

In prossimità del parto, le montò nel cuore un odio efferato contro la creatura che portava in grembo. Suor Gesa sapeva che quando il ventre è pieno la testa si svuota, perciò le teneva stretto il volto tra le mani e le parlava con dolcezza per riempire d'affetto lo spazio vacante, per fermare i pensieri ossessivi.

«Perché non fai un po' di corredino per il picciriddo?» la invogliava. «Il lavoro aiuta.»

«Ma se poi lo lascio all'orfanotrofio, che cucio a fare?»

«Non si sa mai, le vie del Signore sono infinite.»

Alivuzza si lasciò convincere: aveva del lino, tirò fuori dalla tasca le sue forbici personali, da quelle non si separava mai e, con una certa indolenza, tagliò dei minuscoli camicini e delle fasce, di più non volle fare.

Le doglie cominciarono in una luminosa mattina di ottobre. All'inizio fu come se mille farfalle si fossero levate in volo simultaneamente. Il fruscio che le accarezzava la pancia dall'interno piacque ad Alivuzza, che per la prima volta dopo mesi sorrise. Nel pomeriggio le farfalle sparirono, lasciando il posto a una banda di tamburi che rullava a fasi alterne. Lei ne seguì il ritmo con attenzione, il rombo nasceva poco sopra la pancia e si propagava su verso il cuore fin dentro le orecchie e giù nel ventre tra le gambe serrate e rigide. Alla sera un battaglione di soldati marciava dentro di lei, un-duè, un-duè... passo!

La monaca non era a casa, se qualcuno aveva bisogno di lei accorreva per non destare sospetti. I vicini ancora dopo il vespro erano sulla porta, la brezza che saliva dal mare era una piacevole carezza per chi abitava catoi ammuffiti.

Alivuzza contava i respiri che le sollevavano il torace ossuto, ogni cento ne mancava uno. La sua pancia a tratti diventava puntuta, ma poi ricadeva larga ai lati come fosse acqua che travasava in recipienti dalla forma diversa.

L'angoscia, prima confinata tra le corde del collo, si espanse come una nube di fumo denso, le serrò il petto e le fece lacrimare gli occhi. Il cuore le si contraeva insieme al ventre, e lei non capiva se le dolesse di più l'uno o l'altro. Insieme alla notte arrivarono mostri e fantasmi, si sedettero torno torno al letto e l'accerchiarono, Alivuzza allora aprì la porta e corse fuori.

16

La via era deserta, i vicini addormentati, la sartina sola con il suo delirio.

«Arrivo al mare e lo affogo, come ho fatto con i *muciddi*. Tanto, se è vero che la pancia mia è piena d'acqua, neanche se ne accorge di morire.»

Una testa d'ariete le premeva contro il ventre e quando arrivò alla chiesa della Martorana non le riuscì più di proseguire. La notte era trasparente e lei così disorientata che non si accorse di quella luna piena che giocava tra le cupole di San Cataldo. Cercò riparo nell'agrumeto attorno alla torre. Gli alberi erano carichi di frutti e di fiori, per terra rami spezzati, foglie secche, radici scoperte, il caos che regnava nel quartiere aveva contagiato anche loro. Il profumo di neroli la consolò. Raccolse quattro arance, erano così perfette che sembravano fatte di pasta reale, come quelle che per burla le monache avevano una volta appeso ai rami. Aveva le labbra secche e la lingua arsa, ne sbucciò una e la succhiò. Non ce la faceva a proseguire, decise di rifugiarsi in chiesa. La trovò vuota, quella non era l'ora di pregare. Camminò lungo la navata laterale, a pochi passi dall'abside di Sant'Anna si appoggiò al muro di pietra liscia e tremando si lasciò scivolare fino a terra.

Le doglie andavano e venivano con il ritmo di un pendolo. Il respiro era corto e superficiale, che spazio per allargare i polmoni dentro di lei non ne aveva, occupata com'era dall'abusivo: era così che chiamava suo figlio tra sé e sé.

Un rivolo umido le bagnò l'interno delle cosce, aggirò le ginocchia puntute, segnò i polpacci miseri, circondò le caviglie e si disperse tra i complessi arabeschi del pavimento cosmatesco. Desiderò di morire o di possedere un gran coraggio, che se ne avesse avuto si sarebbe ammazzata.

Cercò la posizione più comoda, si trovò a quattro zampe come una cagna, le mani piantate all'esterno di una fascia bianca e le ginocchia al centro di due cerchi grigi. La sua pancia tesa pencolò nel vuoto, la pressione dentro di lei si alleggerì e poté respirare profondamente. L'ossigeno le fece bene, le regalò sprazzi di lucidità. Ma poi le contrazioni si fecero intense e le sferzarono le viscere come onde di un mare in tempesta. La sua carne cedeva come un costone franoso. I muscoli delle braccia cominciarono a tremare, crollò a terra, si girò sulla schiena, aveva pena di se stessa. Fu per non provare quel sentimento orrendo che la sartina si sdoppiò. C'erano due Alivuzza dentro alla chiesa, una che guardava incuriosita, l'altra che si torceva sul pavimento come una bestia ferita. Era come osservarsi attraverso una lente di zaffiro purissimo. Con sollievo si accorse che non provava più dolore, l'aveva dato tutto all'altra sé.

Rasserenata, vagò piena di meraviglia tra le volte affrescate e i preziosi mosaici. Si incantò davanti agli arcangeli bianchissimi e al volto dolce della Madonna, finché sentì la testa dell'abusivo premere contro la carne gonfia dei genitali e fu costretta a riunirsi al suo corpo. Quindi inarcò la schiena per vedere cosa stava succedendo sotto di sé, intanto la natura faceva il suo corso.

La picciridda uscì lenta, sembrava non avesse più premura di vedere la luce. Sgusciò fuori con un rumore curioso: *plop*, come avesse stappato una bottiglia di vino buono. Alivuzza allungò istintivamente le mani per raccoglierla prima che toccasse terra, quindi si ribaltò la neonata sulla pancia, una corda viola e molliccia le teneva attaccate. La sculacciò con delicatezza, la piccola emise un grugnito e poi un pianto discreto.

«È viva!» sussurrò, e tirò fuori dalla tasca le forbici dell'intaglio e una spagnoletta. Girò il filo di seta attorno al cordone, lo attaccò stretto in due punti diversi per fermare il sangue, poi lo recise. Un'ultima doglia la strizzò come una mappina bagnata, la vagina le si fece pesante, un grosso uovo bluastro cadde sul pavimento allargandosi come un polpo nella tana.

La neonata era chiara e delicata, la testa ricoperta da una lanugine color carota, gli occhi due gocce azzurre prese in quell'oceano immenso che la separava dal padre miricano. La madre istintivamente l'attaccò alla minna e si accorse di amarla, quella pallina odorosa. Altro che mucidda! La tenerezza crebbe come un tifone improvviso e la travolse.

"Bestia che sono!" si disse piangendo. "Come ho potuto ammazzarle i figli alla gatta?"

La vita la si considera diversamente con un bimbo tra le braccia.

«Rosa, Rosuccia, Rosetta, Rosalia, così ti chiamerò, ciure della mia vita.»

La bambina succhiava con lo sguardo fisso alla volta, dove le tesserine colorate disegnavano un cielo blu trapunto di stelle dorate.

«Che sei bella!» sussurrò. «Manco pari figlia mia.»

Le sue dita scure si mossero sul corpicino dalla pelle liscia e le carni sode, scivolarono sulla testolina tonda, si ritrassero impaurite sulla fossetta della fontanella, lì il sangue scorreva tumultuoso e pulsava con un rumore sordo. Le baciò le guance paffute, respirò il suo alito caldo. Mai aveva provato una gioia così profonda, una pena così forte, una indecisione così straziante. Così come non aveva saputo ammazzarla, ora non era capace di tenerla con sé.

"Senza un marito non ce la faccio a crescerla" pensava, "e poi la gente cosa può dire? Ci basta già il parrino che mi chiama meretrice!"

La luce filtrava lieve dalle finestre dell'abside e le stelle dorate della volta andavano impallidendo.

«Di buttarla a mare non se ne parla», e la strinse più forte, in preda a una eccitazione febbrile. «Che faccio?» domandò al Cristo Pantocratore che allargava le braccia sopra di lei. "Potrei lasciarla qui, le monache tengono le orfanelle" considerò. "Che peccato! Le vestono così brutte." Lei era la migliore sarta della città, non le andava giù che sua figlia entrasse nella vita avvolta in un camicino di seconda mano. Le pizzicò le guance, erano croccanti come un buccellato di fichi e profumavano di cannella e pistacchio.

«Se potessi me la mangerei», e intanto mille pensieri le affollavano la mente. Ma nonostante l'angoscia, il suo viso era disteso e le gote soffuse di rosso: dopo la partenza del miricano Alivuzza si era convinta di essersi seccata per sempre, e invece era rinverdita in una sola notte, proprio come le sue pomelie!

«È bianca, tenera, profumata, sembra una cassatella appena sfornata. La metto nella ruota dei dolci, quello è il posto suo, dopo pensaddio!»

Attraversò il giardino, colse un fiore di zagara, lo poggiò sul palmo roseo di sua figlia, la manuzza si chiuse in un pugnetto. Mimì aveva già smesso di abbaiare e ora mugolava comprensivo. Il cielo si tingeva di indaco quando Alivuzza tirò due calci rabbiosi al portone di via degli Schioppettieri. Le monache uscirono dalle celle spaventate.

«Cu è?» urlò la portiera, e allora la donna scappò verso il mare. Cercava riparo, che per annegarsi coraggio non ne aveva.

Genziana non si era sbagliata, era lei l'ombra furtiva vicino al convento.

«Susitivi, signuri, ca cafittera c'è, rallegra li pinzeri...»

Provvidenza quella mattina offrì a Genziana un vassoio colmo di ciambelle profumate. Dalla sera delle triglie ne aveva fatti di progressi in cucina.

«Senti che *ciauru*!» esclamò la ragazza sollevandosi sui cuscini, e lesta addentò un dolcetto. Lo zucchero scricchiolò sotto ai denti. «Mizzica che sono buone!» commentò.

«Spicciati, devi andare a segnarti a scuola.»

Genziana le lanciò un'occhiata contrariata: «Io non devo proprio niente, semmai voglio», e si allungò per la seconda ciambella.

Provvidenza la osservò con curiosità, la padrona sembrava cambiata. Ma preferì tagliare corto: «Guarda che siamo cresciute, tocca a noi di fare il nostro dovere, è una cosa naturale, così come gli alberi murmurianu, e l'aceddi s'assicutano e battagghianu. E poi Giovanni ci tiene tanto».

«Sta camurria del dovere! Ma il piacere mai?»

«Quando capita anche. Ma ora sei come un puddicino: prima devi rompere il guscio, poi uscire allo scoperto e infine, anche se ti scanti, devi ruzzuliare dentro all'aia. Susiti, Genziana, è ora che cominci a ruzzuliarti» concluse Provvidenza, e intanto le infilava un abito.

«Ahi, ahi, i capelli!» urlava Genziana divincolandosi.

Provvidenza allora ebbe un gesto d'impazienza e l'abbandonò con il vestito indossato a metà.

"Ma che ha?" si domandò Genziana, e tirandosi giù la gonna la seguì in cucina.

La servetta aveva preso a sbattere le pentole, strapazzava la verdura, anche le sedie smuoveva rumorosamente, sembrava arrabbiata.

«Perché sei scontenta?»

«Ava', non mi fare perdere tempo, che io devo lavorare.»

In quel momento per la strada si sentì una gran confusione. Genziana si affacciò alla finestra, un gruppetto di donne confabulava. Incuriosita, uscì, Provvidenza le andò dietro.

«Cu fu? Cu fu?», la domanda rimbalzava di cantunera in cantunera.

«Zagara l'hanno chiamata.»

«E ha i capiddi rossi come un'arancitedda.»

«Dice la portiera che non la danno all'orfanotrofio, è troppo bedda e se la tengono le monache.»

"Malupilu?" si sorprese Genziana.

«Bedda matre, 'u miricanu! L'unico rosso del quartiere lui era!» esclamò Provvidenza.

Quella sì che era una notizia. Non ebbero il tempo di approfondirla, perché Giovanni le richiamò: «La finite di perdere tempo? Forza, una a lavorare e l'altra a studiare».

La servetta corse dentro a lucidare il pavimento. Genziana, forte delle sue nuove convinzioni, entrò nella putìa sotto lo sguardo esterrefatto di Giovanni. Andò direttamente nella stanza del padre, si lasciò cadere sulla sedia impagliata: «Io qua sto» rispose con aria da padrona.

L'operaio lo capì subito che non c'era nulla da fare, la ragazza era stata abituata dalla madre ad averle tutte vinte e glielo leggeva negli occhi che non avrebbe cambiato idea per nessun motivo.

Si rassegnò alla sua presenza, paventando il peggio.

17

Ai murticeddi ancora brillava un sole forte e il giorno dopo aveva cominciato a piovere. L'inverno del 1946 era arrivato dalla sera alla mattina. L'acqua continuò a cadere senza interruzione per settimane. Ai bordi delle strade scorrevano timidi rivoli che ai quadrivi confluivano in torrenti tumultuosi, il quartiere diventò un acquitrino. Poi il cielo la finì di piangere, che il dolore non può durare sempre, e il sole riprese a brillare, ma era pallido e debole, come un convalescente. L'aria rimase fredda e un profumo di legna bruciata si diffuse per i vicoli. Il cielo si scolorì e passò dal celeste al bianco.

La ricostruzione era stata avviata e stava modificando profondamente la città e la vita di tutti. I caporioni avevano deciso di investire altrove e i Quattro Mandamenti si stavano svuotando delle famiglie più facoltose e degli artigiani, che cercarono lavoro in periferia. Nuovi cantieri aprivano quotidianamente, rosicchiando lo spazio verde alle pendici delle montagne, sradicando limoni e arance che avevano profumato i sogni dei palermitani.

Il centro storico, nelle intenzioni degli amministratori, doveva rimanere così com'era: un cuore ammalato che a fatica spingeva il sangue dentro le arterie indurite dal tempo. Palermo però né moriva né campava. Le sue viscere marcivano in fondo al mare, soffocate dalle alghe. E gli avvoltoi, dopo aver sorvolato per mesi i Quattro Mandamenti, preferirono dirigersi alle pendici delle montagne attorno alla Conca d'Oro. Ai cittadini sani non rimase che ricordare quant'era bella e vitale una volta la loro città e rimpiangere, come fanno i vecchi, il tempo passato.

Alle casette basse, dai balconi di ferro e le gelosie di legno, si sostituirono gli appartamenti squadrati e le tapparelle che si tiravano su e giù tutte allo stesso orario. Al posto delle credenze intarsiate comparvero nelle stanze da pranzo grossi cubi sormontati da specchiere rettangolari. I letti in ferro battuto e le testate adorne di ghirlande finirono in cantina, sparirono le zampe di leone che sorreggevano tavoli e poltrone, le gambe delle sedie si assottigliarono.

Le macerie residue furono nascoste dietro palizzate e matasse di filo spinato. I cuori degli uomini si congelarono in un ottimismo pavido e privo di fondamenta. Anche l'assetto sociale si modificò e si andava formando una piccola borghesia servizievole, dal fiato corto e gli orizzonti angusti, senza storia e senza memoria.

Il cambiamento fu imposto dall'alto, la gente non poté e non volle partecipare. Era quello il momento giusto per opporsi, si doveva approfittare dell'*ammuino* per sovvertire la storia e finirla di essere schiavi. Ma fu più semplice tornare al vecchio, che *è megghiu 'u tintu canusciutu ca 'u bonu 'a canusciri*.

I siciliani, orfani di un potere forte, sentirono il bisogno di una guida, che autonomia ed emancipazione non si conquistano dall'oggi al domani. Si misero perciò alla ricerca di un padre. Toccò loro in sorte una madre grevia, punitiva e soffocante, che mai avrebbe permesso ai suoi figli di crescere liberi. Mentre altrove si costruiva la democrazia, da noi si radicò il feudalesimo.

Le donne dal canto loro si impegnavano a riportare la normalità nelle famiglie duramente provate dalla fame e dalla miseria, che i maschi erano scomparsi, ammazzati o emigrati. Smentendo il pregiudizio che le voleva deboli, si avventurarono alla ricerca di pane e lavoro. Molte, non abituate ad agire, s'incartavano in analisi meticolose, valutazioni pillicuse, ragionamenti farraginosi, ma le più intraprendenti non esitarono a farsi carico dei loro problemi. Alcune erano conosciute in città: Anna Grasso, Lina Colajanni, Giuliana Saladino; la maggioranza rimase anonima. Queste generose ragazze, in nome di Dio o della Libertà, imbastirono una storia minima ma grande, di cui oggi non si conserva memoria, e gettarono le basi per l'emancipazione delle figlie e delle nipoti. Furono loro a segnare il passaggio da "tu non esisti" a "io sono mia".

Genziana finì di mangiare la sua fetta di cucciddatu. La napoletana sul fuoco le riportò alla mente l'immagine del padre, quella era la sua caffettiera. Assaggiò il caffè, era imbevibile! Certo che gli affari non giravano.

«Ma perché non mi hai voluto insegnare nulla?» disse a voce alta rivolta al fantasma di Roberto. Il dolore che accompagnava il ricordo dei suoi familiari sembrava essersi affievolito, nel rievocarli provava adesso un piacere dolce, intriso di nostalgia e tenerezza. Certe volte ne sentiva persino la presenza. Si sforzò di mettere a fuoco il volto diafano di Mimosa, sentì nell'aria il profumo di cipria e vaniglia della mamma. Risuonò nella sua testa la voce roca di Ortensia, sorrise degli scherzi sciocchi di Raimondo e Rodolfo.

«Finché ci sono io non morirete mai» promise con solennità. Le parole che sua madre aveva pronunciato anni prima erano diventate un rituale propiziatorio.

Chiuse la finestra e si avviò verso il portone. Nell'ingresso, infilandosi il cappotto, mormorò la frase di suo padre: «I militeddi», quindi si avviò alla putìa.

Attraverso i vetri, Genziana osservava le persone per strada. Desiderava molto parlare con qualcuno, ma ancora il coraggio di farsi avanti le mancava. Guardava incuriosita il viavai delle comari che si davano da fare a rattoppare il tessuto lacerato del quartiere. Le piacevano le loro *abbanniate* piene di passione e sdegno.

Tra tutte Genziana ne aveva notata una: era alta e piena di energia. I capelli bianchi si torcevano in un'onda che scendeva sulla fronte larga e ripiegavano poi dietro le orecchie, lasciando scoperto un viso giovane, dalla pelle liscia e l'incarnato pallido. Il busto era largo, quasi rettangolare, senza minne. Le gambe sottili, lunghe e flessuose. Le ricordava sua madre, anche se non ci assomigliava proprio. Più volte era stata tentata di uscire e attaccare discorso con lei, però non si decideva mai a lasciare l'angolino caldo che si era ricavata vicino a Orlando.

Poi una mattina, sarà stato il vento che la rendeva irrequieta, o forse la luce morbida che ingentiliva la strada, o magari il cielo, di un colore così intenso che abbagliava, certo è che i suoi piedi si mossero e un passo dopo l'altro si trovò a piazza Pretoria. Le statue nude brillavano come fossero di zucchero, le ninfe dai seni puntuti che tanto piacevano a Mimosa erano miracolosamente integre. Lanciò uno sguardo di sottecchi al tozzo cannolo che aveva suscitato la sua curiosità e sorrise senza rendersene conto.

In piazza c'erano le lavandaie, aspettavano di essere chiamate nelle case dei signori per il bucato della settimana. Le loro mani erano inconfondibili, ruvide e torte dall'artrosi, le dita tinte d'azzurro a causa di quell'azolo che usavano per sbiancare i panni. La signora dai capelli candidi era lì, parlava con uno strano accento di fuori, le lavandaie si rivolgevano a lei chiamandola "'a continentale".

Genziana la osservava, invidiando quel suo modo naturale di stare in mezzo alla gente. "Parla al cuore di tutte, proprio come la mamma" si disse, e fu in quel momento che i loro occhi si incontrarono. La donna le sorrise, lei arrossì e scappò via.

Giovanni la vide spuntare all'improvviso dalla cantunera. Le scarpe dalla suola alta di sughero scivolavano sulle balate umide e inciampavano sui mucchi disordinati di pietre, costringendola a procedere a singhiozzo. La gonna era stretta e lei non riusciva ad allungare il passo. Provvidenza lo spacco l'aveva cucito fino all'orlo, «che una picciotta per bene le gambe le tiene ammucciate!». Camminava mettendo i piedi l'uno dietro l'altro, era aggraziata e sinuosa come un papavero al vento, la circondava un'aura di femminilità carnale.

L'operaio sulla porta della putìa respirava l'aria frizzante e accompagnava i pensieri con un pigro movimento della mano, come se volesse cacciarsi da torno le mosche.

"Talìa" pensò, "è precisa sua madre: na stampa e na fjura."

E mentre lei si annacava, qualcosa passò per il suo cuore, o forse per la mente. Era un desiderio, lo stesso che aveva provato annusando la vestaglia di Viola, ma Giovanni non gli permise di raggiungere la pancia, lo bloccò subito, trasformandolo in una emozione fastidiosa.

"Che picciotta complicata" pensò, "certe volte è così dolce che pare che ti ci puoi confessare, altre è muta come l'acqua di un lago traditore." In quel momento, se fosse stato sincero con se stesso, avrebbe ammesso che lui era la volpe e Genziana l'uva.

«Dove sei stata?» gridò quando lei fu a tiro.

«Alla fontana.»

«Mizzica, e che novità è che stai fuori?»

Genziana non gli rispose, entrò come una furia nella putìa e si rintanò nel suo cantuccio, lì si sentiva protetta.

18

L'ufficio Trazzere in cui Ruggero aveva cominciato a lavorare era la prova concreta che la Sicilia non sarebbe mai cambiata. Istituito nel 1917, altro non era che uno di quegli inutili enti che erogavano stipendi e prebende ai fannulloni.

Gli impiegati avrebbero dovuto, nell'intenzione del legislatore che ne aveva definito struttura e obiettivi, studiare e registrare su fogli catastali l'andamento delle regie trazzere, ancora le uniche vie di comunicazione nell'isola alla fine degli anni Quaranta.

Nessuno mai aveva fatto il rilievo dell'esistente e d'altra parte non era un lavoro semplice, molte delle strade erano state nel corso dei secoli inglobate nei feudi per estorcere il pagamento di un pedaggio. Né gli amministratori, né gli impiegati avevano interesse a sollevare un polverone. Perciò lì erano stati sistemati raccomandati, "figli di", "nipoti di", e invalidi. L'impiego garantiva uno stipendio che con tredicesima e straordinari poteva arrivare anche a trentamila lire. E poi c'era la pensione.

Il compagno di stanza di Ruggero si chiamava Ruggero pure lui.

L'Olivares arrivava puntuale con quella sua andatura incerta, salutava: «Buongiorno a tutti».

Nessuno gli rispondeva.

«Longhi e curti» aggiungeva. Niente, manco fosse trasparente. L'indifferenza dei suoi colleghi lo faceva soffrire, ma non poteva tornare a casa come quand'era studente. Si sedeva allora alla scrivania e fissava la parete bianca davanti a sé, fin quando le palpebre si facevano pesanti e nel sonno trovava rifugio. Ma anche a occhi chiusi, il suo corpo senza pelle percepiva qualunque vibrazione. Una mattina che l'inquietudine gli impediva di prendere sonno, ruppe la regola del silenzio: «Niente è per sempre!» tuonò.

Il suo compagno si scosse dal torpore nel quale trascorreva la maggior parte del tempo e lo guardò con occhi sgranati. Aprì e chiuse la bocca più volte ma non proferì parola.

«Insomma, vuoi dire qualcosa sì o no?» urlò Ruggero.

Quello si sentì allora autorizzato a parlare: «Non mi fraintendere, io ti ammiro, che non è cosa di tutti stare fermi a fare niente per ore e ore», e lo coprì di complimenti. Ruggero sentì finalmente di esistere.

Dormendo e tacendo diventarono amici.

Con il passare del tempo anche gli altri colleghi cominciarono a considerarlo e, come Giovanni aveva pensato, l'ufficio divenne un utero in cui trovare riparo. L'Olivares, libero da qualunque responsabilità e in un contesto così sonnacchioso, scoprì il lato giocoso della vita e iniziò a fare scherzi innocenti.

Il suo capo era un uomo modesto, mingherlino e senza forza. Anche lui imboscato come gli altri. Era mite e silenzioso, e non aveva capelli né denti. Ruggero, che era un dissacratore nato, prese l'abitudine di portargli ogni mattina la petrafennula, un torrone di mandorle dalla consistenza durissima. Il «dottooooore», come tutti lo chiamavano pomposamente, faceva una smorfia grottesca e si rintanava nella sua stanza con il regalo. Attraverso la porta chiusa sentiva le risate degli impiegati: la confidenza finisce a malacrianza, si sa.

«*Sgangulato senza denti e lu surci ti veni parenti*» cantavano. Il coro diventò una sorta di benevola lotta di classe.

«Finiri avi» mormorava l'uomo, che di lì a pochi mesi andò in pensione. Prima di lasciare l'ufficio, la mattina dei saluti, arrivò con una bella dentiera nuova. Indossò l'orologio che l'amministrazione gli aveva regalato e ingoiò un bel pezzo di petrafennula, sotto lo sguardo esterrefatto degli impiegati.

A forza di scherzare, Ruggero si fece un nome. Il suo prestigio crebbe e lui cambiò atteggiamento: assunse un piglio severo e si radicò nel ruolo del capo. Si divertiva molto a fissare l'interlocutore puntandogli l'indice addosso senza proferir parola. Dai negozianti quel tipo di silenzio veniva percepito come una minaccia. I suoi occhi magnetici incutevano timore, qualcuno arrivò persino a dargli dei soldi, pensando che fosse un esattore venuto a riscuotere il pizzo.

In quell'epoca di innocenza bastava poco per divertire o per intimidire.

Il nuovo direttore venne dal Nord e arrivò poco prima di Natale. Per prima cosa affidò ai due Ruggero il compito di riordinare l'archivio. Al ritmo di dieci cartelle al giorno, alla fine della settimana ne avevano esaminate cinquanta. Una enormità secondo loro, «*un casso*» secondo il capo.

I due si giustificarono con foga: «Lì sotto per la polvere non si respira e quando usciamo sembriamo due munnizzari, altro che impiegati di concetto».

«E allora?»

«Vogliamo un'indennità di servizio» rispose pronto l'Olivares.

L'uomo, che ignorava il complesso sistema di protezioni di cui beneficiavano i suoi dipendenti, li minacciò: «Vi do un mese di tempo per sistemare l'archivio».

Formalmente il capo era lui, perciò a loro toccò di ubbidire. Tra uno starnuto e l'altro l'Olivares, che non aveva nessuna intenzione di sottostare a quella che riteneva fosse un'angheria, ebbe un'idea: «Sai giocare a baseball?» chiese al compagno.

«Si fa con le carte?»

«Ma che minchia dici, ci giocano l'americani, mai l'hai visti?»

«Nzù.»

«Ora t'insignu.»

Ruggero imbracciò la scopa.

«Apri la finestra e tirami una pratica.»

«Che vuoi fare?»

«Ava', tira.»

«Ma i fogli si spampazziano.»

«Tu non ti preoccupare.»

Ci passarono tutto il pomeriggio, uno tirava una cartellina, l'altro colpiva con il bastone facendola volare fuori dalla finestra.

«Chistu è 'u basebolle?»

«Chistu.»

Alla fine della settimana l'archivio era in ordine. Lo riferirono al capo, il veneto era un tipo fiducioso, non controllò e loro ricevettero un encomio. Dei documenti, esposti al vento e alle piogge, rimase un mucchio di melma a insozzare il cortile.

Qualche tempo dopo Scintiniune ebbe un problema legale.

L'uomo possedeva un podere a Bivio Fresco, e il suo vicino aveva più volte rivendicato una servitù di passaggio. C'erano state legnate, qualche colpo di fucile, un paio di incendi, finché erano intervenuti i carabinieri.

A forza di carte da bollo si era arrivati al processo e il giudice chiedeva all'ufficio Trazzere informazioni sulle strade che passavano per Bivio Fresco. L'archivio lo trovarono vuoto. In assenza di documentazione, Scintiniune vinse la causa e, riconoscente, fece avere una promozione al giovane Olivares, che fu trasferito alla Regione in un ruolo di grande prestigio.

L'aroma del caffè mi investe come uno schiaffo in pieno viso. Di colpo la mente è lucida e reattiva. Le gambe invece si ammollano, il cuore batte più veloce, nella pancia un languore sconosciuto, mi accascio sulla porta.

«Sto male» sussurro agli operai che mi stanno intorno preoccupati.

Giovanni mi dà un bicchiere d'acqua: «È colpa degli oli che si disperdono nell'aria durante la tostatura. I primi tempi lo fa a tutti, poi ci si abitua... oppure puoi sempre tornare a studiare».

«Mi abituerò, da qui non me ne vado neanche morta, anche la mamma è dalla mia parte.»

Lui sgrana gli occhi e scuote la testa: «Tutti matti gli Olivares» dice sconsolato.

I primi giorni me ne sto rincantucciata dentro, sdraiata sui sacchi, perché in piedi non tengo l'equilibrio. I chicchi sono duri come ghiaia, mi lasciano sulla pelle dei segni viola, il mio corpo sembra il greto di un fiume. Certe volte vado in strada a respirare. Passeggio avanti e indietro: «Aiuta a smaltire prima la caffeina» mi hanno detto. Il mio sangue ne è pieno, eppure bevo pochissimo caffè. Ma la putìa è piena di quella sostanza e io la assorbo con il respiro e con la pelle.

Quando torno dentro, di nuovo quello schiaffo e la vista mi si annebbia. Non so perché, ma tutto quello che mi piace mi procura malessere, persino dolore. Ovvio che sto pensando a Medoro. Appoggiata alla parete guadagno il mio angolino, Orlando mi accoglie e mi riscalda con il suo fiato.

Giovanni invece non mi insegna nulla, lo so che non mi vuole tra i piedi, ma io mi faccio forte dell'approvazione della mamma. Osservo attenta ogni sua mossa e rubo con gli occhi i segreti del mestiere. Comincio così a imparare qualcosa sulla tostatura. Mi piace seguire i chicchi che si trasformano. Il loro colore, come per magia, diventa intenso e prende sfumature d'oro. Certo ancora non capisco quando è il momento di aprire le valvole per abbassare il fuoco o di mettere altra legna per aumentare la temperatura, ma sono sicura che imparerò e mi concentro per non perdere dettagli importanti.

Le mani degli apprendisti si muovono veloci attorno a navettini e interruttori, finché arriva Giovanni a dare ordini: «Apri», «Chiui», «Strinci», «Ammutta». I loro muscoli sudati guizzano, le dita s'insinuano tra rubinetti e manovelle. Ne fanno di fatica! Mi chiedo se ho abbastanza forza per domare quel drago di ferro. Magari si lascia persuadere in altro modo, in fondo la mamma comandava e non alzava la voce: lei dirigeva per seduzione.

Nelle pause tra una tostatura e l'altra sfoglio i libri di papà: sono pieni di illustrazioni e di notizie su quella polvere nera che ha fatto la nostra fortuna. Talvolta mi regalo anche dei sogni e mi avventuro tra Paesi sconosciuti: Brasile, Guatemala, Costa Rica, Etiopia... il mondo è così grande! E pensare che io non mi sono mai mossa dai Quattro Mandamenti.

I clienti vanno e vengono, comprano il caffè, ridono, spettegolano. A me fanno finta di non vedermi, Provvidenza invece è ricercatissima. "Corù, sangù" la chiamano allegri, pare lei la padrona della torrefazione. C'è anche la continentale tra i nostri clienti, con lei sì che mi piacerebbe parlare, ma non ne ho il coraggio: è così alta e imponente. Il suo petto respira forte, dal naso le esce un sibilo lieve. Sembra una balena dalla grande testa piena di prezioso olio. Sottobraccio porta il marito, un ometto piccolo, anche lui coi capelli bianchi, che al suo cospetto pare un pesce rosso.

Talvolta i nostri occhi si incontrano, i suoi sono lucidi e mi regala uno sguardo affettuoso, poi mi sorride, dolci sono le rughe ai lati della sua bocca. In quel momento a me viene voglia di amarla.

19

Accucciata vicino a Orlando, Genziana era intenta a consultare l'atlante.

«India, Brasile, Guatemala, Costa Rica, Etiopia... sì, vabbè, ma dove lo producono il caffè Genziana?» borbottava tra sé e sé.

«Un etto di arabica. Mi raccomando, che sia buonissimo!»

Quelle sillabe strascicate, accompagnate da un sibilo dolce e prolungato, interruppero la sua ricerca. Si alzò dai sacchi e si avvicinò al bancone. La continentale era lì, sottobraccio al marito.

«Dell'India o del Brasile?» domandò Giovanni.

«Com'è grande il mondo, eh?» rispose allegra la donna.

Genziana la fissava con interesse.

«Cos'è, c'ho qualcosa fuori posto?»

La ragazza si rintanò nel suo angolo e riprese in mano i libri.

«Ti piace la geografia?» la incalzò la donna con un sorriso gioviale.

«No, non mi piace, però sono curiosa.»

«Al mio paese è una virtù, qua invece può essere un problema.» Rise a gola aperta, con un gorgoglio come di acqua nei tubi.

«Sono Lalla, la parmigiana, ma non sono fatta di melanzane», di nuovo quella risata larga.

«Vi ho vista in piazza, lunedì, tra le lavandaie.»

«Allora sai anche quello che faccio?»

«So che vi passano le giornate ad abbanniare, vi ho vista qualche volta davanti al comune insieme alle altre.»

La continentale la guardò con aria interrogativa.

«A *gridare*, scusate tanto, ho scordato che venite da fuori.»

«È per quello che mi chiamano la parmigiana, perché vengo da un paese vicino Parma. Lui invece», e indicò il marito «si chiama Gianni ed è nato in Sicilia, è chimico, lavora per riaprire la fonderia. Abitiamo al Papireto... ce n'è da fare in questo quartiere!»

«Io sto in questo palazzo da quando sono nata. Eravamo tanti... ora siamo rimasti in due, io e mio fratello Ruggero.»

«Allora conosci tutta la gente del quartiere? Perché non mi dai una mano?»

«A fare cosa?»

«Be', la guerra ha distrutto non solo la città, ma anche le famiglie. Nessuno sa leggere, compilare un modulo per accedere alla pensione può essere un vero problema. Per me farmi intendere qualche volta è complicato, sono in pochi a parlare l'italiano: non mi capiscono, né io capisco loro. Mio marito mi ha dato qualche lezione, ma la vostra è una lingua così difficile.»

«E ci devo parlare io?»

«Certo, conosci il siciliano e le persone del quartiere, se sei nata e cresciuta qua...»

«Avete scelto la persona giusta!»

La donna fece cenno di non comprendere.

«Qua non mi parla più nessuno, ce l'hanno tutti con me.»

Genziana si stupì di essersi confidata con tanta facilità.

«E come mai?»

«Come sempre! I siciliani ce l'hanno con il mondo intero. Un giorno sei re, il giorno dopo *ti scìnninu da cruci*.»

Sul viso della continentale si dipinse un'espressione compassionevole. Stava per dire qualcosa, ma il marito cominciò a tirarla per un braccio: «È ora di mangiare» le disse perentorio.

«Eccomi, sono pronta.»

Prese il caffè, pagò, ma prima di andar via le fece cenno di avvicinarsi. Genziana girò attorno al bancone, ora le stava di fronte e poteva guardarla bene negli occhi.

«Vienimi a trovare, magari pensiamo insieme a una soluzione», e le fece una carezza sulla testa.

«Vedi che quella è comunista» la mise in guardia Giovanni la sera stessa, a tavola.

«Vabbè, che c'è di male?» intervenne Provvidenza. «Pure Medoro è comunista.»

«Il fatto è che è troppo diversa» aggiunse lui.

«Ma va', siamo tutte uguali, abbiamo tutte la stessa cosa tra le gambe» le sussurrò all'orecchio la servetta. E poi, a voce alta: «Comunque, se volete sapere qualcosa della continentale...».

«E già, eccola qua la cucchiara di tutte le pignate.»

«Sarò cucchiara, però almeno so sempre chi ho davanti. Comunque: la parmigiana è arrivata a Palermo subito dopo la guerra, ha aperto una sezione femminile del Partito comunista. E lì ha fatto i funghi, sola in una stanza umida, perché una femmina non c'ha mai messo piede lì dentro. Nel suo paese si usa così, ma ai Quattro Mandamenti è diverso! Allora s'è messa a distribuire vestiti, roba da mangiare, ed è diventata amica di tutti. Ha pure aiutato le vedove a fare domanda per la pensione di guerra. Ora, quando hanno un problema, le persone si rivolgono a lei.»

«Come facevano con Viola» sospirò Giovanni.

Fu quel commento a portare Genziana dietro la porta della continentale. Aveva un disperato bisogno di parlare, di sentirsi accolta. Da quando era morta la madre nessuno le aveva più teso una mano. E poi soffriva dell'ostracismo del quartiere. Perciò, comunista o qualunquista, un pomeriggio bussò alla porta di Lalla. Lei aprì e, prima che Genziana potesse parlare, la tirò dentro per un braccio.

«Vieni, entra. Ho del salame felino, ti preparo anche la pizza fritta, avrai fame no?»

Genziana sgranò gli occhi: "Gesùmmaria, questi mangiano il gatto, lo sapevo che non ci dovevo venire".

«Vi ringrazio, non mangio la carne» rispose con una smorfia.

«Cocca, si vede, invece ne avresti bisogno. Dài, vieni. E smettila subito con questo "voi", dammi del tu!»

La portò dritta in cucina. In quella stanza calda, dai vetri appannati dal vapore, sembrò a Genziana di respirare l'aria di casa sua. In piedi, appoggiato alla finestra con un bicchiere di vino tra le mani, c'era il marito di lei.

«Esco» disse poggiando il bicchiere nel lavandino. «Così parlate tranquille.»

Lalla lo salutò con un bacio appassionato, dovette chinarsi per raggiungere la sua bocca. Lui ricambiò e uscì dandole una pacca sul sedere. Genziana arrossì. Piccolo, canuto, però che uomo!

«Anche gli uomini bassi sanno essere virili!» disse la parmigiana, sembrava le leggesse nel pensiero. Quindi la donna cominciò a trafficare con farina e strutto. Indossava tacchi alti e si muoveva sfiorando il pavimento come fosse su una pista da ballo, agitava i fianchi, la vita la percorreva come una corrente elettrica.

«Questo viene dal paese di Felino, è maiale delle mie parti, assaggia. Che ne dici?» ordinò a Genziana che si sentì una cretina, altro che carne di gatto.

«Bevi, è lambrusco.»

Il vino frizzante le pizzicò la lingua e la gola. Subito dopo si scoprì allegra come non le succedeva da tempo.

«Dài, cocca, cosa aspetti a finirlo?»

Lalla per dare l'esempio scolò il bicchiere tutto d'un fiato, sembrava un camionista felice. La pizza era croccante, il salame morbido come burro e si spalmava sul palato lasciando una patina di grasso saporito.

«Che buono!» esclamò Genziana.

«Anche da noi si mangia bene, sai?», e rise, l'allegria la abitava. «Ce l'hai un soprannome, cocca?»

«Che domanda!» esclamò Genziana arrossendo.

«Cos'è, ti vergogni a dirmelo? È così tremendo?»

«Mia madre mi chiamava chicchicedda, perché sono scura come un chicco di caffè.»

«È quello che ho pensato anch'io vedendoti sdraiata sui sacchi. Ma sei così giovane che per il momento hai solo il colore del caffè tostato. Ce ne vuole ancora perché tu possa sprigionare il tuo aroma. Che dici, cocca?»

A Genziana quella puntualizzazione non fece piacere. Il suo viso s'indurì, si raddrizzò sulla schiena e tirò le braccia al petto in posizione di difesa.

«Dài, non essere permalosa. L'offesa l'avete sempre in pizzo voi siciliani, è che vi prendete troppo sul serio.»

"Ha ragione" pensò Genziana. "Che m'ha detto in fondo? Giovane non è parola d'offesa."

Continuarono a parlare con le teste vicine, i gomiti appoggiati alla tovaglia, le mani che si muovevano e ogni tanto si sfioravano. Scivolarono nell'amicizia senza sforzi.

La voce di Lalla era suadente, a momenti s'impennava verso toni alti, poi scivolava verso sussurri e lentamente riprendeva quota: era più abituata al comizio che alla conversazione. Le parole uscivano dalle sue labbra in un flusso costante, ed erano dirette, il suo sguardo pieno di luce. Non conosceva i doppi sensi la parmigiana, né un retropensiero velenoso. Era amica di tutte le attiviste del quartiere, compresa Anna Grasso: «Una grande!» aveva detto con la voce entusiasta, e i suoi occhi si erano animati di una energia sconosciuta. Genziana si lasciò contagiare dalla sua passione.

«Me lo spieghi perché ce l'hanno tutti con te, cocca?»

La ragazza ammutolì, combattuta tra il desiderio di condividere quel suo segreto e la paura di essere giudicata male.

«Dài, magari c'è modo di rimediare.»

Genziana vuotò il sacco, ne aveva un gran bisogno. La continentale la lasciò parlare senza interromperla e alla sera erano ancora lì a parlare con voce sommessa, i loro respiri fusi in un unico soffio profumato.

«Mi ricordi mia sorella» disse Lalla improvvisamente, con lo sguardo velato dalla commozione. «Era intelligente, irruente, troppa roba per una donna.»

"E tu mia mamma" pensò Genziana, e respirando il suo profumo cominciò ad amarla.

Gianni le trovò con i gomiti appoggiati al tavolino, le facce animate dalla passione, gli occhi lucidi, il cuore in mano. Erano due generazioni a confronto, una madre e una figlia, che si raccontavano dubbi, speranze, desideri, cercando l'una di educare, l'altra di imparare. Non c'era nulla di nuovo in quella storia che la parmigiana stava dipanando, ma Genziana l'ascoltava per la prima volta, che Viola non aveva avuto il tempo di rivelarle il segreto di una femminilità matura.

Lalla corse ad abbracciare il marito e lo accarezzò con tenerezza: «È già ora?» gli domandò. Quelle parole, pronunciate in tono simile, Genziana le aveva sentite rivolgere da Viola a Roberto, la sera sulla soglia della camera da letto.

«Vai di là che arrivo subito» gli ordinò. Lui sparì dietro la porta e lei congedò la sua ospite con fare sbrigativo.

«Sai, lui è così. Se mangia, beve e fa l'amore è felice. E io chi sono per negargli questa felicità?»

"È tutta qui l'essenza dell'amore?" si domandò Genziana, di colpo le venne in mente Medoro e la nostalgia le trafisse il cuore.

20

Poi gli oli smisero di essere un problema, e anzi divennero parte di Genziana: sangue, muscoli, pensieri. La ragazza recuperò le sue energie e cominciò a darsi da fare dentro la torrefazione, come tutti. Riempiva i barattoli del caffè, assisteva Giovanni nella tostatura, se serviva stava anche alla cassa. Continuava tuttavia a essere ombrosa, il suo umore era ondivago. Certi giorni se ne stava silenziosa, oppure borbottava come Orlando in piena attività. Talvolta esplodeva in spiacevoli sfuriate. In questo assomigliava sempre di più a Viola, le cui arrabbiature erano ancora impresse nella memoria della gente. Ma poi, perché stupirsi? Le donne finiscono per comportarsi come le madri, è solo questione di tempo.

Quando fece il suo ingresso alla putìa quella mattina, Genziana aveva l'aria corrucciata, gli operai abbassarono il tono della voce per non irritarla ulteriormente. La ragazza affondò le mani in un sacco, annusò i chicchi di caffè e ne assaggiò uno, la sua espressione si addolcì.

«Profuma di gelsomino?» esclamò sorpresa.

«Vero è!» assentì uno degli apprendisti. «È la varietà più preziosa che abbiamo, la usa la regina d'Inghilterra», e le offrì un chicco dal colore chiaro.

«Assaggia questo, viene dal Porto Rico.»

«È un po' aspro, come il vino che invecchia nella botte. Tu che dici?»

«Mah, io non lo so, a me tocca solo un pacco di robusta a fine mese.»

«Fammene provare un altro.»

«Senti questo allora, è dell'Indonesia.»

«È forte, ruvido, roba da uomini! E sembra fatto con il pepe.»

«Attenta a non mangiarne troppi che poi ti senti male» l'avvertì Giovanni.

«Ma che dici? Ormai mi sono abituata. Non mi gira neanche la testa.»

Alla sera Genziana si trovò eccitata e tesa come una corda di violino. Si rigirava nel letto senza riuscire a prendere sonno, tutti i suoi organi funzionavano troppo: il cuore batteva all'impazzata, il respiro era superficiale e veloce come se avesse corso, la pancia gorgogliava, le gambe mulinavano tra le lenzuola come su una strada in discesa. Era come un vulcano, dentro di lei il magma premeva per trovare una via d'uscita. Il suo cervello era pieno di idee che scaturivano limpide, logiche, si inanellavano una dietro l'altra come i grani perfetti di un rosario.

Qual era il segreto di suo padre? Quella notte se lo chiese fino allo stremo e ogni volta una vocina dentro di lei rispondeva: "Cercalo".

"Di sicuro ha a che fare con me, se il caffè si chiama Genziana un motivo ci deve essere."

La mattina dopo fu la prima a entrare alla putìa. Sul suo viso c'erano i segni della notte passata: le palpebre e le guance gonfie, le rughe della fronte più marcate.

«Da oggi in poi, ogni volta che preparate un carico da tostare dovete spiegarmi quello che fate, momento per momento» annunciò quando arrivarono gli altri. Poi tirò fuori un quaderno e aggiunse: «Io prendo appunti, alla fine ci riuscirò».

«A fare cosa?» domandò Giovanni circospetto.

«Affari miei» concluse lei.

Nei mesi successivi Genziana assorbì tutta l'esperienza di Giovanni. Seguiva con attenzione il suo lavoro e annotava ogni particolare: il calore, la pressione, il peso, la capacità della tramoggia. Il suo naso si allenò a percepire gli aromi. In breve fu in grado di distinguere il floreale, che sembrava un cespuglio di gardenie, dall'agrumato, che legava i denti come mandarini a Natale; il fruttato, simile a un cesto di ciliegie appena colte, dal vanigliato, intenso come un buccellato farcito di fichi; lo speziato, che pareva un dattero ricoperto di pasta reale, dal legnoso, fragrante come un bosco di querce secolari. Il suo preferito profumava come una pagnotta di semola rimacinata appena uscita dal forno.

Genziana imparò a riconoscere con uno sguardo fugace i chicchi ammalati da quelli sani, i malformati per nascita dai difettosi per acquisizione, i troppo fermentati, gli acerbi, quelli sfatti e anneriti. Prese familiarità con le forme bizzarre e coniò delle sue personali categorie: pietre, orecchie, legnetti, conchiglie. I suoi sensi si impregnarono per osmosi di un immenso sapere, e a forza di annusare emersero ricordi lontani, che la memoria si esercita soprattutto con il naso. Sotto le palpebre chiuse scorrevano le immagini di suo padre curvo tra gli alambicchi, il viso amorevole di Viola che annuiva dopo aver bevuto una tazza di caffè, i loro sorrisi complici. Le chiacchiere dei suoi genitori le trillavano nelle orecchie, insieme allo schiocco delle labbra, al risucchio della lingua.

"La bella addormentata sui sacchi", come l'avevano soprannominata gli apprendisti, non dormiva né sognava, ma rispolverava un mestiere che le apparteneva per nascita e tradizione.

Alla sera poi correva piena di entusiasmo da Lalla a raccontarle quanto aveva imparato.

Davanti a un bicchiere di vino, nella cucina che odorava di fritto, si attardava in descrizioni minuziose. Talvolta scivolava nella nostalgia e allora con voce piagnucolosa raccontava di Viola, di quanto fosse amata nel quartiere.

«Tutti le chiedevano consigli, la interpellavano per prendere decisioni. E la salutavano con rispetto, un po' come fanno con te. A me invece non mi possono vedere.»

«Io però, come tua madre, mi do da fare, presto aiuto, combatto le ingiustizie, do una mano con i bambini. E tu che fai?» obiettò Lalla.

«Stai a vedere che adesso è colpa mia» sbuffò la ragazza.

«Colpa no, responsabilità sì. Cerca di prendere esempio, le buone pratiche si sviluppano per imitazione.»

«Io sono così diversa da te, non potrei fare le cose che fai tu.»

«Non devi prendere esempio da me, ma da tua madre, cocca.»

Genziana spalancò la bocca: ammirava la sua amica, per quel suo vivere libero e quell'incedere sicuro, ma certe volte le sembrava di non capirla.

«C'ho provato una volta e mi è andata male» rispose, e la voce le tremò.

«Viola era una caffeomante esperta, ma il caffè lo si può utilizzare in tanti modi. Sei proprietaria di una torrefazione, puoi partire da lì.»

«Ma perché, che sto facendo?» chiese spazientita.

Erano mesi che s'impegnava nel lavoro e Lalla, invece di riconoscere i suoi sforzi, continuava a incalzarla e a metterla con le spalle al muro.

«Non è così semplice come pensi. Ogni volta che faccio qualcosa, agli altri non va bene. Ora pure Provvidenza è cambiata. Mi guarda con certi occhi...» aggiunse poi per provare che aveva ragione.

«Le hai fatto qualcosa?»

«Ma che dici! Vive in casa mia, le do da mangiare, siamo come due sorelle.»

«Magari è invidiosa» aggiunse Lalla.

«Ma di cosa? Se non fosse per me...» saltò su Genziana.

Non le piaceva essere criticata e mise il muso. Non capiva che la parmigiana cercava solo di traghettarla nel mondo degli adulti, fatto di scelte e responsabilità, dove non esiste la parola "fuga". Agiva come avrebbe agito Viola, ma non possedeva la stessa dolcezza, e i suoi modi spicci e severi finivano per provocare in Genziana un doloroso senso di inadeguatezza.

«Appunto. Tu sei la padrona e lei la serva. Tu comandi e lei ubbidisce. Si è amici solo se si è alla pari, funziona così anche nell'amore.»

«Ma allora la devo perdere?» chiese la ragazza preoccupata.

«Certe volte i rapporti si modificano all'improvviso e non puoi farci nulla. Le amicizie sono preziosi cristalli, hanno punti fragili che non conosciamo, e se vengono sollecitate lungo quelle linee di debolezza si rompono.»

«Che devo fare?»

«Devi tendere la mano a chi ha bisogno. Questo faceva tua madre: aiutava.»

21

L'inverno del 1947 Genziana lo trascorse quasi tutto alla putìa. Aromi, colori, sapori, suoni le riempirono la vita. Emozioni e ricordi stavano tornando in equilibrio. Aveva già compilato tre quaderni con pensieri e ragionamenti: li accarezzò con orgoglio, certa che all'analisi sarebbe seguita la sintesi. Anche suo padre aveva quella stessa abitudine. Se lo ricordava bene la sera, chino sulle pagine al tavolo della cucina, mentre faceva i conti e insieme annotava le sue riflessioni.

Una mattina di febbraio si tirò su dal letto senza i soliti indugi. Il suo corpo rabbrividì al contatto con l'aria fredda, ma invece di rintanarsi sotto le coperte corse a vestirsi.

"È il momento dell'azione" si disse con enfasi sciacquandosi il viso con l'acqua gelata. Fece le scale di corsa, spalancò la porta della putìa e camminò decisa in direzione di Orlando che soffiava, sbuffava, brontolava già da un po'.

«Il prossimo carico lo faccio io» annunciò accarezzando le guance del drago.

«Tostare è un'operazione delicata» obiettò Giovanni, «non ci vuole niente a bruciare un carico o a lasciarlo mezzo crudo.»

Genziana non rispose e afferrò un sacco. Emanava una determinazione tale che nessuno osò replicare.

Provvidenza smise di spolverare e si offrì di aiutarla.

«Faccio da sola, voglio che la responsabilità sia mia», era la prima volta che usava quella parola. Quindi, per dimostrare che faceva sul serio, si rimboccò le maniche e riempì di chicchi la tramoggia che per effetto del calore mandava bagliori di fuoco.

«Minchia, che forza!» esclamarono gli operai.

Genziana selezionò della legna d'arancio e riempì la caldaia. Giovanni la guardò meravigliato, lei alzò un dito e con fare saputo chiosò: «Legna diversa a seconda delle qualità del caffè: arancio per le note fruttate, ulivo per i sentori muschiati, quercia per le fragranze speziate».

Giovanni annuì con convinzione: «Pare che babbìa...» disse agli apprendisti.

La ragazza controllò più volte il manometro, il termostato, la caldaia. I suoi occhi correvano in ogni direzione, la pelle, imperlata di goccioline di sudore, brillava. Le labbra dischiuse facevano mostra dei denti serrati. I capelli, per effetto del vapore, si erano arricciati ancora di più e lasciavano scoperta la nuca. Dopo alcuni minuti cominciò a saggiare il grado di tostatura. Tirava fuori il navettino, faceva saltare i grani, annusava e guardava, poi lo rimetteva dentro e dopo poco ricominciava.

Il naso vibrava come quello di un segugio, il respiro era un ansimare rapido, la gola gorgogliava di mugolii teneri. Il suo fiato si mischiava con quello del drago, che sembrava irretito, e lei ora lo blandiva, ora lo accarezzava, ora lo sferzava.

Intorno a lei il silenzio.

«Ora!» urlò Genziana, e aprì i rubinetti. Il caffè cadde nella padella e la massa bronzea, sotto l'impeto delle pale di raffreddamento, si sollevò in onde regolari come un mare vellutato. Lei urlò di felicità e accarezzò compiaciuta Orlando, che dai vetri degli spioncini le rivolgeva uno sguardo mansueto.

Appena il fumo si dissolse, immersa in una nuvola fragrante, al centro della stanza Genziana si offrì agli sguardi ammirati degli operai. Il suo petto fremeva d'emozione, gli occhi erano lucidi come quelli di una donna innamorata, le braccia infilate nelle tasche, le gambe larghe e ben piantate sul pavimento, la bocca sorrideva soddisfatta.

«Sei proprio una Olivares!» esclamò con orgoglio Giovanni, e si avvicinò per riempire i sacchi. Lei lo scansò: «Levati! La regola è che chi comincia finisce», quindi respirando rumorosamente caricò i sacchi di juta e li sigillò.

Aveva lavorato di cuore e muscoli, asciugandosi di tanto in tanto il sudore con un gesto delicato. Il suo corpo adesso era capace di affrontare la fatica senza incepparsi, la sua mente stava diventando sempre più consapevole. E la cosa più straordinaria era la collaborazione fra le parti, come se la coscienza fosse contenuta nelle braccia che aveva mosso a pieno ritmo. Aveva agito come sanno fare le donne, alternando cicli di fatica rabbiosa a momenti di pausa in cui verificano il risultato, pronte a ricominciare daccapo quando non sono soddisfatte.

Per alcuni giorni Genziana non si staccò da Orlando e dimostrò le proprie doti di tostatrice. Anche i suoi più ostinati detrattori dovettero arrendersi all'evidenza: «A tostare è brava quanto un masculo! Però suo padre era un'altra cosa».

Quel "però" inficiava la sua contentezza. Doveva assolutamente trovare il segreto di quel caffè che portava il suo nome: "Costi quel che costi" si ripeteva.

Affidò di nuovo il controllo di Orlando a Giovanni, e si immerse con rinnovata volontà nelle ricerche. Nel suo vecchio ruolo di custode di Orlando, Giovanni ci stava da pascià e ben presto tornò alle vecchie abitudini. Ma qualcosa in lui era cambiato. Indossava sempre una camicia pulita, teneva i capelli corti, la barba perfettamente rasata. E quando *santiava*, subito dopo chiedeva scusa.

Anche gli apprendisti sembravano uomini nuovi: puliti, profumati, vestiti con maggior cura, i loro indumenti non avevano macchie, i comportamenti erano contegnosi, le voci basse, i modi educati. La presenza di due donne alla torrefazione era la vera causa di quella trasformazione.

Giovanni a un certo punto cominciò a guardare con un certo interesse Provvidenza. Era cresciuta anche lei: magra e lunga, aveva adesso seni che le riempivano il torace e fianchi larghi che la facevano assomigliare a un'anfora. "Certo non regge il paragone con Viola" pensava l'operaio. "Ma è femmina pure lei, alla fine l'una vale l'altra." La piena maturità si avvicinava e lui avvertiva il peso della solitudine.

Provvidenza ricambiava quegli sguardi e anche lei cominciò a vagliare l'aspetto di lui nei dettagli: gli occhi rotondi, le guance rese lisce dal vapore, le gocce di sudore che scorrevano copiose dalle ascelle, s'insinuavano tra i peli delle braccia e confluivano in rigagnoli perlacei, le pieghe della fronte sotto al fazzoletto annodato. Nel corso di questi esami minuziosi, le capitava talvolta di cadere in uno stato di torpore. Spostava il peso del corpo prima su un piede e poi sull'altro, oscillando come fanno i matti quando ricercano barlumi di consapevolezza nel caos della loro mente. In quei momenti le affioravano alla memoria immagini tremolanti, figure senza volto, sensazioni familiari e profumate di lievito. Provvidenza non le respingeva, e anzi quando sparivano si ostinava a rincorrerle nelle profondità nebulose del passato.

«Che ti passa per quella testa vuota?» le chiese una mattina Giovanni. Lei si staccò dalla visione, che come un riccio pauroso si rintanò in un angolo della coscienza, e gli sorrise con tutti i denti sghembi. Lui l'acchiappò per un braccio e la tirò fin sotto al mento di Orlando che aveva appena finito di tostare.

«Assaggia.»

Giovanni le offrì alcuni grani con aria compiaciuta. Provvidenza rimase a osservare le sue mani che sembravano contenere delle gemme preziose. La servetta aprì le labbra, lui la imboccò con un chicco.

«Ahi, scotta!» urlò Provvidenza, soffiando con le labbra semiaperte. Frantumò poi il chicco sotto agli incisivi, i minuscoli frammenti come sabbia grossolana si infilarono sotto la lingua. Un profumo di legno salì dal palato al naso, un sapore soave e una sensazione di benessere si propagarono per tutto il suo corpo. Sul viso le passò un'espressione di gratitudine.

Giovanni sentì crescere nel petto un desiderio di felicità. Gli piaceva prendersi cura di quella ragazzina che, come lui, non aveva memorie di famiglia, né conosceva la gioia dell'amore. Sopraffatto da un'onda di affetto le passò le dita sugli occhi: «Chiudili» le disse. Provvidenza ubbidì, si fidava di lui. L'uomo le mise tra le labbra una manciata di caramelle. La criata cominciò a masticare. Lo zucchero scricchiolava, mentre il sapore bruciante della cannella le pungeva la gola. Quello era un sapore familiare e Provvidenza ebbe l'impressione di ricordare qualcosa.

All'improvviso spalancò gli occhi e, guardando nel vuoto, iniziò a parlare con una vocina sottile sottile, sembrava una picciridda di sei anni: «Mia madre mi pettinava i riccioli sulla porta di casa, c'era un sole pallido... Ce ne avevo di nodi, mi faceva male quel pettine stretto e lei poi insisteva, aveva certe mani forti. Io piangevo, lei sorrideva e mi baciava le ciocche arricciate. "Ava', non ti lamentare, non ti posso lasciare accussì, pari na *zanna*." La sua voce tremava, pareva che vulìa chianciri pure quando rideva, e non si capiva se era allegra o abbattuta... mi allisciava il vestito: "Si accussì bedda!". Mi metteva sotto allo scialle e io mi addormentavo sul suo petto... la casa era piena di luce. "Saluta la principessa" mi diceva e mi pizzicava il braccio. "La figghia del re?" chiedevo io... "C'era na vota 'u re befè, viscotto e menè, che aveva na figghia, befigghia, viscotto e menigghia..."».

Genziana entrò in quel momento alla putìa. Giovanni si portò il dito davanti al naso e le fece cenno di tacere.

«Shhh» aggiunse in un sussurro. «Lasciala parlare, la china non la devi arginare.»

Provvidenza rivedeva il passato, scorreva con occhi vacui le pagine di un album fotografico. Giovanni con i suoi ricordi colmava i vuoti: «C'era na vota una picciridda, aveva capiddi rizzi, *quasette* bianche, sdillentate, sò matri c'aveva uno scialle nero, e stavano a vicolo Brugnò, lì era tutta una famiglia...».

«Le caramelle della principessa...», e lui allora: «I savoiardi di Ortensia...».

Le parole dell'uomo erano una sorta di colla magica, le tesserine si ricomponevano andando a formare il prezioso mosaico della vita di Provvidenza: «La principessa ti dava caramelle di cannella e di carrube, erano così buone. E ti faceva mangiare, avevi sempre la pancia vuota».

Parlavano a turno, la vocina infantile di Provvidenza si arrestava ogni tanto, come sopraffatta dalla piena delle emozioni, allora s'inseriva Giovanni con il suo tono baritonale. Mai le voci si sovrapponevano.

«C'è caldo, ho fame... mamma, i biscotti... lei mi dà una carezza... in casa non c'è niente.»

«"Amunì, che ti porto dalla principessa"» disse piano l'operaio.

«In un minuto siamo sulla porta. Le campane suonano mezzogiorno, *din don, din don,* usciamo da vicolo Brugnò, il sole mi allucia e mi *strico* gli occhi. "Allestiti, che tra poco la principessa mangia." Mi acchiappa la mano, sono rustiche, hanno i calli. Poi, *uuuuuuuh,* l'allarme.» Provvidenza aveva uno sguardo sbigottito, una lacrima le scivolò sul volto.

«Il rifugio vicino alla cattedrale, dài, scendiamo le scale», Giovanni provò a farla andare avanti.

«Non ci voglio stare lì sotto, c'è tanfo di surci, è scuro, mi scanto... "Spicciati, bella di mamma." No, non ci voglio venire! Le scappo di mano. La gente corre per le scale, grida. "Provvidenza, 'unni vai? Fatemi passare, la picciridda!" Lì sotto non ci voglio andare, meglio la cattedrale, è domenica, c'è la messa, continuo a salire le scale. "Attenta, Provvidenza, fuori ci sono le bombe, fuori si muore."»

22

«Cocca, mi è venuta un'idea. Ho saputo che al Banco di Sicilia danno prestiti senza interesse. Perciò adesso...»

«Che vuol dire?» la interruppe Genziana.

«Lo vedi che lo studio serve! Adesso sapresti di cosa sto parlando.»

La ragazza arrossì e abbassò lo sguardo.

«Vabbè, è inutile che sto qui a spiegarti. La vorresti mettere a posto la putìa?»

«Certo che vorrei, ma con quali soldi?»

«Appunto! Quelli te li dà la banca, e poi tu li restituisci man mano che guadagni. Domani vieni con me e facciamo tutto.»

Con la promessa che avrebbe pagato, Genziana convinse la lavandaia a cederle il negozio adiacente. Le ragazze sgombrarono i locali di tutto ciò che si era accumulato nel tempo e tra le tante cose saltò fuori la cassa con gli alambicchi e gli oggetti appartenuti a Roberto.

«Quando sarà tutto pronto, queste cose le rimettiamo sul tavolo di mio padre» esclamò Genziana.

Gli apprendisti buttarono giù le pareti, poi le tinteggiarono di bianco, la graniglia del pavimento fu lucidata, il bancone rifinito con un bel ripiano di marmo e i barattoli rimpiazzati da nuove burnie. Tutto intorno, scaffali di ulivo e mensole di cristallo.

Vicino all'ingresso, dietro la cassa, facevano bella mostra di sé due bassorilievi scolpiti su prezioso legno dal mastro ebanista più bravo della città. Rappresentavano il ciclo della coltivazione del caffè. Nel primo uomini dal torace possente seminavano, sarchiavano, coltivavano piantine delicate con gesti ampi. Nell'altro, dei bambini scorrazzavano gioiosi mentre donne sinuose raccoglievano le drupe mature.

Furono aggiunte quattro grosse lampade e una ventola più potente. I vapori della tostatura venivano convogliati in un tubo di alluminio che si arrampicava lungo la facciata del palazzo, svettando come un missile puntato contro il cielo. Era il segno della modernità, l'impronta di Genziana. Una nuvola odorosa stazionava a Discesa dei Giudici, certi giorni la brezza la disperdeva tra i tetti, altri lo scirocco la faceva precipitare a terra come nebbia a fondovalle.

Con le ultime lire di un finanziamento non ancora incassato, Genziana decise di far confezionare divise nuove per i lavoranti.

«Perché non le fai cucire ad Alivuzza?» le suggerì Lalla.

«Ma non era in America?»

«Tornò» rispose lesta Provvidenza, alla quale non sfuggiva nessuna novità.

«E come mai?»

«Dice che era troppu granni e che non ci poteva stare senza questo cielo azzurro.»

«Andiamo» la invitò Lalla.

La sartina era china sul tavolo e tagliava dei pantaloni da una grossa tela.

«Buongiorno.»

«Buongiorno a voi.»

Alivuzza rispose al saluto senza alzare gli occhi dal suo lavoro.

«Ti dobbiamo parlare» disse Lalla.

«Voscenza comanda.»

«Nessun comando, Alivuzza, semmai umili preghiere» intervenne Genziana.

La sarta non rispose, sollevò gli occhi e rimase in attesa.

«Come stai?»

«È della mia salute che vossia vuole parlare? Perché di come sto io non è mai interessato a nessuno.»

Genziana si mosse per andarsene ma Lalla la trattenne: «Devi tendere la mano» le sussurrò.

«Sono contenta che sei tornata» disse allora Genziana con le guance rosse. «Vorrei discutere di una cosa di lavoro.»

«E discutiamo, allora.»

«Ecco, a San Benedetto vorrei fare una festa per inaugurare la putìa, e mi piacerebbe che tu cucissi le nuove divise per gli operai. Ora, io lo so che tu fai soprattutto abiti da matrimonio...»

«Quando mai!» la interruppe la sarta. «Basta abiti da sposa, le picciotte hanno troppe fisime. Ora faccio solo tute da lavoro, che agli operai ci vanno bene tutti così. E corredini per neonati, tanto quelli non parlano, semmai chiancìnu.»

«Meglio così» s'intromise Lalla. «Allora segnati le misure e stringetevi la mano.»

Alivuzza le lanciò uno sguardo torvo. Prigioniera della solitudine, era l'unica a non avere ancora perdonato Genziana per la durezza delle sue profezie.

«E allora?» insistette Lalla.

La sarta non ebbe il coraggio di scontentare la continentale, che l'aveva aiutata a rimettere in piedi il laboratorio.

La pace sembrava sancita e Genziana prima di andare via aggiunse: «Naturalmente sei invitata alla festa».

A San Benedetto venne inaugurata la nuova putìa, c'era tutto il quartiere a Discesa dei Giudici quel giorno.

Lo zù Minico con le sue cinque nipoti femmine, e la figlia incinta un'altra volta. Mimmina sottobraccio al marito, un carabiniere dai baffi folti che facevano concorrenza ai suoi. Fanny la roscia con un grosso tuppo di capelli sfavillanti al centro della testa. Giovanni con una camicia bianca stirata con particolare cura da Provvidenza. Ruggero con un codazzo di amici chiassosi.

Il prete spruzzò di acqua benedetta il bancone, la cassa, Orlando e le burnie.

Il fotografo lavorò molto per metterli tutti in posa. Al centro c'era Genziana con un broncio sensuale; accanto a lei, da una parte Provvidenza con un bel grembiule nuovo di cotone pesante che lasciava scoperte le braccia pelose, dall'altro Giovanni con un sorriso largo e uno sguardo malizioso. Ai lati gli apprendisti con indosso le nuove divise: lunghi camici bianchi con un negretto dal sorriso ammiccante ricamato sul cuore. In un angolo, con gli occhi smarriti e l'espressione svagata, Ruggero con le mani dentro a una burnia.

Alivuzza non s'era fatta vedere: «Ci sono le mie divise, va bene lo stesso» aveva mandato a dire con suor Gesa. «E tanti auguri di buona fortuna.»

Sul nuovo bancone, squadrato e massiccio, una lunga fila di vassoi colmi di biscotti, ceci tostati e tazze di caffè.

La gente si riempiva le mani e la pancia con soddisfazione. Tutto era così buono, tutto... tranne il caffè. Quello lo assaggiavano, poi si guardavano intorno e di nascosto lo sputavano sulle balate della strada.

23

Del caffè, Genziana conosceva ormai le leggende e le origini, la tostatura non aveva più segreti... ma riguardo al gusto avvolgente di
cui parlavano i vecchi clienti non progrediva di un passo.

Quella mattina era scesa in torrefazione all'alba, il sole caldo
della primavera inoltrata le rendeva particolarmente faticoso il lavoro. Stanca, ficcò la testa dentro a un sacco di arabica del Guatemala. Rimase in quella scomoda posizione a respirare a pieni polmoni, lasciandosi consolare dall'aroma fragrante.

«Questi chicchi promettono meraviglie...» sospirò.

Lalla la trovò lì dentro.

«Cocca, ma che fai?» le chiese afferrandola per la vita.

«Guarda come sono grandi! E sono tutti uguali, perfetti. Erano i
preferiti della mamma.» Genziana fece scorrere i chicchi tra le dita
con l'espressione dolce di chi ha trovato qualcosa che considerava perso per sempre.

«Sai, questa putìa mi fa tornare indietro nel tempo. Qui non solo
riesco a ricordare, ma certe volte persino a sentire il suono delle
voci. Le sensazioni mi arrivano addosso così forti che mi sembra
di essere ancora con la mia famiglia.»

«È così che trascorri le tue giornate, rimpiangendo cose che non
ci sono più?»

«E che dovrei fare secondo te?»

Lalla scosse la testa: «Ce l'hai il moroso?» le domandò di punto in bianco.

«Nzù.»

«Ma perché, c'hai qualche difetto? Fatti guardare bene!», e ridendo le sollevò la gonna.

La ragazza si scansò con uno strattone. Allora l'amica le agguantò le minne, era in vena di scherzare, ma Genziana la spinse via sbuffando: «Oh, statti ferma!» le urlò infastidita.

«No, qui mi pare tutto a posto. E allora qualcuno deve averti mangiato il cuore. Chi è?»

«Ma va'», Genziana ficcò di nuovo la testa dentro il sacco. La donna la prese per le spalle costringendola a girarsi. La guardò fissa negli occhi: erano annacquati e sognanti.

«Tana!» urlò. «Ora mi devi raccontare tutto.»

Genziana aveva bisogno di parlare, che a forza di tenerselo dentro quel segreto era diventato un cancro che divorava la sua voglia di vivere. Si fece pregare, ma finì per raccontare di Medoro.

«Ora sai tutto di me.»

Lalla le sorrise: «Cocca mia, ma il mondo è pieno di ragazzi, guardati intorno».

«Ma io voglio lui!»

«Vedi, cocca, lui è come uno di quegli articoli che vedi sul catalogo OMNIA: ti piace, lo vuoi, c'è, ma non è disponibile, perciò lo devi lasciar perdere» sentenziò. «L'amore è una cosa che serve a stare bene, tu sembri ammalata.»

Genziana scuoteva la testa come una bambina capricciosa.

«Lo amo da quando ero ragazzina, è lui che voglio.»

«Te ne devi fare una ragione.»

«Mia madre diceva che avrei potuto avere tutto quello che volevo. "Chi acchiappa un turco è suo" mi ripeteva.»

«Senti, cocca, io mi rendo conto, ma il turco tu ancora lo devi acchiappare, perciò è meglio se ti guardi in giro. Con tutti i giovanotti belli che potresti conoscere... ma a ballare ci vai?»

«Nzù.»

«Male! E poi in casa tua c'è troppo silenzio. Ma perché non accendi mai la radio? Le canzonette servono, sai. Parlano d'amore, di ragazze infelici come te che all'improvviso sorridono e gioiscono. Tu canti e impari.»

Genziana s'illanguidì, l'assenza di Medoro, dopo tanti mesi, le procurava ancora dolore.

«Cocca, domenica c'è una festa e tu vieni con me» aggiunse Lalla. «Mi raccomando, mettiti un paio di tacchi, come una vera donna. Vedrai che ci divertiremo!»

«Ma io non ci so camminare» piagnucolò la ragazza.

«Tieni, metti le mie scarpe, ti faccio vedere come si fa.»

Indossò quelle décolleté nere con trepidazione, non ne aveva mai posseduto un paio. I tacchi erano così lunghi e sottili, le punte affusolate.

Il primo passo fu incerto, allargò allora le braccia per trovare l'equilibrio.

«Guarda avanti!» ordinò l'amica. «Ora stringi il sedere e senti dove sei.» I glutei contraendosi si sollevarono sotto alla gonna, il profilo di Genziana si arricchì di una nuova curva che la stabilizzò, ebbe l'impressione di essere più salda.

«Metti un piede davanti all'altro, allarga il torace, respira.» La ragazza gonfiò il petto, rilassò le spalle e si preparò a guardare il mondo dall'alto.

«Muoviti come se dovessi tagliare l'aria.»

Sollevò un piede e quello poggiato per terra traballò: le sembrava impossibile che tutto il peso gravasse su quelle cinque dita sottili. Le caviglie si sfiorarono, il primo passo era fatto. Si apprestò al secondo e poi continuò penetrando lo spazio davanti a sé come un cucchiaio che affonda in un budino.

«Dove sei?» le domandò Lalla.

«Qui, ma che domande fai?», rise e si accasciò sulla schiena assumendo un aspetto dinoccolato. Le gambe le si piegarono, facendola vacillare.

«Vedi che succede? Sui tacchi non puoi distrarti, un po' come nella vita. Devi sempre sapere dove sei, la consapevolezza ti aiuta a trovare equilibrio e direzione. Allora, dove sei?»

Genziana premette forte i piedi sul pavimento, s'infilò nel proprio corpo, si raddrizzò, immaginò di toccare il cielo con la testa, sentì un filo dentro di sé, lo tese e le sembrò allora di essersi allungata.

Per prima cosa cercò se stessa nelle dita dei piedi: l'alluce era dritto e teso, le altre stavano piegate a metà. Procedendo dal basso verso l'alto, si rinsaldò nelle caviglie sottili, nei polpacci slanciati, nelle gambe forti, nell'ombelico appiccicato alla schiena, nel respiro che fluiva costante, nel mento proteso in avanti, negli occhi che guardavano l'infinito.

«Bene, e ora cammina» le ordinò Lalla.

Fece qualche passo, avanzò a testa alta. Si fermò, girò su se stessa trattenendo le braccia lungo il corpo, pareva sicura della sua bellezza. Il suo stelo, non più spinoso come quello di una rosa, né esile come quello di un papavero, era succulento e fiero. La corolla azzurro cobalto, piena e compatta, aspettava di schiudersi alla carezza del sole. I tacchi alti avrebbero potuto minare il suo equilibrio, ma l'andatura non sembrò risentirne. Del resto lei era una genziana di montagna dalla radice carnosa e salda, di cui, fino a quel momento, aveva conosciuto solo il sapore amaro e ignorato le virtù terapeutiche.

«Cerca di sembrare un po' meno intelligente» mi consiglia Lalla.

«Devi fare la misteriosa» dice Giovanni.

«Un bel vestito ci vuole» è il parere di Provvidenza.

«È meglio se ti dici una preghiera» suggerisce Ruggero.

Pregare è l'unica cosa che non faccio: sono bella, mi chiamo Olivares, possiedo una putìa... lo troverò uno spasimante.

Il vestito lo compro a Lattarini. Né rosso, né bianco, ma giallo dorato: quello ci vuole per la mia pelle che riluce come il caffè tostato. Modello Ricordo, intessuto di morbido albene, che brilla come seta. Un complicato drappeggio enfatizza i miei seni tondi e svettanti, un taglio di sbieco scopre la spalla sinistra, la destra inguainata le fa il controcanto. Stretto alla vita, cinquantadue centimetri esatti, si arrotonda con grazia all'altezza dei fianchi. La gonna ampia si allarga con il movimento, è quello che serve per ballare.

Le scarpe me le regala Lalla insieme al consiglio. Hanno la punta aperta e i cinturini che si intrecciano sul collo del piede. Mi fanno lunga come una canna.

«Usale prima della festa, cocca, non è che mi caschi nel mezzo della pista?»

Faccio le prove in cucina.

«Valzer!» urla Provvidenza e batte il tempo con le mani: «Un-due-tre, un-due-tre».

Giovanni mi fischia dietro per gioco, esclama: «Tango!».

Io allungo la gamba destra all'esterno, accarezzo il pavimento con il piede, poi mi tiro dietro l'altra gamba, e poi avanti con la sinistra e ancora a seguire: «Uno, due, tre, quattro... cinque, sei, sette, otto». Finisco piegata all'indietro, stringendomi le braccia al petto.

Poi, ridendo, mi siedo e ordino: «Un vermuth, per favore». Faccio finta di bere, ingoio lenta lenta, sbatto le palpebre, mi accarezzo i capelli che tengo sciolti sulle spalle, ho perso tutto il pomeriggio a fare delle onde ordinate con il ferro caldo.

«Come ti sembro? Sono abbastanza misteriosa?» chiedo a Giovanni.

«Insomma... senti, proviamo a parlare. Fai finta che sono io il tuo spasimante.»

«Lei di cosa si occupa?» sparo parole a casaccio.

«Sono un avvocato», poi si gratta la testa. «Ti piace meglio un ingegnere? O preferisci un farmacista?»

Lo so io chi voglio... il pensiero va a Medoro, ma sono decisa a non rovinarmi la festa.

«Dottore» rispondo.

«Sono un dottore, e lei invece cosa fa, ricama?»

«Ma cosa dice? Io faccio la torrefattrice», e arroto la erre e calco la voce su quel sostantivo che mi pare così importante.

«Scimunita» mi interrompe lui, «non devi dare notizie su di te. Mi- ste-ro, quello piace agli uomini.»

«Ma che significa fare la misteriosa?» urlo spazientita.

«Senti, prova con una sigaretta.»

Me ne porge una. Io la afferro e come viene la metto in bocca. Soffio dentro al filtro e non succede nulla.

«Ma vero, babba sei. Talìa come si fa. Intanto la devi sistemare tra indice e medio, che con il pollice la tengono solo i maschi. Poi l'avvicini alla bocca, i denti non li usare. Ora, succhia e poi respira.»

Mi metto a tossire e mi gira la testa.

«La prima volta lo fa a tutti, poi ti abitui, come col caffè.»

Prima di uscire mi stendo un velo di cipria, e uno strato di rossetto di un bel colore fucsia, che il rosso lo usano le stracchiole.

«Come sto?» chiedo, ho una tale paura che vorrei rinunciare.

«*Chi si bedda*» *mi rispondono in coro.*

Prima che io esca Provvidenza si avvicina: «*Aspetta*» *mi dice, e tira fuori dalla tasca una cosa nera, densa e cremosa come lucido da scarpe.* «*Guarda là*» *continua indicando la finestra,* «*e stai ferma con la testa.*»

Poi sputa su uno spazzolino, lo riempie di quel lucido nero e me lo passa sulle ciglia.

«*È* cirotto, *fa lo sguardo misterioso. Ora sì che pari un'attrice.*»

Ridiamo, siamo allegri, sembriamo felici. Le scarpe le chiudo nella borsa, che sulle balate con i tacchi non va bene. Adesso ho proprio tutto. Per sembrare stupida basterà la mia insicurezza.

24

Palazzo Pantelleria era uno dei pochi edifici rimasti in piedi dopo il bombardamento. La facciata, di un rosa pallido e insipido, aveva più crepe del volto della vecchia custode, il cornicione, smozzicato come una pagnotta di pane secco, le tegole volate via insieme ai gabbiani.

Nel cortile interno campeggiava un enorme *ficus magnolioides*, le cui radici aeree si arrampicavano fino al secondo piano. Le foglie polverose si allargavano in ogni direzione.

Se ne ricavava nel complesso una sensazione di abbandono e decadenza. Genziana si specchiò un'ultima volta nel vetro della porta: il giallo le donava. Controllò che i cinturini delle scarpe fossero bene allacciati, quindi salì la scala tenendo la testa dritta sul collo e gli occhi fissi davanti a sé. Aveva un atteggiamento altero, si sentiva una principessa. E in qualche modo lo era, sua madre così la chiamavano.

La musica allegra rimbombava nell'enorme salone affrescato, alcuni dischi venivano direttamente da oltreoceano. I pavimenti colorati sussultavano sotto il calpestio disordinato dei ballerini. Le persone sudavano nei loro abiti eleganti, l'aria era calda, che ad aprire le persiane si correva il rischio che cadessero di sotto.

«Il primo ballo lo fai con Gianni, così rompi il ghiaccio. Ma poi me lo ridai mio marito, che io sono molto gelosa!», Lalla la spinse con un gesto gentile.

Era un valzer, dolce e struggente, Genziana si irrigidì come uno stoccafisso.

«Facile!» esclamò l'uomo, e prese a girare torno torno alle pareti. Si muoveva con leggerezza, la sua capigliatura candida era una lieve increspatura nel mare delle teste scure, le sue braccia erano salde. La ragazza si guardava i piedi e contava i passi: «Un-due-tre. Un-due-tre...».

«Ma che fai? Non siamo a una parata militare!»

Lei arrossì.

«Non pensare a nulla. Dammi le tue gambe e tieniti il cuore.»

Lei sollevò il mento, respirò e, guardando lontano, si mosse senza obiettivi. Percorsero diverse volte il salone, volteggiando in senso antiorario, e quando Gianni la sentì cedevole e pronta ad assecondarlo la riaccompagnò al suo posto: «Ora che hai capito come si fa, io torno da Lalla». Nel pronunciare il nome della moglie i suoi occhi turchesi brillarono.

Ce n'erano di giovanotti, alcuni anche belli, nei pantaloni larghi a vita alta, le camicie bianche bagnate di sudore, i capelli impomatati e tirati indietro. Tutto a un tratto i ballerini si allargarono a formare un cerchio e presero a battere le mani e a schioccare le dita.

Gianni e Lalla al centro del salone incrociavano braccia, piedi e sguardi sulle note di *Chattanooga Choo Choo*. Lei scappava, lui le correva dietro, non sbagliavano un tempo né un passo. Poi i ruoli si invertivano, era un gioco allegro e malizioso. Lei si era persino tolta le scarpe, che saltare sui tacchi non è cosa facile. Genziana era strabiliata, avrebbe voluto possedere la stessa identica gioia, la medesima voluttuosa disinvoltura. Poi la musica finì e la sua amica tornò a sedersi. Ansimava e rideva tenendo in mano un bicchiere di marsala.

«Permette?»

Genziana alzò lo sguardo, un uomo alto e massiccio le tese la mano: la stava invitando a ballare. Lei scosse la testa e si negò, un conto era abbracciare un amico, un conto mettersi nelle mani di uno sconosciuto e girare come una *strummula*.

Lalla la fulminò: «Balla» le ordinò a denti stretti.

Genziana si alzò esitante e seguì lo sconosciuto fino ai bordi della pista. Lui l'afferrò per la vita e rimasero fermi ad aspettare la musica. Concentrata e imbarazzata, non si accorse di trattenere il respiro.

«Guarda che così soffochi» le disse lui divertito.

«Non sono molto brava» balbettò.

«Non preoccuparti, è facile, basta essere un po' sfacciati.»

La musica cominciò lenta e Genziana si trovò a improvvisare. Sulle note di *Besame mucho* lui la guidò con decisione; su *Signorinella pallida* si lasciò andare a qualche complimento; poi fu la volta di *Amado mio* e allora si sdilinquì, la strinse forte. Lei diventò rigida e gli piantò le braccia tese contro il petto. Di quell'uomo non conosceva neanche il nome.

Lalla le girò intorno, abbracciata al marito: «È solo un ballo» le sussurrò.

Allora Genziana abbracciò le spalle di lui, le sue dita si allargarono sulla camicia, fece un saltello timido e chiuse gli occhi. Le sue ali blu si dispiegarono e, colpite dalla luce sfavillante dei lampadari, mandarono bagliori dalle tonalità cobalto in ogni direzione, quindi presero a vibrare con grazia, si preparava a volare. Poi la musica accelerò, si trasformò in un ritmo di galoppo. Sulle note di Glenn Miller il suo cavaliere si staccò e pieno di entusiasmo urlò: «Così è ancora più facile. Non ci sono figure in questo tipo di ballo, devi solo rimbalzare sui piedi».

Genziana prese coraggio e fece oscillare i fianchi come per saggiare la tenuta del corpo, lui le afferrò entrambe le mani e cominciò ad andare su e giù come una palla sgonfia. Lei lo imitò, finché si trovarono a seguire lo stesso tempo. Insieme si sollevavano, insieme ricadevano sul pavimento. Lui con un gesto azzardato la tirò verso di sé. La schiena di lei si appicciò contro al suo torace, non ebbe il tempo di sorprendersi per la camicia bagnata di sudore né per il cuore impazzito dentro al petto di lui, che si ritrovò lontana, lanciata come una trottola carica. Un attimo dopo lui se l'era ripresa con un'espressione maliziosa. Genziana respirava veloce e si divertiva tanto. La musica cessò di botto, senza svirgolamenti né sbavature. *Tunf*, un colpo secco di tamburo, nello stesso istante la ragazza richiuse le ali e le fece sparire alla vista degli altri, la sala fu invasa dall'ansimare dei ballerini, un fruscio disordinato come quello del vento di scirocco.

«Mi chiamo Aurelio Foddicchio» disse lui riaccompagnandola al posto.

«Genziana Olivares.»

«Che nome meraviglioso.»

«A casa mia tutte le femmine portano il nome di un fiore. Mia madre si chiamava Viola, mia sorella Mimosa, mia nonna Ortensia.»

Battuta su battuta, cominciarono a conoscersi.

«Faccio il medico, sono psichiatra... curo i pazzi, ammesso che ci sia qualcosa da curare», e rise.

Genziana si irrigidì, curare i matti le sembrava una cosa disdicevole. Ma era un dottore, quello che lei sperava. Si disse che non era il momento di fare la difficile e sorrise anche lei della battuta.

«Io sono proprietaria della torrefazione a Discesa dei Giudici» rispose quindi dandosi delle arie, che possedere una putìa non è cosa di tutti.

«Chissà che buon caffè si beve a casa tua.»

Sorrise, felice di aver fatto colpo.

Ballarono molte volte e nelle pause parlavano. I loro respiri ora lenti, ora affannati si mischiavano alla musica e alle parole. E quando fu il momento di salutarsi, lui le sfiorò le labbra con un bacio. Lungo la schiena sudata di lei corse un bruciore intenso, il suo ventre si mosse in uno spasmo impudico.

Tornò a casa eccitata dal ballo, dalla nuova conoscenza, da tutte quelle sensazioni che provava per la prima volta. Mentre camminavano non smise un attimo di chiacchierare con i suoi amici e li trattenne sulla porta con mille scuse.

Gianni pazientò, la sentiva un po' come una figlia quella ragazza dall'animo acerbo, ma poi tirò la moglie per il braccio.

«Un attimo, ancora un'ultima cosa.»

Genziana con gli occhi che brillavano sussurrò all'orecchio di Lalla e poi arrossì.

«Vai di fretta eh, cocca mia?» la prese in giro la continentale.

«Che c'entra! È che non sono pratica.»

«Ma perché ti fai sempre tutte queste domande? Goditi quello che viene e vai a dormire, che è davvero tardi.»

La salutò, ma era chiaro che per Lalla e Gianni la serata non era ancora finita.

La mattina dopo Foddicchio si presentò a sorpresa alla torrefazione.

«Un caffè? Senza impegno...» disse Genziana, invitandolo a salire a casa. Lui la seguì accondiscendente.

«Noi riceviamo in cucina» si scusò la ragazza, «una vecchia abitudine dai tempi della mamma.»

«È così intimo» rispose lui prendendole la mano.

Lei la tirò via: "Tutta sta confidenza!" pensò. "Ma forse si comincia così."

Il barattolo del caffè lo trovò vuoto.

«Guarda un po', la moglie del ciabattino ha le scarpe rotte» disse con un risolino che tradiva imbarazzo. Temendo che lui le afferrasse le mani un'altra volta, le aveva ficcate nelle tasche, scoprendole piene di chicchi di caffè. Benedetta la vecchia abitudine che la portava a raccoglierli dal pavimento! Riempì il macinino. "Chissà che succede!" pensò un po' preoccupata, di solito i chicchi non li mischiava mai.

Ruimmm, ruimmm, il consueto rumore aleggiò per la casa, nell'aria si diffuse un sentore familiare.

I muscoli contratti sotto alla pelle liscia avevano l'aspetto di due deliziose pagnottelle. Il petto vibrava insieme alla camicetta leggera che si aprì sul solco che divideva i seni. Ogni tanto guardava in tralice e sbatteva le palpebre. Foddicchio la faceva sentire bella e prese a comportarsi di conseguenza.

Si muoveva con gesti ampi, fissando il suo ospite dritto negli occhi. Le ciglia scure di Genziana proiettavano ombre sottili sugli zigomi, la bocca semichiusa lasciava intravedere i denti. Il suo corpo flessuoso andava e veniva dal tavolo ai fornelli con un movimento ipnotico. Era bastato che un uomo la guardasse con desiderio perché si risvegliasse in lei una sensualità istintiva, trasformando di colpo la ragazza inesperta in una ammaliante seduttrice. Ci volle del tempo prima che il caffè colasse dalla napoletana e per tutto quel tempo lui rimase in silenzio a osservarla. Tra lusinga ed eccitazione, lei accolse quegli sguardi come un dono: il suo corpo giovane ne aveva bisogno. Ma si sottrasse a ogni contatto, facendo bene attenzione che tra loro due ci fosse sempre una certa distanza. Gli servì infine un caffè forte e nero, profumato di gelsomino e arancia. Lui si sdilinquì al solo annusarlo. Lo assaggiò con cautela, poi lo finì tutto d'un fiato. Si trovò la bocca avviluppata in una patina sciropposa lievemente acida. Un sapore appena salato al centro della lingua, dolce sulla punta, amaro nella gola. Ne chiese un altro.

Genziana intanto aveva cominciato le prove di respiro: lungo, profondo, corto, veloce, superficiale: arrivò fino all'apnea, i loro fiati però non si accordarono mai.

"Questo non è buon segno" pensò. "Ma i tempi stanno cambiando, questa storia del respiro poteva funzionare prima, all'epoca di mia mamma."

Desiderava disperatamente innamorarsi e dimenticare Medoro, perciò trovò mille scuse per giustificare certe sue resistenze e alla fine decise di farselo star bene quell'uomo dallo sguardo invadente.

«Mi aspettano al lavoro, ma un caffè così merita un'altra visita», e Foddicchio si congedò con un ridicolo baciamano.

Appena lui fu fuori della porta, Genziana cominciò a cantare, poi accese la radio: com'era improvvisamente bella la sua vita.

«Ho portato il caffè, stamattina il barattolo era vuoto», Provvidenza la interruppe nel mezzo di una piroetta.

«L'ho già fatto, ho macinato dei chicchi che avevo in tasca... assaggia.»

«Chistu è cafè, no quella sciacquatura di piatti che beviamo alla putìa.»

25

Dopo anni di passione, si attendeva una Pasqua di resurrezione. Con largo anticipo i pasticceri si erano dedicati ai preparativi e fin dai primi del mese di marzo le pecorelle di pasta reale erano in bella mostra dentro le vetrine e sui banconi. Una dietro l'altra, con i sonaglini di metallo e un minuscolo collare d'argento, mettevano gioia solo a guardarle. Una mattina Ruggero comparve alla torrefazione, guardò rapito il gregge sul bancone: gli agnellini erano bianchi, teneri, con quello sguardo innocente che hanno appena nati. Sorrise, sembrava tranquillo, forse pregustava la dolcezza della pasta reale. D'un tratto le sue mani scattarono fulminee verso le testoline: precise come quelle di un chirurgo, le sue dita si accanirono contro le orecchie, finché non le staccò tutte. Poi corse fuori, e ripeté la stessa operazione nelle altre pasticcerie del quartiere.

I negozianti alla sera arrivarono a Discesa dei Giudici a chiedere conto e soddisfazione a Giovanni, che dovette risarcirli. Subito dopo, furioso, entrò nella stanza di Ruggero. Lo trovò intento a sciogliere una matassa di lana e a farne un gomitolo, ne aveva mucchi di diversi colori sparsi tra i mobili. Piccole dune variopinte che componeva nottetempo.

«Ma non lo capisci che mi hai fatto perdere un sacco di soldi?» gli urlò.

«Il denaro è il diavolo» rispose il ragazzo. La visione apocalitti-ca era tornata a offuscare i suoi occhi grandi.

Dopo la mattanza delle pecorelle, Genziana si risolse a chiedere l'aiuto di Foddicchio e lo raggiunse nel suo ambulatorio.

«Devo ricoverarlo: non è sano, perciò è malato» constatò lui con aria di sufficienza, aggiustando le penne sulla scrivania. Genziana pensò che volesse scherzare e lo pregò di non prenderla in giro.

«Non sto scherzando, lo porto in clinica e proviamo una cura nuova.»

La ragazza si sentì mancare. Quella di rinchiudere il fratello era una decisione difficile. Il medico le si avvicinò, sembrava voles-se rincuorarla. Smarrita, si lasciò abbracciare. Ma quando provò a divincolarsi, Foddicchio la baciò. Genziana sentì la lingua di lui, grossa e ruvida, forzarle i denti, un senso di nausea le salì dal pro-fondo, mentre l'uomo non smetteva un attimo di frugare nella sua bocca. Foddicchio ignorò gli occhi spaventati di lei, le sue braccia rigide che lo respingevano, le labbra che si serravano inutilmente. Si staccò solo quando si sentì sazio. Fu allora che Genziana gli vo-mitò sulla giacca, scoprendo che l'amore è un sentimento che na-sce nella pancia e poi si annida nel cuore. Quindi cancellò Aurelio Foddicchio dalla sua vita e corse a casa.

"Se le donne sono i polmoni del mondo, di sicuro sarò capace di far respirare mio fratello" si diceva lungo la strada. E con una ri-solutezza che non sapeva di possedere, decise di affidare Ruggero alle cure di Provvidenza.

«Stagli vicino» la pregò.

La servetta ne fu felice: voleva bene a quel ragazzo gentile. Gen-ziana raccomandò agli operai della putìa di non lasciarlo mai solo, poi si affrettò a cercare Lalla, voleva sapere se aveva sbagliato qual-cosa. La trovò dalla sua parte, come al solito.

Lascio tutta la mia insicurezza nello studio di Foddicchio ed esco che sono una persona nuova.

Ruggero sorride, con il cuore, non solo con le labbra. La sua espressione inerme mi rafforza nella convinzione di aver agito bene. Ho guadagnato da questo mio travaglio: sono più bella, il mio sguardo è consapevole, profondo, penetrante.

Gli altri si sono accorti del cambiamento, sentono la mia forza e si comportano di conseguenza. Giovanni mi ascolta con rispetto, s'informa sugli acquisti, aspetta ogni mattina che io arrivi alla putìa per dare gli ordini agli apprendisti. Provvidenza è ondivaga. Certe volte mi guarda con timore, altre con astio, ma non dipende da me, semmai dalla sua memoria, che ancora non si completa e la rende insoddisfatta. Solo con Ruggero il suo modo di fare è costante. Ne giustifica le debolezze, comprende le sue intemperanze, sopporta i suoi difetti. È la prova che l'amore è bizzarro, imprevedibile, ha molte forme e Ruggero ne ha un beneficio immediato.

Lentamente sta tornando in sé. Talvolta le ombre cupe che hanno popolato i suoi incubi si manifestano di nuovo, ma il tocco affettuoso di Provvidenza lo rassicura e lui si rasserena. Non era la mamma, né Medoro a mantenerlo cosciente, ma il loro amore, solo adesso lo comprendo. L'amore è la chiave di lettura del mondo, il motore della vita. Mia madre me lo ha insegnato con l'esempio e con le parole, e da oggi l'amore tornerà a circolare liberamente nella mia casa.

Ci voleva Foddicchio per aprirmi gli occhi, con la sua protervia. Non l'ho più visto, ma non è un caso. Quel giorno, prima di scappare via, gliel'ho urlato con il sangue agli occhi: «Prova a farti vedere alla putìa e io ti metto dentro a Orlando e ti tosto come un chilo di robusta».

Sento ancora il viscido della sua lingua. Le sue mani bianche e mollicce sono la prova che un uomo senza calli è un uomo senz'anima.

Da qualche tempo ho smesso di andare in terrazza, preferisco stare alla putìa. È meglio tenere i piedi per terra, che il cielo è fatto per gli uccelli. I miei modi sono cambiati, non alzo mai la voce e sono attenta a scegliere parole più dolci. Eppure il mio tono lieve pesa come pietra.

Anche la qualità del mio caffè è migliorata, è caldo come un uomo innamorato, ha un sapore persistente e una fragranza mutevole che si adatta alle circostanze della vita. Vorrei che diventasse pieno: sensuale, dolce, solido, proprio come l'amore. Perciò continuo nella mia ricerca. La nostalgia mi muove verso il baule di mio padre.

Frugarci dentro è come una caccia al tesoro. Nel primo strato trovo gli alambicchi, avvolti in ruvida carta da pacchi. Li scarto uno per uno e controllo che siano integri. Dopo averli spolverati li rimetto nel posto che occupavano prima che arrivasse la guerra a disordinare la mia vita. Tra fogli di giornali c'è l'orologio che mio padre usava per prendere il tempo della tostatura. E poi una scatola di fiammiferi, alcune candele smozzicate, diverse ricevute, numerose fatture, qualche lettera d'amore. Dei pennini, una padella tostacaffè arrugginita, un fazzolettino della mamma, ormai privo del suo profumo. Sul fondo un quadernino nero: "Appunti", c'è scritto sul frontespizio. Seguo con il dito quelle lettere rotonde. L'immagine di mio padre mi è davanti. Sento pure la sua fragranza di pepe, che dolcezza!

Sfoglio le pagine, sulla prima una data: "13-05-1926".

26

Arrivata l'ora di chiusura, Genziana congedò gli operai e salutò Giovanni: «Ho da fare» gli disse senza nessuna spiegazione, e lui non fece domande. Si accomodò nell'ufficio del padre e cominciò a leggere. Il cuore le si riempì di tenerezza: quelle pagine descrivevano scene di vita familiare, raccontavano riflessioni, speranze, desideri, considerazioni. Teneva il segno con il dito e con l'altra mano si soffiava il naso e si asciugava le lacrime. La nostalgia accompagnava il ricordo degli ultimi anni trascorsi con la sua famiglia e le suscitava un dolce rimpianto. Piangeva, sì, ma non provava dolore, semmai una malinconia struggente e la consapevolezza che tutti erano vivi nella sua memoria e avevano contribuito a far di lei quella che era.

... Un mistero! Affascina, attira, lega, avviluppa, e soprattutto migliora. Che cosa sarei io senza Viola? Un vecchio frequentatore di casini che non ha mai posseduto davvero una donna.

Genziana rilesse questo passaggio più volte, forse non aveva capito bene. Ma poi si convinse che... sì, suo padre stava discettando di femminilità. Lo aveva sempre considerato un rude commerciante di caffè, non riusciva a credere che fosse così sensibile e attento.

Ho inseguito per tanto tempo il mistero che si cela nel corpo di una donna. L'ho assaggiato, gustato, talvolta divorato, senza mai compren-

derne appieno il significato. Una sorta di frenesia muoveva le mie mani sui loro seni, sulla loro pelle, ma solo Viola mi ha permesso di conoscere la sua natura, e mi ha lasciato intuire la complessità di quell'ordito di fili che attraversa il suo corpo e si raccoglie in un nodo centrale, che ora si stringe per trattenere e ora si allenta per lasciar passare un pensiero, un gesto, un sospiro. Accarezzo il suo piccolo grumo...

Arrossì, intuendo di cosa parlava suo padre.

Sono le donne a rendere il mondo migliore, se quegli stupidi che passano ogni mattina dalla mia putìa potessero immaginare cosa si perdono...

La ragazza si ricordò di tutte le discussioni che mortificavano suo padre e facevano infuriare sua madre.

Sono morbide e accoglienti, delicate e voluttuose, ma sono forti, in modo speciale, come la balena di Moby Dick. "La forza non ne è esclusa, anzi è parte integrante dell'incantesimo."

Il libro di Melville! Genziana si ricordò di averlo visto sul comodino del padre e si ripromise di leggerlo. La copertina le era rimasta impressa: un cielo rosso fuoco sopra a un cupo mare in tempesta, tra i marosi una balena candida dalla fronte corrucciata.

Genziana al contrario della madre possiede una natura selvaggia, irruente, trainante, me ne sono accorto appena l'ho avuta tra le braccia.

Si fece ancora più attenta, si parlava di lei. Ecco perché il quaderno iniziava con la sua data di nascita! Lasciò che i ricordi del padre venissero a galla, si era accanita a rievocare solo Viola, e nel frattempo l'immagine di Roberto si era sbiadita fin quasi a scomparire. "Che peccato che sia morto, chissà quante cose avrei potuto imparare da lui. Ho sempre pensato che fosse la mamma il centro della famiglia."

Riprese a leggere.

Se è vero che la diversità è ricchezza, non capisco perché tanti torrefattori usino una sola varietà di caffè. Passi per i brasiliani: coltivano l'arabica, è giusto che non vogliano spendere soldi per comprare da altri coltivatori, ma a me che me ne importa? Non è che me la regalano... E allora chi mi impedisce di mischiare arabica e robusta insieme? Così, primo risparmio, che la robusta costa di meno, secondo faccio una cosa nuova. E vuoi vedere che alla fine il caffè risulta pure migliore?

Dunque era quello il segreto del padre, una miscela di due componenti così distanti. Ecco spiegato perché il primo caffè fatto a Foddicchio era venuto così buono: aveva usato chicchi diversi.

Però la ragazza non riusciva a capire perché la miscela portasse il suo nome. Girò pagina, piena di curiosità:

... È l'essenza di Genziana che ho cercato di riprodurre nel caffè che porta il suo nome. Lei è un misto di virtù e vizi maschili, il coraggio, la forza, la sfrontatezza, la prepotenza; ma anche femminili, la sensualità, la resistenza, l'adattabilità, la caparbietà e la determinazione. Molto più complessa della madre e più versatile dei suoi fratelli, è l'esempio di come il mio sangue mescolato a quello di Viola abbia dato risultati meravigliosi.

È stata Genziana a perfezionare la mia fortuna. Il suo profumo, la pelle ambrata, il pianto vigoroso... tutto in lei parlava di dolcezza, come i chicchi di una preziosa qualità arabica, e di tenacia, come la migliore delle robuste. È bastato mescolarli insieme, quei chicchi, per tirar fuori il caffè che porta il suo nome.

«Lo sapevo che c'entravo in qualche modo!» esclamò allora con aria trionfante. Eccitata per la scoperta, Genziana volle subito sperimentare la ricetta che trovò annotata nella pagina seguente. Sebbene fosse piena notte, accese la caldaia, diede fondo a tutta la legna pur di raggiungere temperatura e pressione in breve tempo e cominciò a tostare con frenesia.

Caricò la tramoggia, e quando l'aria della putìa si arroventò aprì i rubinetti e lasciò scorrere il caffè, che sprofondò nelle viscere del drago come un fiume interrato. Guardava intanto con attenzione gli occhi asimmetrici che cambiavano colore, il vapore usciva dai bocchettoni con un sibilo sottile. Sudava mentre spingeva la tostatura al massimo. Il suo corpo morbido vibrava all'unisono con Orlando, come fossero amanti collaudati. Provava un piacere voluttuoso che cresceva velocemente. Il momento giusto lo sentì nel ventre. "Ora!" pensò, e aprì la tendina: una cascata bronzea si riversò nella padella, le pale di raffreddamento cominciarono a girare e le ventole forzarono il fumo fuori.

La fragranza del caffè si diffuse nel quartiere quando ancora era buio pesto, molti si alzarono prima del tempo e si stupirono che, a dispetto del profumo, il sole non fosse ancora sorto. Altri rimasero nel letto pensando di sognare.

Quindi Genziana indossò i guanti, prese tra le mani una manciata di chicchi: erano lucidi, scuri, setosi come la sua pelle. Chiuse gli occhi e ne saggiò l'aroma, era quello della sua terra, arancia e gelsomino. Macinò i chicchi ancora caldi, caricò la napoletana e attese senza spazientirsi.

All'alba si riempì la tazza con il caffè che portava il suo nome e uscì dalla putìa. Raggiunse la scalinata di Santa Caterina e si sedette a godersi il caffè alla luce chiara del mattino.

Con le mani chiuse a coppa accostò la tazza al viso, l'aroma era generoso, nobile, rigoroso. Bevve il primo sorso, il profumo di gelsomino invase il palato, fu assalita dalle immagini di quella lontana giornata di giugno in cui la madre le aveva permesso di assaggiare il caffè per la prima volta. Lo stomaco si strinse in una morsa, una pozza di rimpianto si allargò nel petto: in tanti anni nulla come quel sapore ritrovato le aveva fatto sentire così tanto la mancanza della madre, della sua famiglia, di se stessa ragazzina. Restò immobile coi gomiti sulle ginocchia, lo sguardo fisso, la tazza stretta fra le mani.

Poi si riebbe e corse da Lalla, era eccitata, aveva bisogno di parlare. Si sedettero in cucina e Genziana tirò fuori dalla tasca alcuni chicchi: «Prova questi» le disse. Insieme gustarono quel caffè dalle note delicate, mentre la ragazza raccontava per sommi capi gli avvenimenti della notte. L'amica l'ascoltava con attenzione.

«L'aveva detto la mamma» concluse così il racconto.

«Che cosa?»

«La tua fortuna saranno le femmine, la tua sicurezza il caffè.»

«Manca qualcosa alla realizzazione della profezia, o sbaglio?», l'amica la guardò con un sorriso malizioso.

Per giorni Genziana annusò il caffè tostato tenendolo a lungo tra le mani, impregnandosene i palmi. Il profumo dei diversi chicchi, alla luce di quanto scoperto, era capace di evocare in lei ricordi antichi, sensazioni nuove, emozioni sconosciute. Percepiva il battito del proprio cuore con continuità e quando si smarriva in pensieri disordinati tornava con pazienza al respiro. Lì incontrava di nuovo se stessa. Il suo ventre era pieno di una vitalità fertile. Faceva mille ipotesi e diverse prove per perfezionare la miscela Genziana, ma era mossa da un'ambizione segreta: inventarne una nuova, migliore di quella del padre, che avesse dentro il profumo e i sentori di una nuova vita, solo sua. Decise che Orlando doveva essere ripulito dopo ogni ciclo di tostatura e non alla fine della giornata come si faceva di solito. Ordinò quindi agli operai di lavarlo e asciugarlo tutte le volte che caricavano la tramoggia.

«Vedete queste *muddichedde* nere che restano nella padella? Se non vengono lavate, continuano a bruciare e il caffè viene fuori amaro.»

Quelli la guardarono strabiliati.

Fece una prova con due diverse qualità di robusta di provenienza africana dal leggero aroma di medicina. Selezionò i chicchi uno per uno, scartando quelli che sapevano di tappo. Alzò ancora di più la temperatura e tentò una tostatura estrema. Il profumo della nuova miscela era legnoso e speziato, il caffè che ne risultò era concentrato, terroso come l'acqua reflua delle miniere d'oro, carica di preziosi minerali. Aveva un gusto di cioccolato e pan tostato: al primo sorso allappava, ma poi restava un piacevole amaro e una sensazione astringente.

"Una miscela decisamente maschile" considerò Genziana.

Provò a mischiare arabica e robusta in proporzioni diverse. Cercando di privilegiare la morbidezza, abbassò la temperatura di Orlando e tostò con delicatezza quei chicchi piccoli e diafani. La nuova creatura aveva un profumo leggero ed esitante. Le prime gocce erano amare, e subito dopo una dolcezza antica, a lungo desiderata, attraverso la bocca raggiunse il cuore. Quel caffè somigliava a una tempesta di vento che, calando, lasciava addosso una essenza di viola e mughetto. Ah, quella delicatezza che ci si aspetta da una donna anche mentre esercita la sua forza!

Certi giorni Genziana si riteneva soddisfatta, altri era disorientata. Se la miscela del padre rappresentava una femminilità ancora acerba, adesso toccava a lei trovare il giusto equilibrio tra arabica e robusta, in modo che si esprimesse a pieno un'essenza di donna matura.

"E se fosse questo il significato della previsione della mamma?"

Provò a parlarne con Lalla, che non fu d'accordo: «Guardati intorno» le suggerì. «Secondo me la fortuna portata dalle femmine è un'altra.»

La sua amica da qualche tempo conduceva una battaglia contro il coefficiente Serpieri che, a parità di ore di lavoro, assegnava alle donne un salario più basso del 40 per cento rispetto a quello maschile.

«Secondo me Viola pensava a qualcosa di diverso» continuò Lalla.

«Ma a cosa?» sbottò Genziana.

«Aiuta anche tu le altre donne. Lei lo faceva con i fondi di caffè, tu puoi farlo con la torrefazione.»

27

La scoperta della miscela cambiò il ritmo del lavoro alla torrefazione: si apriva presto e si chiudeva tardi. I clienti erano tornati a frotte, i lavoranti non riuscivano a stare dietro alle loro richieste.

Genziana ne era felice ma iniziava a sentirsi stanca. Era l'alba di una bella giornata di aprile e lei era già sfinita e sudata perché aveva dovuto tostare un carico speciale: un'ordinazione che non aveva potuto rifiutare. Stirò le braccia e uscì per sgranchirsi le gambe. Risalì la strada e si sedette sui gradini del convento. Chiuse gli occhi e si riempì il petto d'aria. Quando sollevò le palpebre vide uscire dalla Martorana Alivuzza; la chiamò, le fece cenno di avvicinarsi. Ondeggiando sulle gambe secche come stecchini, la sartina la raggiunse.

«Ancora seccata sei con me?» chiese Genziana.

«Nonsi» rispose lei, la bocca tirata in un sorriso amaro, gli occhi pieni di una sofferenza asciutta, senza lacrime.

«Che ci fai alla Martorana a quest'ora?»

Alivuzza non rispose subito, fece passare ripetutamente la lingua sulle labbra scure, due sottili strisce incartapecorite.

«E allora, ti convertisti?» scherzò Genziana.

«Ve la ricordate l'ultima volta che mi avete letto la vita?» rispose lei, brusca.

Quella domanda a Genziana suonò come un rimprovero, arrossì e farfugliò una scusa: in quel periodo della vita aveva dato il peggio di sé.

«Avevate ragione...», la sartina sospirò, sembrava avesse voglia di parlare.

Genziana non capì a cosa alludesse, si sollevò sui gradini, sporse il busto in avanti, la fissò negli occhi: due cave di gesso.

«Alivuzza, sono cambiata, lo so che ce l'hai con me perché qualche volta ti ho maltrattata...»

«Nonsi, siete fuori strada.»

La sarta si accucciò sul gradino più basso. Il suo respiro era una vela tesa da un vento carico di rammarico e dolore. Genziana provò pietà per quella ragazza nata vecchia, si sedette vicino a lei e le strinse la mano. Fu allora che Alivuzza le aprì il suo cuore, accettando il rischio di confidare un segreto prezioso a una donna che in passato non le aveva mostrato nessuna comprensione.

«Me lo dicisti tu: "Il miricano non lo so, ma qua io vedo una fimminedda", e io una figlia ce l'ho, sta dalle monache di clausura...»

«Zagara!» urlò Genziana.

«Shhh, che non lo sa nuddu!»

«E che c'entra che te ne vai alla Martorana se la picciridda è qui a Santa Caterina?»

«È che le monache la portano ogni mattina nel coro dietro l'organo, e io dal pirtuso che c'è sulla torre riesco a vederla. Una sola volta l'ho tenuta tra le vrazza... un ciauru!»

Dagli occhi spuntarono due lacrime terrose, come l'acqua che scorreva nei tubi di Palermo.

«Povera Alivuzza. Ma perché non te la vai a prendere? Di soldi ne hai, la puoi mantenere.»

«E la gente che deve dire?»

«Che te ne importa? Alla gente basta la minima scusa per sparlare. Ma poi tu la notte ci dormi?»

«No, penso sempre a quella tistuzza rossa e vulissi moriri.»

«Se te la porti a casa che può succedere?»

«Morirei dalla vriogna.»

«Morta per morta, almeno hai la picciridda, e poi non saresti più sola. Tanto la gente dopo un poco si scorda. Senti a me, vattela a prendere e per qualsiasi cosa ti aiuto io. Mia madre non ha mai lasciato solo nessuno, e ora ci sono io al posto suo.»

Afferrò Alivuzza per un braccio e prima che lei potesse reagire la trascinò a via degli Schioppettieri, davanti alla ruota. Bussò con forza.

«Cu è?» urlò la portiera.

«Genziana Olivares.»

«E che volete?»

«Aprite che vi devo parlare.»

«Questa è clausura, né si entra né si esce senza l'autorizzazione del vescovo.»

«E allora mettetemi la picciridda nella ruota.»

«Quale picciridda?»

«La zagaredda che vi tenete nascosta. La vostra bambola di carne.»

«Siete uscita pazza!»

«O mi date la picciridda o dico al vescovo quello che succede.»

«Bi bi bi, arrivò don Mariano...»

«La picciridda è di Alivuzza», la sartina avvampò come un fuoco ma una volta pronunciate quelle parole a voce alta le sembrò che non avesse più alcun senso vergognarsi e percepì solo l'immenso desiderio di stringere di nuovo la figlia tra le braccia. Le due donne insieme cominciarono a sferrare calci alla porta: «La picciridda è mia, io la rivoglio. O la fate uscire o entro a forza!» urlava Alivuzza.

Il legno rimbombava e nella strada si sentiva un tuono cupo.

«Rosa, Rosuccia, Rosella, Rosalia, ciuriddo della mia vita: altro che Zagaredda, si chiama Rosuccia, io l'ho fatta e la rivoglio indietro.»

Il frastuono richiamò la gente fuori dalle case e siccome le monachelle avevano il carbone bagnato – che la picciridda avrebbero dovuto darla all'orfanotrofio, no che se la tenevano con loro –, all'improvviso si sentì un cigolio, la ruota si mosse e brillò nello spazio buio una testolina di ricci rosso carota che incorniciavano un visino tondo pieno di efelidi. Gli occhi turchese erano quelli del miricano e sulla somiglianza nessuno poteva avanzare dubbi. Poi sgusciò fuori il suo corpicino, tondo, morbido e bianchissimo, che quella pelle in clausura mai era stata accarezzata dai raggi del sole. Alivuzza ebbe la sensazione di averla partorita di nuovo. Si accasciò sulle balate sporche e pianse lacrime prima sabbiose, poi lattiginose, via via sempre più chiare e trasparenti. Finalmente la donna si concesse il lusso di respirare, allargò i polmoni e anche lei rinacque.

«Vieni con me alla putìa» le disse Genziana.

«No, la voglio portare subito a casa, ora siamo in pace.»

Alivuzza se ne tornò a casa con la figlia, il rione Tribunali ne parlò per alcuni giorni, poi la gente dimenticò e sul pregiudizio vinsero i buoni sentimenti: del resto Zagaredda, o Rosuccia che dir si voglia, era un amore.

"In città ci sono ancora frustoli d'amore: da quelli bisogna ripartire" si disse Genziana, che si sentiva allegra per la prima volta dopo tanto tempo.

Ai primi d'aprile già l'aria s'era scaldata molto. Il sole faceva colare dai fiori un umore denso di profumi che stagnavano nell'aria. La primavera a Palermo è una donna irrequieta, in attesa dell'estate che di solito è una bambina felice. Di lì a poco ci sarebbero state le elezioni, le prime dopo venti anni!

La parmigiana era molto occupata con la campagna elettorale e Genziana ogni tanto le dava una mano.

«Adesso hai capito cosa voleva dire tua madre?» le domandò Lalla arrotolando un pacco di manifesti, la profezia di Viola era ancora un nodo da sciogliere.

«Ho capito che devo trovare un modo solo mio per diventare un punto di riferimento nel quartiere.»

«Insomma, cocca, non ci vuole molto a capire. Le donne... assumile alla putìa, paga un salario adeguato e avrai uno stuolo di amiche pronte a sostenerti» le suggerì.

«Be', di lavoranti ne abbiamo bisogno, con le nuove miscele c'è tanto di quel lavoro arretrato! Giovanni sta invecchiando, non ce la fa più a stare dietro a Orlando, Provvidenza è sempre appresso a Ruggero...»

«Che aspetti, allora, cocca?»

Alivuzza cucì i grembiuli a tutte, l'aveva già fatto per gli operai, questa volta però rifiutò di farsi pagare. Era un modo di ricambiare il favore alla Olivares, a lei doveva la sua gioia. Le apprendiste furono istruite una per una da Genziana. Alcune, le più sensibili, le addestrò alla tostatura.

«Le regole sono fatte per essere disattese» ripeteva con convinzione. «Fidatevi del vostro istinto e non sbaglierete un carico, che un caffè ben tostato non è solo merito di Orlando, ma del rapporto che riuscirete a instaurare con lui. Vi pare fatto di ferro? Quello ha un cuore che batte come il vostro.»

Le ragazze l'ascoltavano con gli occhi sgranati e un'espressione di meraviglia. Non riuscivano a credere che qualcuno avesse fiducia nelle loro capacità. Ricambiarono le attenzioni di Genziana con un impegno straordinario e grande passione. Ne vennero fuori miscele di tutti i tipi: forti, morbide, più o meno profumate, dolci, aspre, qualcuna anche acida.

Si annunciavano tempi felici.

28

Nel mese di maggio Palermo è bella da morire e brulica di vita. Dietro alle persiane accostate, nella penombra delle stanze, al riparo delle tende svolazzanti, tra le lenzuola ruvide di lino, per le vie odorose di fico e pomodoro i cuori battono vigorosi, si espandono i respiri. La cattedrale splende contro al cielo trasparente, ai Quattro Canti le statue delle sante sollevano le mani nell'aria dolce del mattino: santa Cristina e santa Ninfa, che rappresentano la primavera e l'estate, prendono il sopravvento, mentre santa Oliva e sant'Agata, l'una l'autunno e l'altra l'inverno, arretrano di un passo. Il sole asciuga muffe e dolori. Di notte cresce la gioia nelle strade, che risuonano di sospiri e serenate.

Genziana era irrequieta. Lo spazio libero che la separava dalle sue passioni aveva confini mutevoli: era la prima volta che se ne rendeva conto. Se un tempo erano le scale che portavano alla putìa a limitare il suo orizzonte, quella mattina sentiva che la torrefazione le stava stretta. Insofferente del buio e del vapore, pensò che una passeggiata le avrebbe fatto bene e senza dire nulla a nessuno aprì la porta e uscì.

Il sole le illuminò il viso, seguendo i raggi caldi piegò a destra per la via Roma, attraversò il corso Vittorio Emanuele, finché si trovò alla discesa Caracciolo: lì iniziava il grande mercato della Vucciria.

La luce l'accecava, si schermò gli occhi e annusò l'aria carica di profumi. Il suo respiro era ampio, pieno. Si fermò, le venne spontaneo fare un piccolo bilancio di vita: aveva attraversato con coraggio la clausura della guerra, affrontato in solitudine il dolore della perdita dei familiari, ricostruito un equilibrio sotto lo sguardo severo delle comari del rione Tribunali, sopportato con coraggio la fuga di Medoro. Ora sentiva che la vita la chiamava con vigore e lei desiderava dimenticare e assecondare l'ardore della giovinezza, e la carnalità delle pulsioni.

Istintivamente il suo corpo si mosse nella direzione giusta conducendola al mercato, dove, tra cibi di ogni varietà e colore, avrebbe potuto soddisfare la sua fame di felicità.

Con il petto colmo di aspettative scese lentamente le scale.

Gli occhi rapaci dei maschi s'insinuarono sotto l'orlo della gonna e tra i bottoni della camicetta. Se li sentì addosso come una carezza prepotente, ne ricavò un piacere inaspettato. Li fissò dritto negli occhi e sorrise con ingenuità. Ancheggiò a destra e sinistra e alcuni di loro si chetarono, come appagati, altri le si avvicinarono: «Signori', signori'» la chiamavano, e cercavano di strapparle un saluto, un cenno d'intesa.

Genziana si sentiva quasi lusingata da quelle rozze attenzioni, che le ricordarono Scintiniune. Era stato lui a rivelarle per la prima volta la sua femminilità, adesso però non aveva più bisogno di nessuno: era ben consapevole di essere una donna.

Accelerò il passo, i tacchi costituivano un appoggio instabile sul marmo sconnesso, la sua andatura acquisì un'incertezza sensuale. Una salva di fischi l'accompagnò lungo i gradini, fino alle prime balate.

La strada era scivolosa a causa del sangue delle bestie che venivano sacrificate fin dalle prime luci dell'alba e dell'acqua che colava incessantemente dai banconi di marmo. Ebbe paura di cadere, ondeggiò, le braccia si allargarono per cercare equilibrio. Le venne in aiuto un macellaio dal grembiule tinto di rosso: «Le balate della Vucciria unn'asciucanu mai!» l'avvertì con una voce gutturale.

Genziana non sentì ribrezzo per quelle macchie che si aprivano come fiori sulla tela sdrucita, anzi, la sua pelle ebbe un fremito di godimento. Nella morte esibita scopriva una rinnovata promessa di vita. Lo sconosciuto le fece scivolare la mano lungo il braccio. «Sula siti?» chiese, e il suo sguardo si posò sul ventre di lei. La ragazza cercò di liberarsi da quella stretta, si guardava intorno disorientata. Una scia di persone le veniva incontro chiudendole la visuale. Sollevò gli occhi e, prima di arrivare all'azzurro infinito del cielo, vide le facciate sventrate dei palazzi, una quinta sinistra che si apriva sul crudele mattatoio che era la Vucciria. Gli interni degli appartamenti con i loro mobili miserabili erano offerti agli sguardi indiscreti dei passanti come viscere fumanti. Le finestre senza imposte erano orbite vuote, le pietre raccolte in mucchi si alternavano come lapidi in un cimitero.

"Eccola qua la mia Palermo: bella e piena di morte, morbosa e malata" pensò con rammarico, e si chiese se davvero non ci fosse un modo per sfuggire all'immobilismo che pesava sulla città come una condanna.

Il macellaio intanto aveva allentato la presa, lei lo salutò con gentilezza e si addentrò nel mercato, avventurandosi tra *vanchi, vancuna e vanchiteddi*.

La luce filtrava attraverso la tela colorata delle tende che coprivano la merce conferendo a ogni cosa una sfumatura arancione. I vicoli dall'architettura lineare erano arricchiti da *casci, cascitti e cascitteddi, spaselli e balati* disposti secondo una geometria spontanea e armoniosa. Costruita con materiali di risulta, la Vucciria era la prova che il cuore della città ancora funzionava: una nuova vita era possibile, l'avrebbero colta i palermitani questa opportunità?

Sulle pareti improvvisate, tra le fotografie di famiglia, spiccavano le immancabili immagini di san Giuseppe e santa Rosalia, espressione dell'ambiguità dell'animo siciliano, in bilico tra sacro e profano.

Le abbanniate dei venditori erano una nenia irresistibile e velenosa.

«Ci piace friiiiisco, a 'u picciriddu», «Ianchi e nivuri...»

Le grida si sovrapponevano al suono sincopato della mannaia. I macellai si accanivano sulle carcasse degli animali con cadenza regolare. Il *toc toc* ossessivo era un tamburo che risuonava nella testa e fiaccava la volontà. Genziana camminava lasciandosi condurre ora dalle voci, ora dagli odori. I macellai tagliavano, spaccavano, disossavano. Lei seguiva la lama che affondava tra i muscoli, fermandosi alle ossa perlacee. Il martello calava sulle costole, che si sgranavano sul marmo del bancone. Frammenti di cartilagine giallastra volavano in alto e ricadevano con traiettorie bizzarre. Appesi a robusti ganci di ferro, i quarti di bue e le teste degli agnelli oscillavano come macabri pendoli. Un rivolo purpureo scorreva tra i taglieri sporchi.

Toc, toc, toc.

Ogni giorno in quel mercato andava in scena la terribile rappresentazione della morte, tra mani armate di mannaie e braccia che celebravano inconsapevolmente la sacralità della vita. Genziana ne fu affascinata. Sono gli uomini ad aver paura del sangue, che tra le loro mani è simbolo di morte. Le donne invece non lo temono, sanno quanta vita può esserci in un fiotto rosso.

«Ma chi ciauru chi fannu!», «E lu ventu mi l'annaca e lu suli mi l'asciuca.»

A via Garraffello i pesci erano disposti sulle lastre di ghiaccio secondo una precisa gradazione cromatica. I calamari traslucidi infilati in un anello metallico gocciolavano sopra agli scorfani paonazzi. Su uno strato soffice di alghe, le triglie, allineate come un battaglione di soldati, si alternavano ai mucchi di gamberi bianchi. Le sarde ancora vive rilucevano di bagliori argentei. Le ricciole illanguidite avevano una bellezza stralunata. Fasci di rose spuntavano tra le sciabole sguainate dei pesci spada, mazzi di garofani vermigli ornavano i grandi tonni sanguinolenti.

Toc, toc, toc.

«Che viva sura 'e tunnina!», «Pulito pulito 'u suaredduuu.»

Le verdure esposte sulle bancarelle erano un lungo serpente policromo. Piramidi di arance profumate svettavano verso il cielo.

«Brassiliane, brassiliane. Che sunnu rosse», «Tarocchi, sanguinelle, che frescheee.»

Limoni dal profumo delicato e dal sapore pungente vicino ai cedri dal bianco e saporito albedo. *Cucuzzelle* dritte in piedi, ferme sull'attenti, i piccioli assicurati a una robusta corda di rafia, che scendeva arrotolata in trucioli color crema. Cumuli di olive bianche e nere, dai riflessi grigi come i monti Iblei. Cipolle, patate e fagiolini che sguazzavano nelle caldarelle. Lattughe incatramate di fango. Finocchi candidi e panciuti, dalle foglie carnose e croccanti.

«È bianco, è fresco, è bello, ma che è biscottato?» *Toc toc toc.* «È asciutta, è lavata, è munnata, che bella sta romanella!» *Toc toc toc.* Il suono della mannaia non cessava. La zona degli ortaggi era un susseguirsi di tonalità di verde, da quello chiaro e delicato dei broccoli, all'intenso e striato dei *giri*, al cupo nero della cicoria.

«Spinaci', braccio di ferro. Spinaci', braccio di ferro.»

La frutta era un arcobaleno odoroso. Le pesche dalle sfumature delicate e il picciolo pieno di fogliame, «Fresche d' 'a Favorita!». *Toc toc toc.*

Genziana sconfinò nella zona delle spezie, il loro profumo coprì l'odore dolce del sangue. La curcuma, la cannella, i chiodi di garofano, il cumino giacevano alla rinfusa sui ripiani delle bancarelle. Lo zafferano, prezioso come oro, era chiuso nelle burnie per preservarne la fragranza. Più avanti c'erano le erbe odorose. La salvia la consolò, la finocchiella selvatica le stimolò la salivazione, l'origano modulò la sua eccitazione.

Tra i fasci di alloro Genziana percepì il cuore batterle saldo al centro del petto e si sentì invogliata a sperimentare la gioia di abbandonarsi alla vita. Perdersi e ritrovarsi, senza dipendere da nessuno: era quello il suo desiderio.

Palermo Grande se la trovò davanti all'improvviso. Il Genio vegliava con il suo sguardo lascivo sulla nube oleosa che saliva dai banchetti: mussu, quarume, frittola, *pane ca' meusa, muffoletti, sfincionello,* offerti in sacrificio alla misteriosa divinità.

Rimase a contemplare quella statua prestante, dentro di lei montava un'onda voluttuosa e un fuoco sconosciuto le bruciava la pelle. Ah, ma non si trattava di amore, quello era un tiepido ricordo e aveva lineamenti confusi e sfumati. Impetuosa, violenta, potente era arrivata la passione: generica e indistinta, perché non la spingeva verso un uomo in particolare, ma verso la vita.

Molla come una corda lenta, vagabondò in uno stato di trance, finché una ventata d'aria fresca la riportò alla realtà. Aveva i sensi saturi di profumi e colori quando alla fine della via dei Chiavettieri si fermò davanti a una botteguccia senza pretese. Tra pentole di rame e coperchi d'alluminio, notò un oggetto dalla forma inusuale.

«Cos'è?» domandò al negoziante

«Cafittera» rispose quello laconico.

Lei sgranò gli occhi, non ne aveva mai vista una così.

L'uomo aggiunse: «Cose moderne».

LA SCELTA

(23 maggio 1951)

La scelta profonda dell'uomo sarà sempre per un inferno appassionato, piuttosto che per un paradiso inerte.

G. CERONETTI, *Il silenzio del corpo*

La comare

Sembra una donna avanti negli anni, forse sarebbe meglio se si tingesse di una bella tonalità chiara, invece si tiene stretto quel colore grigio. La pelle, ruvida come i talloni dei podisti, è macchiata qua e là da una sfilza di lentiggini. La luce la colpisce senza scomporsi e si smorza in un riflesso opaco, ma non è colpa dell'età, perché di anni non ne ha molti.

Un buffo cilindretto liscio, una sorta di lezioso cappellino, incornicia le sue otto facce, separate l'una dall'altra da spigoli netti. Dietro a ognuna si celano personalità contrastanti. Una è umile come la pavonessa, che non ha bisogno di piume colorate né di code sontuose perché possiede un tesoro ben più prezioso: le uova. Un'altra è dolce come un torrone di mandorle il cui profumo intenso impregna il legno della madia. Una pericolosa come una pistola in mano a un bambino, velenosa come il latte andato a male, dannosa come l'invidia dei fratelli. Una piacevole come quella di una dama che spicca tra cortigiane chiacchierone e litigiose. Talvolta si ammanta di modestia come una novizia, si scopre affidabile come un amico d'infanzia; talaltra è capricciosa, prepotente, schizzinosa, svenevole... perciò di lei dicono che è *facciuola*.

È alta e risulta supponente con quel braccio puntato al fianco. "Che ci talii?" sembra dire al suo interlocutore.

Dalla cintura cola una sbavatura marrone che scende fino a coprirle il ventre, come fosse il grembiule unto di una cuoca. Un bottoncino dorato occhieggia dietro alle cocche annodate strette. Non è un fregio né un ornamento, piuttosto assomiglia a una spilla da balia che impedisce all'indumento di aprirsi sulle sue terga burrose.

Le batte in petto un cuore cavo a forma d'imbuto. Lì dentro si nasconde 'a trovatura, un marchingegno misterioso che la rende strega e fata al tempo stesso, capace di incantesimi e magarie. Il risultato è variabile: la partita se la giocano l'acqua che lambisce la valvolina dorata e la polvere che intasa il suo *centrum cordis*. Dalle sue viscere sgorga un percolato scuro, si fa strada a fatica attraverso il beccuccio. Le gocce schiumano accompagnate da fischi e botti, fino alla "maschiata" finale che annuncia: "È pronto".

Moderna chimera di alluminio e bachelite, la comare è capace di fare un caffè forte e cremoso, dal sapore irresistibile, oppure un liquido torbido dall'aroma disgustoso. Di sicuro c'è che, superati la diffidenza e il pregiudizio degli abitudinari, è destinata a soppiantare la vecchia napoletana, perché il progresso è inarrestabile e il futuro appartiene ai visionari, come il baldanzoso ingegner Bialetti.

Fu lui a progettare la moka nel 1933, mosso da un sogno profumato, spinto da un'idea densa e da una fede incrollabile nella modernità, che avrebbe dovuto rendere più semplice la vita degli uomini.

1

A Discesa dei Giudici, il 23 maggio 1951, il sole luccicava di allegria e di speranza. Sulla porta d'ingresso della torrefazione spiccava una nuova insegna, una targa di marmo chiaro sulla quale era incisa la scritta: "Caffè Zauditù". L'accento finale si allungava in uno svolazzo che, come un filo di fumo, saliva da una tazza rotonda e liscia.

Il bassorilievo era opera dello zù Minico che, con aria soddisfatta, parlava a un bambino: il nipotino maschio che aveva tanto desiderato era finalmente arrivato. "Che bella sta repubblica" aveva dovuto convenire il vecchio pieno di felicità, e in cuor suo aveva ringraziato Genziana che lo aveva predetto, sia pure con qualche errore sui tempi.

Il piccolo osservava le vetrine, così pulite che qualcuno ogni tanto ci sbatteva la testa contro e, indicando le scatole colorate, cantilenava: «Nonno, voglio la mella».

Provvidenza dall'interno lo osservava con tenerezza. Quella nenia le era familiare. Quante volte aveva fatto la medesima richiesta alla madre salendo le scale di casa Olivares! Ora che aveva recuperato del tutto la memoria riusciva persino a sentire nella bocca il sapore delle caramelle che Viola le offriva nella cucina assolata. Si accarezzò il pancione che spuntava dal vestito largo: era un fiore di zucca pieno del suo frutto. Secondo i calcoli della levatrice, il figlio sarebbe arrivato con l'estate. Sostenendosi le reni con una mano, uscì fuori dalla putìa e riempì di dolcetti le mani di Mimì.

«Ringrazia la signora Olivares» disse lo zù Minico al piccolo.

Provvidenza aveva sposato Ruggero, perciò ora la signora Olivares era lei. L'annuncio del matrimonio aveva sorpreso tutti. Era successo all'improvviso, una notte d'inverno dell'anno passato. Ruggero era entrato nel suo letto e le si era rannicchiato tra le braccia. «Sento freddo» aveva detto, e lei, invece di respingerlo, aveva cominciato a parlargli con dolcezza e dopo un po' i loro respiri si erano accordati. Dopo quella sera era accaduto ancora. Lui si addormentava tranquillo, lei rimaneva sveglia a spiarne il viso da bambino. Una mattina, ancora avviluppato nel sonno, Ruggero sussurrò: «*Ciatu miu*». Era una meravigliosa dichiarazione d'amore, si sposarono poco dopo.

Giovanni, che aveva immaginato di far famiglia con Provvidenza, cambiò programmi e, stanco di stare solo, si propose ad Alivuzza: "In fondo una femmina vale l'altra" si era detto, "tanto nessuna sarà mai come Viola". Si era trasferito al numero 2 di via Rua Formaggi, ma non vi aveva trovato la felicità sperata.

I raggi di luce quella mattina attraversavano i vetri sottili, colpivano i coperchi lucidi delle burnie e si riflettevano sul soffitto scurito dal fumo, che anche in pieno giorno sembrava un cielo stellato. Il bancone – alto, imponente, ricoperto di marmo – separava le operaie dai clienti. Tutto intorno, lungo le pareti, sui ripiani di cristallo azzurrino, una fila di barattoli siglati da una lettera dell'alfabeto. M, P, R, G, V: quelle iniziali indicavano alcuni tipi di miscela, ognuna con caratteristiche diverse. Genziana dosava l'esatto equilibrio dei componenti, che poi confidava alle sue lavoranti, perché: «Mai più segreti!» aveva deciso. «Portano più danno che beneficio.»

Stavano sorgendo in città nuove torrefazioni, ma la putìa di Discesa dei Giudici non temeva la concorrenza. Genziana era molto apprezzata da tutti: «Bisogna dire che ci sa fare la Olivares con il caffè», «Fimmina, ma la testa ci camina alla picciotta».

Merito della sua invenzione: la miscela Zauditù, un insieme di alcune varietà di arabica dal profumo persistente, sapore morbido e voluttuoso, colore scuro, quasi nero, che aveva incontrato i gusti dei clienti. Qualcuno, memore dei vecchi tempi, era tornato a chiamarla principessa, ma lei si schermiva: «Un conto era mia madre, un conto sono io» replicava con un sorriso luminoso. Aveva torto, perché anche lei, come Viola, aveva imparato a dare sostegno alle donne dei Quattro Mandamenti. Certo, non sapeva leggere i fondi del caffè, ma era stata in grado di garantire il futuro a se stessa, alla sua famiglia, alla gente del quartiere.

Orlando era al solito posto: tostava come fosse un giovanotto, circondato dal brusio delle apprendiste e delle operaie che, si sa, lavorano cantando e chiacchierando.

«Concetta, carica la tramoggia, che Orlando è vacanti come un mulune d'ottobre!»

«Maria, vai al deposito, il pepe è finito» urlò Ruggero. Era lui a occuparsi di quella spezia, il cui consumo nel rione era calato di pari passo con la presenza maschile. Ma a Ruggero piaceva annusare la polvere grigia, che gli procurava una salva di benefici starnuti e una sequenza di immagini iridescenti, che lui inseguiva a occhi chiusi. Per qualche minuto l'Olivares vagava tra arcobaleni colorati e gocce d'oro e d'argento, finché Provvidenza lo costringeva a soffiarsi il naso, riportandolo alla normalità. Quei sogni erano per Genziana l'ultima residua, innocua manifestazione di follia: "Del resto" si diceva "si sa che tutti i pazzi son sognatori e tutti i sognatori sono pazzi".

«Oraaa!», il caffè colava dalla bocca del drago salutato da grida festose.

«Attenta, Saveria, acchiappa il picciriddu, che s'abbrucia lì dov'è.»

Non mancavano i bambini alla torrefazione, che le lavoranti non se la sentivano di lasciarli a casa. Erano lì, vocianti e allegri, testimoni di quel rinnovamento che gli Olivares, anche nei periodi neri, avevano sempre favorito.

«Buongiorno, due etti di caffè Mimosa.»

«Pronti, zà Luigia.»

Ruggero riempì un pacchetto, lo pesò e con un sorriso lo consegnò alla cliente. Era lui l'addetto alla vendita. Il respiro di Provvidenza teneva insieme il suo cuore e la sua testa, e lo aveva condotto là dove l'autorità paterna aveva fallito, facendogli ritrovare un'interezza.

Le voci degli operai e le chiacchiere dei clienti si intrecciavano al rumore dei macinini, al tintinnio della cassa, al campanello della porta che suonava a ogni nuovo ingresso.

Ding, ding, ding!, la putìa era tornata a essere punto di riferimento e di incontro.

«Un etto di miscela Zauditù, ecco qua. Lo maciniamo?»

«No, mi piace l'aroma del caffè fresco, grazie, lo faccio da sola.»

«Come vuole lei, signora Caruso.»

Ding!

«Buongiorno a tutti, me lo fate un caffè, per favore?»

«Quello è cosa mia» intervenne Genziana. La moka era il suo fiore all'occhiello, le piaceva moltissimo maneggiarla. C'era tra loro una perfetta corrispondenza: bastava caricarla, metterla sul fornello, e in pochissimi minuti il caffè era pronto. Con quella nuova caffettiera il tempo si misurava in minuti, persino in secondi: un orologio di precisione, ecco a cosa somigliava. La napoletana invece filtrava lenta, seguiva il ritmo delle campane, le Laudi al mattino, i Vespri alla sera. Una era il passato, l'altra il futuro.

«Certo, sembra un miracolo questa cafittera. Due minuti e... puffete, il caffè è pronto. Ve la ricordate la napoletana?» commentò Provvidenza.

«E tu te la ricordi la prima volta che abbiamo usato la moka?» chiese di rimando Genziana.

Provvidenza arrossì: «Ava', finiscila, tutti i fatti di famiglia devi contare?».

«Perché, che fu?» la incalzarono le operaie.

«Dovete sapere che appena la caffettiera cominciò a fischiare, che manco il capotreno alla stazione, Provvidenza si mise a gridare: "La bumma, la bumma!", poi si ammucciò dietro a uno stipo e non voleva uscire. "Talìa che bello!" dicevo io, e lei: "La bumma!".»

Nella putìa ridevano tutti.

«Certo, mischina, era *scannaliata*, dopo il bombardamento a piazzetta Sett'Angeli...» intervenne allora Ruggero.

Un velo di malinconia calò sugli occhi di tutti, ma Orlando cominciò a sbuffare: un altro carico era pronto, dunque al lavoro, dimenticando le antiche tristezze.

«Ecco a vossia», Genziana posò la tazzina sul bancone. La signora Fragalà osservò con meraviglia il liquido tanto denso da sembrare cioccolata. La crema dorata, dalla trama fitta e i riflessi fulvi era irresistibile. Versò lo zucchero, che rimase sospeso un istante, poi affondò e il caffè si richiuse sui granelli come fosse un sipario di pesante velluto. Chiuse gli occhi per qualche secondo, gustando il sapore intenso e l'aroma delicato, mentre una sferzata di energia le scuoteva i muscoli. Genziana sorrise di soddisfazione: della moka apprezzava tutto, anche il fatto che la polvere rimanesse nel profondo delle viscere.

«Quant'è?» domandò la cliente.

«Trenta lire» rispose Margherita, una picciridda di appena sei anni che sapeva fare di conto meglio di una ragioniera.

La signora tirò fuori tre banconote dal colore verdino.

«Ancora co' ste amlire! Non lo sapete che non valgono più?»

La donna arrossì: «Queste ho».

«Non si preoccupi, gliel'offriamo noi...» Provvidenza non riuscì a finire la frase che, cacciando un urlo, si piegò in avanti.

Genziana accorse, poggiò una mano sulla pancia della cognata: «Senti che calci!» esclamò.

«Dev'essere un maschio» le fecero eco le operaie.

2

Ding, la porta si aprì ancora ed entrò Medoro.

Non si sorprese Genziana, quel ritorno lo aspettava da tempo. Provvidenza gli corse incontro con andatura goffa. Lui le accarezzò la pancia, che era troppo grossa per abbracciarla.

«Ancora qua stai? Tra poco il ragazzino lo farai sopra ai sacchi di caffè», poi togliendosi il cappello aggiunse: «Buongiorno a tutti».

«Buongiorno, onorevole!» salutarono in coro le ragazze.

Era arrivato con il postale del mattino e la notizia già si era sparsa da un pezzo nel rione. Solo agli Olivares non avevano detto nulla, per rispetto.

Medoro sembrava lo stesso di sempre: bello e strafottente. Ma questa volta indossava vestiti di buona fattura ed emanava una sicurezza pacifica. Aveva tagliato i capelli, uno strato nero e compatto circondava le orecchie e sulla sommità del capo si infittiva in un'onda disordinata. Le guance erano coperte da una barba fitta. Genziana desiderò accarezzarla e il suo ventre si contrasse nel consueto spasmo. Le palpebre battevano veloci, le sue ciglia, lunghe e arcuate, proiettavano una leggera ombra sugli zigomi, le sopracciglia sollevate in una espressione di meraviglia. A tutti distribuiva sorrisi e strette di mano. Così aperto e disponibile Genziana non lo aveva visto mai. E poi si esprimeva con parole difficili: "Un fior di signorone!" pensò, e si chiese se quell'uomo così ricercato era interessante quanto il ragazzo arrabbiato che sputava sulle balate di palazzo Riso.

«Me lo offri un caffè?»

«Che genere?» rispose lei. «Ne abbiamo di molti tipi. Leggero, forte, dal profumo persistente», e indicò i barattoli alle proprie spalle.

«Com'è la miscela Zauditù?» chiese lui con un sorriso ammiccante.

«Prepotente e decisa.»

«Vada per quella.»

Genziana si girò, sentì gli occhi di lui bucarle la schiena. La stoffa morbida si modellava sulle sue curve a ogni movimento. Stirò la gonna ben bene sui fianchi, aveva messo su qualche chilo.

Si sollevò sulle punte, alzò le braccia, i glutei si evidenziarono: tondi, sodi. Poi tirò giù un barattolo, versò i chicchi nel macinino, un aroma penetrante riempì la stanza. Si asciugò la fronte dalle minuscole goccioline, strofinò la mano contro il fianco. Genziana era assorta nei suoi pensieri. Si chiedeva con insistenza cosa rappresentasse per lei quell'uomo. Medoro non era più l'amico d'infanzia, né il ragazzo che le aveva fatto battere forte il cuore, neppure il traditore senza scrupoli che l'aveva abbandonata dopo averla usata.

«Aspetta» disse lui tirando fuori un pacchetto dalla borsa. «Ti ho portato un regalo.»

«Cos'è, San Pietro sotto la neve?» domandò Genziana con sarcasmo.

«Apri.»

Lei strappò la carta, le operaie scoppiarono a ridere e urlarono in coro: «La bumma!».

Medoro non capì.

Genziana posò la moka sul bancone: «Che ti pare, che hai a che fare coi Mammalucchi? Guarda».

Sotto al bancone c'era una fila di caffettiere di tutte le misure.

«Abbiamo pure ripristinato la riffa della torrefazione e la diamo in premio a chi ha messo da parte cinquanta soldini.»

Medoro si guardò le scarpe imbarazzato, poi sollevò gli occhi, Genziana aveva in viso un'espressione giocosa.

«Ti faccio il caffè, che ne dici se usiamo la tua?»

Scoppiarono a ridere. Aspettarono in silenzio mentre la moka borbottava, lui continuava a guardarla.

S'era fatta bella, altroché. Ed era così elegante, come se aspettasse ospiti. Indossava una gonna a pois e una camicetta gialla dallo scollo quadrato, i capelli li teneva indietro, fermati da un cerchietto di raso dal quale sfuggiva qualche riccio corvino. La ricordava acerba e spigolosa come un acino di uva pizzutella fuori stagione, la ritrovava tonda e colorata come una bacca di caffè matura. Il seno florido scendeva a disegnare una piega armoniosa. Le braccia si erano irrobustite e suggerivano resistenza e morbidezza. La pelle, lucida come se avesse fatto il bagno nell'olio, era di un intenso color bronzo. Il suo corpo aveva curve dolci. Le guance olivastre sotto agli zigomi puntuti erano piene, la bocca carnosa, le labbra si aprivano leggermente, mostrando una mucosa rosso vermiglio e la corona dei denti color avorio.

«Ecco» disse la ragazza porgendogli la tazzina con mano sicura. La crema era omogenea, di un colore caramello scuro, con alcune striature testa di moro, il profumo era pulito e schietto. Facendo schioccare la lingua, Medoro cominciò a gustarlo lentamente. L'amarezza iniziale si trasformò subito in una sensazione dolce, gli sembrò di avere in bocca del cioccolato e del pan tostato. Vuotata la tazzina, il suo naso fu invaso da un sentore di gelsomino e agrumi.

"Sono a casa" pensò. Erano i profumi della sua città quelli che emanava la preziosa miscela che portava il nome di Zauditù.

«Perché non vieni fuori da quel bancone?» le domandò.

Lei fece il giro ancheggiando sui tacchi.

«Vorrei parlarti» le sussurrò Medoro in un orecchio.

«Ma perché, ci sono elezioni?»

Lui scosse la testa.

«Abbiamo qualcosa in sospeso.»

Intorno si era fatto un silenzio solido, le ragazze li guardavano con curiosità.

«Be', che c'è?» disse lui, e le operaie ripresero a lavorare.

La porta si aprì con un *ding* che allentò la tensione, Giovanni entrò stringendo una sporta gocciolante. «Vi ho portato il tonno fresco, così Provvidenza lo cucina con la cipolla.»

Non lavorava più alla torrefazione, Alivuzza lo teneva legato con una corda corta. Scottata dall'esperienza con il miricano, gli aveva imposto di aiutarla nel laboratorio: riteneva così di poter tenere la situazione sotto controllo. Ma lui non riusciva proprio a stare lontano dalla putìa, anche a costo di litigare con la moglie. Salutò Medoro, diede uno sguardo a Orlando: «Mi raccomando le viti, asciugateci l'olio...».

«Sennò si incatrama», le operaie finirono in coro la frase.

Si trovarono alla sera in casa Olivares davanti alla tavola apparecchiata, la storia era ricominciata attorno al fritto di paranza e continuava davanti a un timballo dalla cui crosta rilucente uscivano piccoli sbuffi di vapore.

Provvidenza affondò il coltello più volte, era un peccato squarciare quella superficie liscia e regolare come cemento tirato da un esperto muratore. Alcuni piselli verde smeraldino rotolarono fuori dal piatto, erano gemme gustose nella colata d'oro del formaggio.

«L'ospite è sacro» disse Ruggero, e passò il piatto a Medoro. Mangiarono e scherzarono, coltivando ciascuno una speranza segreta. Il tonno con la cipollata fu un trionfo e svanì in un batter di ciglia. Tra sugo, olio e briciole riprendeva a scorrere la vita. Sulle labbra di ognuno di loro c'era un sorriso: appagato quello di Provvidenza, sornione quello di Ruggero, malinconico quello di Medoro, sensuale quello di Genziana. Dopo il caffè Medoro accese una sigaretta, aspirò il fumo e cominciò a raccontare di sé, doveva delle spiegazioni a quella famiglia.

«Quando la nave si staccò dal molo avevo il cuore piccolo piccolo. Guardavo la terra che si allontanava e schiumavo di rabbia. Ce l'avevo con Palermo, una matrigna cattiva che non mi dava quello di cui avevo bisogno, e quasi si arricriava della mia sofferenza. Ero fuggito a nord durante la guerra e ora mi toccava di nuovo andarmene, come se da noi una vita migliore non fosse possibile.

Il viaggio fu tremendo. Nella cuccetta mi pareva di morire soffocato. Aria non ce n'era e l'oblò era così piccolo che sembrava di stare dentro a un *tabuto*. Mi sollevai tante di quelle volte per guardare fuori che le braccia mi dolevano. Tutto quello che vedevo era una macchia grigia di salsedine. A poco a poco, da sotto, arrivò un freddo penetrante che mi bagnò le ossa. I piedi erano *murghi*, come l'avessi tenuti dentro a un *vacile*. Il gelo se ne salì fino al cuore. Allora mi accucciai sotto alle coperte, come un picciriddu scantato, e per farmi coraggio pensavo a Provvidenza e alla mamma.»

«Beato te, almeno lo sai com'era fatta» lo interruppe la sorella. «Io invece mi ricordo un'ombra, dei capiddi scuri, un velo, una voce...»

Lui accarezzò la mano di Provvidenza.

«Pure io un poco me la sono dimenticata. Ma i suoi *timpuluna* quelli no, ancora mi bruciano sul collo.»

Ruggero gli diede una sonora pacca sulla spalla, conosceva bene l'insofferenza dell'amico verso la disciplina che la madre cercava di imporgli a suon di schiaffi.

«Poi mi addormentai. Ma se da sveglio la tristezza era un groppo qua», e indicò il petto, «che non ne voleva sapere di andare né su né giù, nel sonno si sciolse in un pianto sommesso. "Perdono!", lo urlai tante di quelle volte, mi sentivo in colpa per aver lasciato Provvidenza.»

Tra gli Olivares passò uno sguardo d'intesa.

"Com'è cambiato" pensarono tutti, la parola "perdono" non gliel'avevano mai sentita pronunciare.

«Mi svegliai perché mi avevano tirato una scarpa. Era il compagno di cuccetta, disturbato dai miei lamenti. Le onde sbattevano contro lo scafo come l'ascia che si abbatte su un ciocco di legno. In mare aperto c'erano delle pecorelle bianche che increspavano la superficie nera del mare. A un tratto scomparvero, la nave cominciò a scivolare lenta, dondolando come la naca di un neonato. All'alba salii sul ponte a scrutare l'orizzonte, mi sembrava di essere un clandestino. Respiravo il profumo fresco delle alghe, mi piaceva tanto che me ne riempii il naso e me lo portai dietro come antidoto alla nostalgia.

La costa comparve senza preavviso, né uno scoglio, né un'isoletta e nemmeno un frangiflutti a segnalare il porto. Arrivammo a Napoli che il cielo si tingeva d'arancione e il porto mi abbracciò come una mamma buona. Trovai un passaggio e così arrivai a Roma.»

Medoro si fermò con la gola stretta dall'emozione. Genziana, premurosa, gli riempì un bicchiere con dell'acqua.

«E Roma? Com'è?» lo incalzò Provvidenza.

Lui respirò profondamente e riprese a parlare: «La capitale è un gigantesco drago dal corpo pieno di gobbe. Sette ne ho contate, ognuna di forma e altezza diverse. Una nuvola spessa e velenosa ne avvolge i fianchi e da lontano i contorni sono confusi e indistinti. Un fumo rossastro esce dalle sue narici infette e copre il cielo. Ah, non vi dico per trovare la strada di casa! Quella città è piena di quartieri arrotolati uno attorno all'altro, un labirinto. Altro che Palermo, con le due uniche vie che si incrociano ai Quattro Canti. E la cosa che più mi colpì fu all'entrata un sentore di frutta marcia. Il disgusto me lo sono portato dietro per mesi, poi mi sono abituato. Ma la luce, che bella! Morbida e suadente. I romani sono fortunati a vivere in quella città magnifica, che il bello conduce forzatamente al buono».

«Se fosse vero quello che dici» lo interruppe Ruggero, «la nostra sarebbe una città di santi. Purtroppo talvolta la bellezza è una freccia intinta nel curaro, che conduce a morte per paralisi. Guarda cosa è successo qua da noi.»

«Ragione hai, Palermo era così bella!»

«E lo sarà di nuovo» aggiunse Genziana, ma quelle parole suonarono alle sue stesse orecchie un po' false. Chissà se davvero Palermo sarebbe risorta...

«A quanto pare non sono l'unico a coltivare il terreno dell'utopia» disse lui compiaciuto.

«E poi?», Provvidenza non era ancora sazia.

«Poi alberi e prati tra blocchi di cemento, fiori alle finestre e sui balconi. Macchie di verde denso e fitto tra un isolato e l'altro, case non più alte di tre piani. Sembrava di attraversare piccoli paesi che si susseguivano, alternati a giardini e boschetti: "Ma siamo sicuri che questa è Roma?" mi chiedevo disorientato. Il centro invece era un labirinto di vicoli maleodoranti, proprio come qua, ma senza macerie. Che lì, sì, hanno bombardato, ma per ridere. Per due case che sono cadute a San Lorenzo sai che casino hanno fatto i romani! Pure il papa è uscito dal Vaticano. E allora qua che dovevamo fare? Ci voleva Gesù Cristo e tutta la Trinità, e invece non ne parla nessuno. Ma la storia, si sa, è un grosso imbroglio. A piazza Sant'Eustachio l'odore del caffè mi ha rincuorato...»

«Ma una lettera, una cartolina, non la potevi mandare?» chiese Provvidenza con tono di rimprovero.

Medoro abbassò lo sguardo: «Scusa» sussurrò.

"È un altro uomo", Genziana se ne convinse.

Rimasero ancora un po' a parlare, finché Provvidenza andò a letto: «Sono stanca, il bambino pesa».

«Come lo chiamerete?» domandò Medoro.

«Amato» rispose Ruggero, mentre la moglie se lo tirava dietro in corridoio.

3

«Ti va di fare una passeggiata?» chiese Medoro.

«Ho un'idea migliore» rispose lei. Lo prese per mano e lo condusse in terrazza. Il cielo vibrava di stelle.

«Chistu è 'u sereno» disse la ragazza con un sospiro. Lui taceva, era così intraprendente quando faceva politica e così impacciato quando si trattava di sentimenti.

«La trovasti l'utopia?» scherzò lei.

«Se è utopia non la puoi trovare mai» rispose Medoro, e la sua voce era impastata di delusione.

«Che cosa hai fatto in questi anni?»

«Lo spicciafacenne, giusto quello che odiavo. Ma per il partito è diverso che per conto di un barone, perché in cambio dei miei servizi ho potuto studiare. E così ho fatto carriera...»

«E a Roma dove abitavi?» lo interruppe Genziana, che in realtà moriva dalla voglia di sapere se avesse una fidanzata.

«Ho abitato a Campo de' Fiori, lo sai che mi piacciono i mercati.»

«E com'era la tua casa?»

«Piccolissima, con una finestra sui tetti, rossi come questi, che si incrociavano uno sull'altro, un labirinto. Certe volte c'ho camminato sopra, che passeggiate!»

«Chissà quanti amici ti sei fatto...»

«Guarda che lavoravo come uno schiavo, alla sera mi buttavo sul letto vestito. Mi faceva felice il cielo: blu scuro, quasi nero, la notte, celeste chiaro, quasi bianco il giorno. E la luce, ah!», Medoro sospirò e Genziana cercò nei suoi occhi uno sguardo che le spiegasse il motivo di quel ritorno.

«La luce mi ha stregato, fin dal primo giorno. È intensa, si riflette sul travertino dei palazzi che rimandano un lucore soffuso... ti riempie come un piatto di pasta. Roma è stupenda, bella e cattiva!»

«Cattiva? Che fu?»

«Niente, è proprio la vita di là che è difficile. Già camminare è un problema, non ci sono le balate, ma i sanpietrini, con quelli la caduta è sicura.»

«Ma chi ti cucinava?»

«Nessuno.»

«E che mangiavi?»

«Niente, tanto soldi non ne avevo. E poi sai che cosa gli piace ai romani? Coratella, trippa, cervello... gli animali se li mangiano di dentro e di fuori. E c'avevo una nostalgia...»

«Cos'è che ti mancava di più?»

«I pesci, il sangue rosso vivo delle macellerie, le abbanniate. Rispetto a noi i romani sono muti. Non hanno il tempo di gridare, vanno di premura. Hanno tanta fretta che quando parlano si mangiano le sillabe: "famo, dimo, 'nnamo". Coniugare un verbo richiede fatica e loro energie non ne hanno, a forza di tirarsi dietro tutta quella storia! Nascono stanchi, mischini. Comunque a me Roma piace, anche se la sua bellezza è come una malattia, ti entra nel sangue, raggiunge il cuore e il cervello e *ne fa minnitta*.»

«Ma se ti piaceva tanto, che sei tornato a fare?»

«La nostalgia, quella mi ha fregato. Io lontano da Palermo non ci posso stare.»

«Guardala la nostra città» lo interruppe Genziana, e indicò la strada sotto di loro. «Il cuore, solo quello funziona, il resto è perso...»

«Ma ora c'è la Cassa per il Mezzogiorno, sono venuto per quello... nessuno sarà più costretto a lasciare la Sicilia.»

«È questa la tua nuova utopia?» domandò Genziana e si massaggiò le braccia. Aveva freddo. Lui le offrì la giacca: «Mi mancavi tu» sussurrò.

La ragazza sentì il suo respiro vigoroso, il profumo di muschio della sua pelle... avvicinò la bocca a quella di lui e senza alcuna esitazione forzò con la lingua quelle mandorle bianche, dure, oleose. Poi si staccò e prese ad accarezzarlo, le sue mani curiose si mossero leggere, il corpo di Genziana agiva fuori da ogni controllo, deciso a prendersi ciò di cui aveva bisogno.

Medoro era imbarazzato, voleva ricambiare il bacio ma non sapeva in che modo farlo, non aveva mai baciato con amore. Lo aveva fatto con rabbia, con desiderio, con passione, con amicizia, persino per solidarietà, ma adesso c'era qualcosa che non conosceva, e poi quella ragazza lo intimoriva. Aveva la pelle liscia e scivolosa come gelatina, ed emanava un profumo dolce, buono, che lo illanguidiva invece che rinvigorirlo. Azzardò un abbraccio, i loro respiri si rincorsero, i muscoli di entrambi si contrassero e si allentarono, come dilaniati da desideri in lotta. Medoro sprofondò il viso nei suoi capelli, il naso freddo e umido come quello di un cane si fermò sul collo, poi raggiunse la bocca, ne assaporò le labbra, due castagne saporite e farinose.

Le loro gambe si ammollarono e scivolarono a terra, le spalle appoggiate al lucernaio, gli occhi rivolti al cielo: le stelle quella notte brillavano di una luce accecante. Medoro con dita esitanti le aprì la camicetta, i seni non più trattenuti si allargarono ai lati, l'umidità della notte stimolò i capezzoli che scattarono sull'attenti come soldatini. Quindi le tolse la gonna e Genziana rimase nuda.

Non provò alcun imbarazzo, le dita scivolarono su di lui, bloccandosi di tanto in tanto. Fu in una di quelle pause, mentre lui allungava le mani per stringersela al petto, che la ragazza esitò: doveva fermarsi. "Ce la fai a sembrare un po' stupida?", la voce di Lalla le risuonò nelle orecchie. "Forse è meglio che mi camuffi da ingenua" pensò, "hai visto mai che si spaventa e scappa un'altra volta."

Ma le piaceva tanto stare spalmata su di lui, sentire il calore della sua pelle, l'odore che sprigionava, il sapore della bocca, della lingua. "Chissà di cosa sa tutto il resto" si chiese, e prese ad assaggiarlo pezzetto per pezzetto. Lui sospirava, mugolava, talvolta la guidava, oppure le bloccava la testa per guardarla negli occhi. Genziana si sentiva sfidata dall'espressione di lui, torbida e meravigliata. Quando Medoro inarcò la schiena e gettò la testa all'indietro, la ragazza pensò a quanto piacere gli stava regalando e decise di volere la contropartita. Scattò in piedi e, offrendosi agli occhi di lui, l'obbligò a guardarla. Le sue gambe dritte e muscolose erano preziose colonne, il suo ventre un cespuglio scuro di umido muschio. Medoro la percorse con lo sguardo senza riserbo finché lei si chinò, i suoi seni oscillarono nell'aria e gli sfiorarono il petto.

Quindi, puntando le braccia sul muretto e arcuando la schiena, si allungò verso l'alto e gli offrì il ventre. Lui affondò la testa nella pancia rotondetta di lei e succhiò vorace quella carne che sapeva di mare. Genziana sentì la punta del naso che tracciava il solco, poi la lingua corposa di lui che scorreva facendola sobbalzare di piacere. Sapeva di essere andata oltre i suoi programmi, in fondo pensava solo di baciarlo. Ma ormai non poteva più fermarsi. Respiravano allo stesso ritmo, i loro fiati si inseguivano rumorosi e si fermavano sgomenti nello stesso attimo per cercare tregua. Si accomodò in quel ritmo lento e costante, lei non lo sapeva che l'amore procede a sbalzi, ha picchi improvvisi. Se ne accorse quando lui ritrasse la lingua e premette con la bocca contro quel suo piccolo grumo, come se volesse morderlo. Lei mosse le gambe, ma non poteva scappare. Fu un attimo, e subito un'onda di piacere la rese cedevole e morbida. Lui stringeva delicatamente e un po' per volta aumentava la pressione. Quando Genziana si tese e cominciò ad ansimare, Medoro mollò la presa e se la fece scivolare sul corpo, tornando a baciarla.

Il piacere che un attimo prima era tutto contenuto tra le gambe risalì verso la bocca. Le labbra di Medoro premevano con forza, Genziana spinse il ventre contro quello di lui e lo accolse dentro di sé. Rimasero immobili con gli occhi chiusi, entrambi spaventati dal rapido susseguirsi di sensazioni ora dolci ora violente. Seduta su di lui, Genziana non osava muoversi, concentrata su quel piacere che inseguiva nella sua fantasia da quando era ancora una ragazzina. Medoro la accarezzava, aveva un tocco lieve, rassicurante, lei si rilassò e gli appoggiò la testa sul petto. Ascoltava i battiti del suo cuore confondersi con i propri. Le sarebbe piaciuto addormentarsi ogni sera cullata da quel *tunf tunf* vigoroso. Medoro però aveva progetti diversi. Le strinse i glutei con forza e cominciò a spingerla, su e giù, finché lei sentì il bisogno di assecondare quel movimento. Il piacere fu così intenso che Genziana desiderò perdersi. "Tanto poi mi ritrovo" si disse, forte della certezza che il cuore ormai ce l'aveva saldo nel petto.

Allora irrigidì la schiena, strinse le cosce, diventò liquida, calda, dalla sua pelle emanò un profumo intenso che coprì quello delle pomelie. Lui le infilò le dita tra i capelli, Genziana ebbe un brivido, gli occhi le si annacquarono. Medoro si sciolse dentro di lei come zucchero nel caffè, infine caddero affannati l'una sull'altro. Rimasero a lungo in uno stato di delizioso torpore, lo stesso che Genziana provava talvolta alla mattina prima del completo risveglio. Assaporava finalmente una felicità pura, priva di pensieri.

Avevano fatto l'amore in silenzio, solo gemiti e sospiri a suggellare quell'incontro. Adesso entrambi cercavano le parole giuste per dar corpo al proprio stato d'animo e scongiurare l'ingannevole bisogno di solitudine che coglie gli amanti paghi e li allontana talvolta per sempre.

Medoro, anche sotto i vestiti nuovi e con un taglio di capelli diverso, era rimasto fedele a se stesso e annaspava sul terreno dei sentimenti. Fumava, e nella sua mente cercava una frase a effetto che rendesse solenne il momento.

"In fondo non è stato diverso da un comizio" pensava. "Ci sono stati un crescendo, una pausa alta, poi giù in picchiata e infine una conclusione vibrante." Ma per quanto cercasse di razionalizzare, gli occhi di Genziana, diversamente dagli sguardi degli elettori, lo intimidivano.

Genziana ripercorreva ogni singolo istante di quella notte. Voleva imprimersi nella memoria profumi, sapori, emozioni. Perciò a un certo punto distolse lo sguardo e chiuse persino le palpebre, non voleva distrazioni. Ascoltava il respiro di lui in sincronia con il proprio, e se ne compiaceva.

Infine Medoro si schiarì la gola, tossì, spense la sigaretta e si sentì pronto a parlare: «Non mi dici niente?» le chiese con un tono dolce, come se volesse dire "ti amo".

Lei scoppiò a ridere e con uno sguardo malizioso fu lesta a trovare la risposta: «Medoro, chi acchiappa un turco è suo!».

Poi gli chiuse la bocca con un bacio.

Faccio finta di dormire e mi godo questa felicità che non conosco. Frantumato il guscio duro che protegge oli e fragranze, anch'io, come un chicco di caffè, sprigiono i miei profumi migliori. Lui era l'ultimo tassello mancante. Ora, come nella più gustosa delle miscele, se ne stanno in equilibrio nel mio cuore tutte le varietà dell'amore. C'è l'amore per questa città, che ancora non conquisto e continua a sfuggirmi, proprio come un'utopia che mai si realizza; per questa mia famiglia monca, i cui pezzi stanno miracolosamente insieme; per Medoro, che si sente tanto forte ma tocca a me farlo respirare; per le donne della putìa e le comari del quartiere, finalmente solidali; per la mia casa vuota e piena al tempo stesso; per la torrefazione, che è tana, rifugio, crocevia di esistenze; per questo mio corpo, pieno di grazia e di respiro.

Glossario

Putìa: bottega, p. 9.

Vugghiamu pollanche: facciamo bollire pannocchie, p. 10.

A trasi e nesci: fuori e dentro, p. 12.

Ava', Viola, nun ti fari atténniri: avanti, Viola, non farti pregare, p. 17.

Che ci accucchiasti?:   che cosa ci hai guadagnato?, p. 18.

Timpulata: schiaffo, p. 18.

Accattari, accatastari, ammunzeddari: comprare, mettere insieme, accatastare, p. 19.

Sconcichiata: presa in giro, p. 20.

L'assicutava: la seguiva, p. 20.

Munzeddu: sacco, p. 24.

'Ntamata: immobile come una mummia, imbambolata, p. 27.

Cicaredda: tazza, p. 28.

Vastasi: maleducati, p. 29.

Talè: guarda (dal verbo "taliare"), p. 30.

Nutrìca: neonata, p. 30.

Non aveva gana di attaccare turilla: non aveva voglia di litigare, p. 30.

'Nzà mà mi mascarìa: non vorrei che mi sporcasse. ("'Nzà mà", abbreviazione di 'Nzà mà Dio, significa: non volesse il Cielo), p. 31.

Làstime: lamentele, p. 31.

Rifardo: persona che si rimangia la parola, p. 32.

Che la pignata in comune nun vugghie mai!: che la pentola comune non bolle mai!, p. 34.

Un sordu sopra ann'autru s'accucchia una lira: un soldo sopra all'altro si fa una lira, p. 36

Arraggiata: cane rabbioso. Letteralmente: arrabbiata, usato come insulto, p. 37.

Si scantasse: si spaventi (dal verbo "scantarsi"), p. 38.

Cantunera: angolo di una strada, p. 38.

Fate il fissa: fate finta di non capire, p. 38.

Sperto: chi la sa lunga, p. 38.

Dà dénsio: dà soddisfazione, p. 38.

Si amminchiava: si rincretiniva, p. 43.

Cu' cu ti junci: con chi ti accompagni, p. 44.

Mussu, quarume e frittola: muso di maiale, viscere di bovino, parti grasse e cartilagini. Cibo di strada, p. 45.

A matula: invano, p. 46.

Panzalenta: persona che non sa tenere i segreti, p. 47.

Feredda: grembiule, p. 49.

Cci rissi Hitler a Mussulinu, / facemu l'allianza. / Criccu Croccu e manicu ri ciascu: ho detto a Hitler e Mussolini, / facciamo l'alleanza. / Cric Crac e manico di fiasco. Detto popolare che suggerisce l'alleanza tra balordi che non ascoltano le ragioni degli altri e hanno una sensibilità pari al manico di un fiasco, p. 59.

Curtigghiara: donna di cortile, p. 60.

'Ntisa: autorevole, p. 61.

Stujarvi 'u mussu: letteralmente: pulirsi la bocca quando si ha finito di mangiare. Metaforicamente: perdere le speranze, p. 61.

Talìa dà: guarda là, p. 63.

Annacarsi: oscillare, p. 65.

Buffazza: rospaccio, p. 65.

Crasentola: lombrico, p. 65.

Pitorfia: ragno, p. 65.

Talìa ca: guarda qua, p. 67.

L'arrimini: lo mescoli, p. 67.

Giummu: fiocco, p. 67.

Scecco: asino, p. 68.

Mutria: smorfia, p. 69.

Camurria: malattia venerea contagiosa: gonorrea. Per estensione, tutto ciò che infastidisce, p. 69.

Ciaula: cornacchia, p. 72.

Conzavano: preparavano, p. 72.

Allalata: spiritata, confusa, p. 72.

Cunottati: consolati, fattene una ragione, p. 74.

'U ligno s'avi addrizzari quannu è teneru: l'albero va raddrizzato quando è ancora giovane, p. 74.

Le cose si sono fatte gruppa gruppa: la situazione si è ingarbugliata, p. 75.

Agghiurnari: che facesse giorno, p. 76.

Ammuccia: nasconde, p. 76.

Gira, vota e firria: gira e rigira, p. 76.

Macari che: anche se, p. 76.

Si arricampa: torna, p. 76.

Scurare: trascorrere la notte, p. 76.

Cunigghia: coniglia, p. 76.

Senza simenza: letteralmente: senza semi, senza criterio, p. 76.

Parrino: parroco, p. 76.

Nivuru: nero, p. 76.

Ci spiavi: gli ho domandato, p. 76.

L'ho strazzata: l'ho stracciata, p. 76.

Assintumai: mi sono sentita svenire, p. 76.

Scravagghi: scarafaggi, p. 76.

'A fabbrica du pititto: la fabbrica della fame, p. 77.

Fare abbu: prendere in giro, p. 77.

Singaliata: segnata, p. 81.

Catoi: tuguri, casupole, p. 84.

Mulune: anguria, p. 90.

Vriogna: vergogna, p. 90.

Vecchiastrina: strenna di Capodanno, si dona il 1° gennaio, p. 96.

Cucciddatu: Dolce tipico, farcito di frutta secca e profumato con il miele.
   È il dolce dell'8 dicembre, p. 96.

Cannistro: cesto, lo si lascia perché i morti lo riempiano di doni, p. 99.

Pupaccena: Pupa di zucchero, dolce tipico del giorno dei morti, p. 99.

Ammuccia la grattalora: nascondi la grattugia. Tradizione popolare secondo cui i morti vengono a grattare i piedi per dispetto, p. 99.

Pizzuta: spigolosa, p. 99.

Ora che la sarda non la potevano liccari: ora che non potevano più leccare la sarda, p. 101.

Buatta: lattina, scatoletta, p. 102.

Cacoccioli: carciofi, p. 104.

Scucivola: letteralmente: scontrosa. Si dice dei legumi che, per quanto vengano cotti, restano duri, p. 107.

Avo', l'amuri miu ti vogghiu beni / l'occhiuzzi di me figghia su sireni. / Avò, la figghia mia ca sempri chianci, / voli fattu la naca tra l'aranci: Amore mio, ti voglio bene / gli occhietti di mia figlia sono sereni. / La figlia mia che sempre piange, / vuole essere cullata tra le arance, p. 111.

Na curazzata / la nostra armata / si scuntrò cu' na pignata / e arristò tutta ammaccata. / Cu? / 'A curazzata!: Una corazzata / della nostra armata / si scontrò con una pentola / e restò ammaccata / Chi? / La corazzata!, p. 115.

Quannu 'u re era re / mancava 'u cafè. / Ora è 'mperaturi / e manca 'u caliaturi. / E si pigghiamu n'atru Statu / manca puru 'u surrogatu: Quando il re era re / mancava il caffè. / Ora è imperatore e manca la tostatrice. / E se pigliamo un altro Stato / manca pure il surrogato, p. 115.

Era de maggio e te cadeano 'nzino, / a schiocche a schiocche, li ccerase rosse. / Fresca era ll'aria, e tutto lu ciardino / addurava de rose a ciento passe: Era maggio e ti cadevano in grembo / manciate di ciliegie rosse. / L'aria era fresca e il giardino / era intriso di un profumo di rose / che si sentiva da molto lontano, p. 118.

Era de maggio, io no, nun me ne scordo, / na canzone cantavemo a doje voce. / Cchiù tiempo passa e cchiù me n'allicordo, / fresca era ll'aria e la canzona doce: Era maggio, non me ne dimentico, / cantavamo una canzone a due voci. / Più tempo passa e più me ne ricordo, / l'aria era fresca e la canzone dolce, p. 118.

Santu Vintulino: il santo del vento. Si dice di chi si veste sempre leggero anche quando fa freddo, p. 121.

E diceva core, core! / Core mio, luntano vaje, / tu me lasse e io conto ll'ore... / chi sa quanno turnarraje?: E diceva cuore cuore! / Cuore mio, te ne vai lontano, / tu mi lasci e io conto le ore... / chissà quando tornerai, p. 122.

Calati junco che passa la china: abbassati, giunco, che passa la piena, p. 135.

Ciunche: chewing-gum, p. 135.

Ogni ligno avi 'o sò fumu: ogni pezzo di legno produce il suo fumo. Modo di dire per intendere che c'è sempre un risvolto della medaglia, p. 139.

Purpu: polpo, p. 140.

Vitti: ho visto, p. 145.

Alivuzza è, no peri d'aliva!: È un'oliva, non un intero albero di olive!, p. 146.

Cucchiara è: è un cucchiaio. Secondo una tradizione popolare per individuare il sesso del nascituro si preparano due sedute: sotto una viene posto un cucchiaio, sotto l'altra una forchetta. Se la gestante si siede sul cucchiaio il bambino sarà una femmina, altrimenti un maschio, p. 147.

Susiti: alzati, p. 147.

Chista è 'a zita: letteralmente significa: la fidanzata è questa, per intendere: questo è quanto, le cose stanno così. L'espressione rispecchia la scarsa possibilità di scelta che si aveva ai tempi dei matrimoni combinati, p. 147.

Narreri: indietro, p. 148.

Bardascia: cafona, p. 149.

Munciunati: spiegazzati, p. 158.

Gelo di mellone: gelatina fatta con la polpa di anguria, p. 163.

Babbiare: scherzare, p. 166.

Mutu cu sapi 'u joco: zitto chi conosce il trucco, p. 166.

Struppiati: acciaccati, p. 169.

Appattare: corrispondere, p. 171.

Alluciate: accecate, p. 174.

Lustrare le scarpe di sutta: lucidare la parte sotto delle scarpe, p. 175.

Ultimo scaluni a scinnuta: l'ultimo scalino della discesa, p. 175.

Allistitivi: sbrigatevi, p. 177.

Allittrate: istruite, p. 179.

Muli nella muntata: muli che scalciano perché non vogliono essere montati, p. 179.

Ci fazzu abbiriri iu a sti babbiuna: gli faccio vedere io a questi stupidi, p. 180.

Burgisi: possidenti, p. 180.

Stràcchiola: donna di poco conto. Da "strucciuli", cose di minima entità, ninnoli, gingilli, ciarle, p. 182.

Sazio manco a Dio: soddisfazione non si dà nemmeno a Dio, p. 183.

Si scotòlano: non si curano, p. 183.

Passulune: grossa oliva secca, p. 186.

Criata: serva, p. 187.

Dove ci lucinu l'occhi: letteralmente: dove brillano i suoi occhi, per estensione: dove si trova, p. 187.

Lagnusia: indolenza, p. 196.

Naca: culla, p. 196.

Scocche: mollette, p. 199.

Ma come ti spercia?: ma come ti viene in mente?, p. 199.

Azzannato: senza filo, non più tagliente, p. 200.

Allasimata: denutrita, p. 203.

Addingare: avvicinare, p. 205.

Non si toglieva di certo 'u tistale: non veniva meno la sua dignità. Il tistale è un copricapo, p. 205.

Tmpasiò: Indugiò, p. 205.

Se acchiano, non c'è problema, per ora non haio chi ti fari: se vinco non c'è problema, per ora non ho modo di aiutarti. (*Acchiano* letteralmente significa: salgo), p. 207.

'Nciuria: letteralmente significa soprannome, spesso usato con intento sarcastico, offensivo, p. 209.

Si scintinìa la vita: consuma la vita malamente, p. 209.

Smochi: deformazione dell'inglese *smoking*, p. 209.

Ciuciuliare: chiacchierare, p. 210.

Palina: velina, p. 210.

Scioppo: deformazione dell'inglese *shop*, negozio, p. 210.

Trovatura: tesoro nascosto. La leggenda vuole che si nasconda nei muri delle vecchie case, p. 211.

Truppichi: inciampi, p. 213.

Bisinesse: deformazione dell'inglese *business*, affari, p. 214.

Piritolla: cialtrona, p. 214.

Piritu: peto, p. 214.

Spirtusa: buca, p. 219.

Muciddi: micini, p. 222.

Ciauru: profumo, p. 225.

Ammuino: confusione, p. 229.

È megghiu 'u tintu canusciutu ca 'u bonu 'a canusciri: è meglio una cosa
cattiva che già conosci rispetto a una cosa bella che ancora non conosci, p. 229.

Abbanniate: grida, p. 230.

Sgangulato senza denti e lu surci ti veni parenti: senza molari, senza denti,
tu e il sorcio siete parenti, p. 234.

Ammutta: spingi, p. 238.

Ti scìnninu da cruci: ti tirano giù dalla croce, ti biasimano, p. 240.

Santiava: bestemmiava, p. 252.

Zanna: zingara, p. 254.

Quasette: calzini, p. 254.

Strico: stropiccio, p. 255.

Cirotto: lucido da scarpe; veniva usato al posto del mascara, p. 266.

Strummula: trottola, p. 268.

Muddichedde: briciole carbonizzate, p. 281.

Vanchi, vancuna e vanchiteddi: banchi, banconi e banchetti, p. 290.

Casci, cascitti e casciteddi: casse, cassette e scatole, p. 290.

Spaselli: cestelli, p. 290.

Balati: ripiani di marmo, p. 290.

Cucuzzelle: zucchine, p. 292.

Giri: biete, p. 292.

Pane ca' meusa: pane con la milza, p. 292.

Muffoletti: panini soffici, piccoli e tondi, p. 292.

Sfincionello: focaccina, p. 292.

Facciuola: che ha molte facce, trasformista, p. 297.

Ciatu miu: respiro mio, p. 300.

Scannaliata: traumatizzata, p. 303.

Tabuto: bara, p. 308.

Murghi: inzuppati, p. 308.

Vacile: bacinella, p. 308.

Ne fa minnitta: lo fa a pezzi, p. 312.

Nota dell'Autrice

Sono certa che i lettori non avranno avuto bisogno di consultare il glossario: la lingua siciliana è così conosciuta! Dalle nostre parti però si dice: *"Megghiu dire chi sacciu ca chi sapìa"*, ecco perché si è scelto di inserirlo. Ho privilegiato una traduzione letterale delle voci, ricorrendo per lo più al *Nuovo vocabolario siciliano-italiano* di Antonino Traina (Il Punto, Palermo, 1967).

Tradurre le abbanniate dei venditori della Vucciria sarebbe stato uno scempio, come trasformare una tradizione nobile in uno slogan ridicolo. Parte del loro fascino consiste proprio nell'essere misteriose sebbene sempre intuibili, grazie alla cadenza del venditore che canta con passione e poesia le lodi della propria merce. Per chi volesse saperne di più, il sito www.arcadeisuoni.org mette a disposizione un archivio mp3 delle abbanniate. Sono gustose e piene di affettuosa malinconia e chiunque, anche i non siciliani, può goderne.

Ringraziamenti

Nulla sa rendermi felice quanto un buon espresso: la storia di Genziana vien fuori dalla mia passione per il caffè. È stato bello aggirarmi per torrefazioni e bar alla ricerca dell'espresso perfetto e della miscela ideale. Così, tra sorsi e morsi, i personaggi hanno preso corpo.

La famiglia Olivares è nata nella torrefazione di Rosario e Cinzia Marchese, che ringrazio per la loro generosa ospitalità, insieme ai figli, Gianfranco e Massimiliano, che mi hanno rivelato i segreti di Orlando. Da loro ho avuto caffè e amicizia.

Arturo Morettino, appassionato collezionista e moderno imprenditore, mi ha aperto con fiducia le porte della sua azienda e del museo del caffè. A lui la mia gratitudine.

Grazie a Gaetano Basile, storico siciliano dall'ironia concentrata come un espresso ristretto. Lui Palermo te la spiega balata per balata.

Grazie ai volontari dell'Associazione turistico-culturale Itiner'ars, che a fatica tengono in vita lo stanco cuore di Palermo.

Il mio pensiero grato a Giulia Ichino, dal respiro sferzante come una ventata di scirocco, è lei che tiene a bada la mia vena malinconica.

A Marilena Rossi, dal fiato morbido come una brezza marina. Lei mi ascolta paziente mentre dipano desideri e ricordi.

A tutte le donne e gli uomini della Mondadori dal respiro generoso. Loro si prendono cura di me anche quando hanno il fiato corto.

A Sara Cosetti, il cui respiro è come la carezza di un'amica.

A Marcello, Giovanni e Lucia, che sono il mio respiro.

Mi scuso con gli storici per qualche forzatura funzionale alle vicende dei protagonisti.

Ovviamente fatti e persone sono frutto della mia fantasia, tutti tranne una: Lalla. Lei era così come l'ho descritta: affettuosa e appassionata compagna nella trincea della vita.

Indice

N002873

Arnoldo Mondadori Editore S.p.A.

Questo volume è stato stampato
presso ELCOGRAF S.p.A.
Stabilimento - Cles (TN)

Stampato in Italia - Printed in Italy